KB045961

그녀는 마녀이자, 여행자이기도 합니다.

She is a witch and is also a traveler.

재의 마녀 일레이나

어릴 때 읽은 『니케의 모험담』을 동경하여, 여행자가 된다.

어린 나이에 마법사의 최고위인 '마녀'가 된 소녀.

©Azure

엘리제
어느 눈 쌓인 나라에 사는
수인 소녀.
박해를 받는 그녀를
일레이나가 도와준다.

안나
'죽은 자의 낙원'이라는
나라의 기술자.
구울에 관한
연구를 하고 있다.

고양이신 님
고양이를 몹시 사랑하는
나라에서
만난 수수께끼의 생물(?).
꽤 오래 살아
사람의 말을 할 수 있다.

©Azure

THE JOURNEY OF ELAINA
CHARACTER

로자미아
쇼콜라 왕녀를
섬기는 우수한 여기사.
도망친 쇼콜라를 찾고 있다.

쇼콜라
풍차의 도시의 왕녀.
정략결혼을 피해 도망쳤고,
'무서운 사람'에게 쫓기고 있다.

마녀의 여행 2
THE JOURNEY OF ELAINA

CONTENTS

✦✦✦ 프롤로그   003

제 1 장   마법사를 위한 나라   005

제 2 장   평화적인 무기 사용법   019

제 3 장   도망치는 왕녀. 쫓는 것은 누구인가   031

제 4 장   목격 정보   063

제 5 장   멋의 선구자들   067

제 6 장   눈이 녹을 때까지   083

제 7 장   남겨진 유산   129

제 8 장   정직한 자의 나라   137

제 9 장   폭탄 이야기   177

제 10 장   여행담   197

제 11 장   게으름뱅이를 사냥하는 자들   207

제 12 장   소생한 사자의 낙원   225

제 13 장   고향을 위해   257

제 14 장   오래된 나라와 고양이 신의 재생   269

✦✦✦ 에필로그   319

©Azure

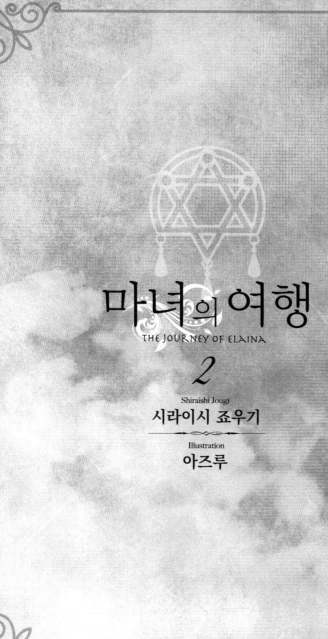

마녀의 여행

THE JOURNEY OF ELAINA

2

Shiraishi Jougi

시라이시 죠우기

Illustration

아즈루

봄의 평원에 비가 쏟아집니다.

조심스럽게 자그마한 소리를 내며 하늘에서 내려오는 빗방울들은 초원에 펼쳐진 풀꽃과 완만한 언덕 위에 선 한 그루의 나무를 적시고 있습니다.

"……이런, 본격적으로 쏟아지기 시작하네요."

한 어린 마녀가 그 나무 아래에서 잿빛으로 변한 하늘을 멍하니 바라보고 있었습니다.

하늘에 떠다니는 구름과 같은 색깔의 머리카락을 길게 늘어뜨리고, 검은 로브와 검은 삼각 모자를 걸치고, 마녀의 증거인 별을 본뜬 브로치를 달았습니다.

옆에는 빗자루를 세워두었고, 그 바로 아래에는 커다란 짐이 놓여 있습니다.

그녀는 마녀이자, 여행자입니다.

"……어떻게 할까요."

망설였습니다.

나아갈까, 여기 멍하니 서 있을까.

그녀는 마녀이기에 그럴 마음만 먹는다면 마법으로 비를 막으며 빗자루로 날아가는 것도 불가능하지는 않았습니다.

"…………"

그러나 잠시 쏟아지는 비를 바라보는 사이, 그런 방법을 쓸 마음은 사라져버렸습니다.

저 멀리로, 흐린 하늘을 가르며 가느다란 선 같은 햇살이 커튼처럼 내리쬐는 것이 보였습니다. 어둑어둑했던 대지는 온몸으로 빛을 받으며 밝게 빛났습니다.

그치지 않고 쏟아지는 빗방울들도 그 빛을 반사하고 있었습니다. 반짝반짝 빛나며, 머리 위 하늘에서 떨어져 내립니다.

비가 옵니다.

"……잠시 쉬었다 갈까요."

눈앞에 펼쳐진 아름다운 경치에 눈도 마음도 모두 빼앗겨버린 마녀는 누구인가.

그렇습니다, 바로 저입니다.

제 1 장

구름 사이로 드러난 틈새로 흘러내린 햇빛이 평원에 쏟아지고 있습니다. 빛을 받아 밝아진 부분은 평원에 마치 얼룩 같은 무늬를 만들었고, 그곳에서는 풀꽃이 산들바람에 흔들리며 달라붙은 빗방울들을 떨구고 있었습니다.

그 빛줄기 속을 지나가는 사이, 따뜻한 온기가 한순간 몸을 감쌌습니다.

하지만, 따뜻하다고 느낀 순간이면 어느샌가 다시 흐린 하늘 아래입니다. 햇볕이 따라와 주면 좋겠다 싶지만, 깨닫고 보면 밝은 대지는 이미 손이 닿지 않는 곳에 있었습니다.

비가 그치고 시간이 어느 정도 흘렀지만 공기는 여전히 습했고 아직 어딘가에 냉기를 감추고 있는 것만 같았습니다.

금방이라도 다시 구름이 태양을 전부 가리고, 차가운 빗방울이 떨어질 것만 같은 그런 느낌이었습니다.

"............."

저는 비가 싫습니다. 축축하고, 비가 오는 곳에 있는 것만으로도 기분이 어두워집니다. 그리고 무엇보다도 여행을 잠시 멈추어야만 합니다. 최악입니다. 하지만 비가 그친 후에 생긴 물웅덩이를 참방참방 밟거나 하는 것은 아주 좋아합니다. 비는 싫고 비가 갠 뒤는 좋다. 이상한 느낌입니다. 고민스럽습니다.

하지만 비의 기척이 다가오려 하고 있다면 서둘러야 합니다. 저는 아주 살짝 서두르며 빗자루를 달렸습니다.

어떤 나라의 모습이 보이기 시작한 것은 그 후로 한동안 하늘을 난 후의 일이었습니다.

빗자루에서 내려 문 앞에 서자 곧바로 문지기 병사가 나왔습니다.

신기하게도 문지기 병사는 병사 복장이 아니라 삼각 모자와 로브를 걸치고 있었습니다.

"우리나라에 오신 걸 환영합니다. 마녀님이십니까?"

보면 알 텐데요.

"네. 여행 중인 마녀입니다."

"네에, 그러시군요. 마녀님이신 것치고는 상당히 어리시네요."

감탄하듯 고개를 끄덕이던 문지기 병사는 이렇게 말을 이었습니다.

"실례지만 이름은?"

"일레이나입니다."

"일레이나 님. 그렇군요. 실례지만 애인은?"

"네?"

엉겁결에 그렇게 되물었습니다. 이런 곳에서 갑자기 헌팅인가요?

하지만 달리 사정이 있었던 모양입니다.

문지기 병사는 가볍게 고개를 저으며 말했습니다.

"실례지만, 이상한 뜻이 있어 여쭌 게 아닙니다. 그저, 마법사이하의 인간을 연인으로 두신 분은 이 나라에 머물다 보면 불쾌

함을 느끼실 터라 여쭙는 겁니다."

"……?"

"그래서, 대답은? 현재 교제하는 분이 계십니까?"

어쩐지 석연치 않지만, 뭐 나라 안에 들어가 보면 알게 될 테죠. 아마도.

"……아뇨. 뭐, 없습니다만."

그러자 문지기 병사는 고개를 끄덕였습니다.

"그렇군요── 그럼, 안으로 들어가시죠."

그리고 문 앞에서 물러났습니다.

이어 강철로 된 커다란 문이 지면을 묵직하게 흔들며 열렸습니다.

"어서 오십시오. 마법사를 위한 나라에."

내가 발을 내디디자 문지기 병사는 깊숙이 고개를 숙이며 그런 말을 했습니다.

○

문을 빠져나오자 그곳은 마을의 번화한 거리였습니다. 크기도 형태도 제각각인 민가와 가게가 길가에 늘어서 있습니다.

거리는 마법사들로 넘쳐났습니다. 누군가와 나란히 걷거나, 장을 보거나. 줄지어 늘어선 가게들을 둘러보니 마법사들이 매우 평범하게 생활하고 있었습니다.

그렇지만 일단은 마법사가 아닌 사람들도 있는 모양입니다. 그

7

들은 길 가장자리를 걷고, 마법사와 부딪힐 것 같으면 길을 양보하고, 고개를 숙이며── 필요 이상으로 자신을 낮추며 생활하고 있었습니다.

복장도 무척 초라합니다. 이 나라에는 비싸 보이는 로브를 입은 사람이나, 혹은 싸구려 천 쪼가리를 걸친 사람들밖에 없었습니다.

어쩐지 상태가 조금 이상한 나라로군요── 그런 생각을 하며 저는 걸었습니다.

그리고 한동안 나아가던 저는 그 자리에 멈춰 섰습니다.

이상한 것이 있었기 때문입니다.

"……저건 뭐죠?"

그런 말이 먼저 튀어나왔습니다.

본 적 없는 수수께끼의 상자가 바닥에 깔린 철로 된 봉 위를 따라서 달리고 있었던 것입니다. 무엇보다 놀라운 점은 그 커다란 상자 안에 사람들이 가득했다는 것입니다.

그 상자가 탈것이라는 사실을 눈치챈 건 그 상자가 제 눈앞에 멈춰 섰을 때였습니다. 문이 열리자 사람들이 한꺼번에 안에서 쏟아져 나왔습니다. 그리고 교대하듯 새로운 사람들이 다시 빨려 들어갔습니다.

많은 사람들이 이동 수단으로서 이용하는 모양입니다.

재밌어 보여.

어쩐지 재밌어 보여.

타볼까요?

타버릴까요?

뭔지 잘 모르겠지만 저는 그저 마음이 이끄는 대로 다리를 움직였습니다. 사람들 사이를 가르고, 흐름을 거스르며, 상자로 다가갔습니다.

하지만 상자에 타려고 시도했을 뿐, 실제로 타지는 못했습니다 —— 올라타기 직전에 제지를 당한 탓입니다.

"안 돼."

하고.

"꾸엑."

이상한 목소리가 나왔습니다. 등 뒤에서 누군가가 제 로브를 쭉 잡아당겼기 때문입니다.

갑자기 무슨 짓을 하는 겁니까? 이 자식아 —— 하고 약간 화를 내며 살기를 담아 뒤를 돌아보니 마녀가 서 있었습니다.

수상쩍은 미소를 띤 기묘한 마녀입니다.

"무슨 짓인가요?"

"당신, 마법사지? 제일 앞 차량은 안 돼요. 타면 안 돼."

적의를 풀풀 풍기는 저를 무시한 채 마녀는 종알종알 입을 움직였습니다.

"당신은 저쪽 차량."

마녀는 그렇게 말하며 제가 타려고 했던 것보다 뒤쪽에 이어진 차량……이라는 것을 가리켰습니다.

하지만.

"……아무리 봐도 저기엔 사람이 아무도 없는데요?"

"응, 없어. 하지만 사정이 있어서 그래. 그러니까 이쪽에 타."

"여기는 제가 타도 괜찮은 건가요?"

"그럼, 물론이지—— 사정은 나중에 설명해줄게. 그러니까 어서 이리 와."

"……네에."

영문을 모르겠습니다.

○

이야기를 들어보니, 그녀는 이 움직이는 상자 ——열차라는 탈것이라고 합니다——를 만든 발명가인 모양입니다.

대체 어떤 원리로 움직이는 것인지 물어보았더니 그녀는 무척 즐거워하며 이야기해주었습니다.

뭐 내용은 전혀라고 해도 좋을 정도로 이해되지 않았지만 말이죠.

가차 없이 쏟아지는 전문 용어의 파도에 머리가 터져버릴 것만 같았습니다. 겨우 알아들은 부분이라고는 '이 열차는 마력을 원동력으로 삼고 있다'는 정도. 그 이외에는 전혀 알아들을 수 없었습니다.

뭐, 몰라도 딱히 문제는 없다고 봅니다.

"지금은 이 열차를 처음 타본 마법사의 의견을 들으며 조사를 하는 중이야."

"네에, 그러시군요."

열차 안에 설치된 길고 긴 소파에 다리를 쭉 펴고 앉아 적당히 대꾸를 해주었습니다.

"여행자 님, 승차감은 어떻지?"

"조용하네요."

창밖으로 흘러가는 것은 지극히 평범한 마을의 풍경. 거창해 보이는 겉모습에 비해 상자의 속도는 무척이나 완만한 것 같습니다. 제가 빗자루를 타고 나는 것보다 느리게 느껴졌습니다.

그 덕분인지 열차 안은 무척이나 조용했습니다. 어쨌든 승차감은 나쁘지 않군요.

"그렇지? 그렇지? 이건 말이지, 멋진 풍경과 재미있는 구경거리를 바라보며 마을을 유람할 수 있도록 만든 거야. 내 자신작이지."

"호오."

"하지만 마법사에게는 그다지 평판이 좋지를 않아……. 처음 발표했을 때는 많은 마법사들이 이용했었는데, 어느 순간부턴가 사용해주질 않더라고."

"그렇겠죠."

느리니까.

"참고로 당신이 오늘의 첫 번째 승객이야. 내 열차에 탑승한 걸 환영할게."

"첫 번째……?"

대체 무슨 소리인가 생각하며 저는 몸을 내밀었습니다. 열차의 진행 방향 쪽으로 시선을 돌리자 사람들로 가득한 차량이 보였습니다.

사람이 저렇게나 많은데, 첫 번째?

어째서죠?

"어머."

그녀는 제 시선을 좇더니 이렇게 말했습니다.

"그쪽 차량에 탄 사람들은 승객이 아니야. 신경 쓰지 마."

"신경 쓰지 말라니…… 그런 말을 들으니까 더 신경이 쓰이네요. 승객이 아니라면 저 사람들은 대체 뭔가요?"

그러자 그녀는 말했습니다.

"응? 인간 미만(人間 未滿, 아니마)이야. 인간이 아니니까 승객도 아니지."

"…………."

"당신은 다른 나라에서 온 사람이라 잘 모르겠지만—— 이 나라에서 마법을 쓸 수 없는 인간은 인간이 아니야. 짐승이나 마찬가지지."

"……너무 심한 말이네요."

마법을 쓸 수 없다는 이유만으로 짐승 취급인가요?

그녀는 앞 차량에 시선을 주며 대꾸했습니다.

"저기를 봐. 비참하다고 생각하지 않아? 저들은 마법사와 달리 이동 수단이 없어서 저렇게 열차를 타려고 들거든. 재미있는 광경이지."

"……별로 재미있지 않은데요."

"그래? 하지만, 이 열차가 생긴 지 얼마 안 됐을 때는 엄청난 인기였어. 저쪽 차량에는 인간 미만[아니마]이 타고, 이쪽 차량에서는 그걸 구경한다── 우리는 그들의 비참한 모습을 손가락질하며 웃는 거야. 일상에서 쌓인 스트레스를 발산할 수 있다며 호평이었다니까."

"인간 미만[아니마], 이라……."

옛날에 책에서 읽은 적이 있는 단어입니다. 분명 마법사가 인간에게 사용하는 차별 용어였을 겁니다. 그런 말을 정말로 쓰는 나라가 있다니 놀랍습니다.

"하지만 유행은 역시 언젠가는 식는 법인가 봐. 지금 승객이라고는 타지에서 온 당신 한 사람뿐이니."

"……그러네요."

"어떻게 하면 사람들이 다시 이 열차를 이용해줄까? 지금보다 더 큰 자극이 필요한 걸까?"

"차라리 자극을 없애버리는 건 어떨까요?"

"그래서는 이 열차의 존재 의의가 사라지는걸."

"…………."

"뭔가 좋은 생각이 없을까?"

"없네요."

"어찌 되든 상관없다는 투의 대답이네."

"뭐, 실제로 어찌 되든 상관없으니까요."

"그렇게 말하지 말고, 뭔가 아이디어를 내봐. 이대로는 열차가 철거되고 말 거야."

"아이디어라……."

이렇다 할 게 없는데요.

"뭔가 없을까? 아니면, 이 열차에 탄 감상이라도 좋아."

"······아, 그거라면 있습니다."

"뭔데?"

무슨 말을 들려줄지는 이미 결정되어 있었습니다.

딱히 별다를 것 없는 지루한 풍경에서 경박한 미소를 띤 마녀에게로 시선을 돌리고── 그리고 저는 딱 잘라 말했습니다.

솔직한 감상을, 단적으로.

"불쾌합니다."

라고.

하지만 그녀는 크게 신경 쓰는 기색도 보이지 않았습니다.

"과연······ 불쾌하다라."

그저 혼자 생각에 잠겼을 뿐입니다.

○

그 다음 날부터 세찬 비가 쏟아지기 시작했습니다.

다시 여행을 떠나기 어려운 날씨인지라 저는 한동안 숙소 안에서 지냈습니다. 그것참, 싸구려 숙소라도 지내려고 마음먹으면 어떻게든 지낼 수 있는 것이로군요.

하지만 할 일도 없이 눅눅한 공기 속에서 무의미하게 시간을 보내기란 예상 이상으로 지루했고, 몸에서 이끼가 자라나 버리는 건 아닐까 하는 걱정이 생길 지경이었습니다.

결국.

며칠을 기다려도 비는 전혀 그칠 기미를 보이지 않았기에, 저는 결국 빗속을 뚫고 이 나라를 떠날 결심을 했습니다.

너무나도 싫어하는 비가 쏟아지는 와중, 우산을 받치고 문을 향해 이어진 길을 걷고 있으려니 전차가 제 옆을 유유히 지나갔습니다. 그리고 제 걸음보다 약간 빠를 뿐인 그 열차는 저를 조금 지나친 곳에서 딱 멈추었습니다.

열차 옆에 달린 문이 열리고 안에서 수많은 사람들이 쏟아져 나온 그때.

"어머, 얼마 전에 본 마녀님이지? 안녕. 오늘은 날씨가 참 좋지?"

예의 발명가 마녀와 다시 만났습니다.

"이게 좋은 날씨인가요?"

"좋은 날씨고말고. 그도 그럴 게, 내 열차가 대활약을 하고 있는걸. 이게 좋은 날씨가 아니면 뭐겠어?"

"아무래도 당신과는 가치관이 맞지 않는 것 같네요."

그건 일단 제쳐두고.

"그나저나, 확실히 사람들로 붐비는군요. 지금까지는 거의 타지 않던 손님들이 돌아온 모양이네요."

슬쩍 그녀의 뒤를 살피며 말했습니다.

그곳은 마법사들로 북새통을 이루고 있었습니다. 열차에서 내리는 것도 타는 것도 모두 마법사들뿐이었습니다.

그녀는 제 시선을 좇더니 고개를 크게 끄덕였습니다.

"응! 마법사들이 이렇게나 돌아온 건 전부 마녀님 덕분이야!"

"제 덕분이요?"

제가 뭔가를 했던가요?

쓴소리는 했습니다만, 인사를 들을 만한 일은 전혀 없었습니다. 대체 어찌 된 거죠?

우산 아래에서 의아해하고 있는 제게 그녀는 이렇게 대꾸했습니다.

"당신이 말했던 대로 불쾌한 걸 없앴더니 승객이 돌아왔어!"

그리고 제 앞에서 비켜서며 말을 이었습니다.

"자, 봐. 인간 미만[아니마]용 차량을 없애고 전부 마법사 전용으로 만들었어."

그녀는 웃고 있었습니다.

"…………."

제 눈앞에는 마법사들이 있었습니다.

제일 앞 차량도, 그 이외의 차량도 전부 마법사들로 가득했습니다.

"인간 미만[아니마] 따위가 우리와 같은 열차에 타다니, 너무나도 건방진 일이었어. 불쾌하기 짝이 없지. 나는 이제껏 그걸 깨닫지 못했던 거야. 맹점이었지. 고마워, 마녀님."

"…………."

"지금은 열차가 무척이나 호평을 받고 있어. 흠뻑 젖은 채 빗속을 걷는 인간 미만[아니마]들의 비참한 모습을 바라보면서 우리는 열차 안에서 손가락질하며 웃는 거야. 일상에서 쌓인 스트레스를 발산할 수 있어 좋다더라고."

"……그런, 가요."

열차에서 내린 마법사들이 우산을 펼쳐 쓰고 뿔뿔이 흩어져 갑니다. 천 쪼가리를 우산 대신 쓰고 있는 초라한 차림의 사람과 몸을 잔뜩 웅크린 채 품속의 짐을 지키려고 애쓰며 달려가는 사람들. 마법사들은 스쳐 지나가는 그들을 비웃으며 마을 속으로 사라져 갔습니다.

"마녀님도 한번 타볼래? 열차 안에서 비참한 녀석들을 구경하고 싶지 않아?"

저는 고개를 저었습니다.

"저는 그런 음습한 취미는 갖고 있지 않아서요."

"어머, 아쉽네. 취미가 안 맞는구나."

그 말에 저는 다시 고개를 저었습니다.

그리고 한숨을 내쉬며, 너무나도 싫어하는 비를 올려다보면서 말했습니다.

"가치관이 안 맞는 거예요."

이 나라와도, 그리고 당신과도.

제 2 장

평화적인 무기 사용법

"네? 아아…… 창과 방패를 최강으로 만들어달라는, 건가요……?"

"그렇습다! 안 그러면 동쪽 마을 놈들에게 살해당할 겁다!"

제 앞에 모여 무릎을 꿇은 마을 남자들은 필사적인 표정으로 저를 올려다보고 있습니다.

그들 곁에는 나무 막대에 나이프를 달았을 뿐인 어설픈 창과 요리의 열기 외에는 아무것도 지킬 수 없을 것 같은 냄비 뚜껑이 쓰레기 더미처럼 되는 대로 쌓여 있었습니다.

이걸 최강으로 만들라고요? 흐음흐음.

"아니 그건 좀 힘들 것 같습니다……."

"제발 부탁드림다! 동쪽 마을 녀석들은 마녀에게 부탁해서 무기를 최강으로 만들었다는 모양임다! 이대로는 우리가 당해버릴 겁다!"

사정은 잘 모르겠지만, 아무래도 이 서쪽 마을은 이웃한 동쪽 마을과 무척이나 사이가 안 좋은가 봅니다. 그러다 최근 들어 "응? 그럼 무력으로 정리해버리면 되잖아?"라는 방향으로 이야기가 진행된 모양입니다.

하지만 그럴 만한 무기를 갖고 있지 않은 상황이라, 마녀에게 부탁해서 무력을 향상시켜 싸울 수 있는 태세를 갖추자는 생각을 했다고 합니다.

그러던 중에 운 나쁘게도 제가 찾아오고 만 겁니다.

19

그런 흐름입니다.

"으음…… 뭐, 무기를 강하게 만드는 정도라면 불가능하지는 않습니다."

"강하게가 아닙다! 최강으로 만들어주셨으면 좋겠슴다!"

주변을 둘러싼 수십 명의 남자들은 리더로 보이는 인물의 외침에 동조하며 흥분한 기색으로 고개를 끄덕였습니다. 으, 땀 냄새.

"무기를 최강으로 만드는 것도 간단한 일입니다. 하지만, 문제가 있습니다."

"뭡니까?"

"돈, 지불하실 수 있나요? 만들어드리는 건 별로 어렵지 않지만, 꽤 비쌀 텐데요?"

"저쪽 마을에 왔던 마녀는 공짜로 만들어줬다고 함다! 그러니까 우리도――."

"이 얘기, 없던 걸로 할까요?"

"…………."

"어쩔까요?"

"……구, 구체적으로 얼마 정도임까?"

"…………."

저는 말없이 검지손가락을 세워 보였습니다.

"오옷! 동화 한 닢이면 되는 검까? 적당한 가격임다!"

"무기 강화는 금화 한 닢입니다."

"금화 한 닢으로 전부 해주는 검까? 역시 적당한 가격임다!"

"하나당 금화 한 닢입니다."

"전혀 적당하지 않습다…….."

"그러니까 비싸다고 말했을 텐데요……?"

쓰레기 더미를 대충 살펴보니, 무기 강화만으로도 대략 금화 80닢 정도는 될 것 같습니다. ……어라? 쓰레기가 빛나는 금으로 보이기 시작했습니다. 우후후.

하지만 역시 이 정도의 무장밖에 갖추지 못한 마을인 만큼, 경제적으로 여유가 있을 리 없습니다. 제 주변을 둘러싸고 무릎을 꿇은 남자들 사이로 절망의 빛이 번져가는 것이 보였습니다.

"마녀님…… 어, 어떻게 좀 싸게 해주실 수 없겠습까?"

"아뇨, 이 이상 싸게는 안 됩니다."

"……그, 그래! 그렇다면 후불로 해주시면 어떻겠습까? 마녀님이 무기를 최강으로 만들어주시면, 그걸 갖고 저희가 동쪽 마을에서 돈을 강탈해 오겠습다!"

"아, 죄송합니다. 무기 강화에 대한 대금은 선불로 부탁드리겠습니다."

"……어째서?"

"제 모티베이션에 관련된 문제인지라."

"그렇지만, 아무래도 선불은 무리입다…….."

리더로 보이는 남자는 고개를 푹 숙이며 말했습니다.

"금화 대신이 될 만한 걸 지불하는 건, 안 되겠습까?"

"어떤 물건이냐에 달렸겠죠."

"정말임까? 좋아, 너희들! 그걸 가져와!"

옙! 수하로 보이는 사람들은 기세 좋게 대답하더니 그대로 흩어져 제 앞에서 사라졌습니다.

그리고 그거라는 걸 가져왔습니다.

기다리고 있던 저에게 공손히 건넨 것은, 대량의 채소였습니다. 혼자서는 도저히 들 수도 없을 정도의 양입니다. 이 정도의 양이면 한 달은 채소만 먹고도 살 수 있을 것 같습니다.

"마을에서 수확한 각종 채소들임! 이걸 받아주십쇼!"

"……아니, 이렇게 많이 받아봐야 곤란할 뿐인데요."

도중에 썩어버리고 마는 미래밖에 보이지 않습니다.

"받아주십쇼!"

"…………."

저는 한숨을 한 번 내쉬었습니다.

"이 얘기는 없던 걸로 하죠. 돈도 지불하지 못하는 데다, 내놓을 물건이 이런 것들뿐이라면 무기를 강화해드릴 이유가 없습니다."

"──기다려주세요, 마녀님."

제가 딱 잘라 거절한 순간, 리더로 보이는 남자의 부인이 옆에서 끼어들었습니다.

그녀는 절망에 휩싸인 남자들에게 차가운 시선을 보내며 말했습니다.

"마녀님을 위해 특별한 식사 자리를 준비했습니다. 그러니 이번 건의 대금으로서 받아주실 수 없겠습니까?"

"호오."

"어느 틈에……! 역시 내 마누라!"

우쭐대는 리더로 보이는 남자.

"…………."

그녀는 그를 찌릿 노려본 다음 저를 향해 미소 지었습니다.

"어떠십니까? 마녀님."

저는 답했습니다.

"어떤 음식이냐에 달렸겠죠."

일단 한번 보기만 할 뿐. 이야기는 그렇게 정리되었고, 저는 부인을 따라 마을 집회장으로 향했습니다. 허름하고 초라한 건물이었습니다. 안으로 들어가기가 주저될 정도로.

하지만 부인은 저를 놓아주지 않았습니다.

"자, 어서 들어오세요."

반강제로 저를 안으로 끌고 들어갔습니다.

"…………."

그래서, 안이 어떠했는가 하면.

그건 정말이지 멋진 회장이었습니다. 갓 따온 채소와 과일이 테이블에 그득했고, 실내에는 좋은 냄새가 감돌았습니다. 아직 준비 중인지, 많은 여자분들이 회장 안을 열심히 오가고 있습니다.

허름한 건물을 조금이라도 나아 보이게 하기 위해, 안쪽 벽은 커튼으로 가려놓았습니다. 아마도 여자분들이 각자의 집에서 가져왔을 터인 그 커튼은 무늬도 소재도 제각각이라, 그녀들의 눈물겨운 노력의 흔적이 엿보였고 동정을 유발했습니다.

하지만 난점이 하나.

냄비에 뚜껑이 없는 탓에 서두르지 않으면 모처럼의 요리가 식어버릴 겁니다. 아니, 제가 왔을 때는 이미 다 식어가고 있었습니다. 이게 어찌 된 일인지.

그런고로 상황은 다급해졌습니다.

"얼른 무기를 강화해버리죠."

남자들이 있는 곳으로 돌아간 저는 곧바로 작업을 시작했습니다.

기뻐하며 소란을 피우는 남자들을 무시하고, 저는 지팡이를 꺼내 어설픈 무기들로 만들어진 산에 마법을 걸었습니다.

효과는 곧바로 나타났습니다. 반짝반짝 빛나는 부드러운 빛이 무기들을 감싸고 형태를 변화시켜갑니다.

빛이 완전히 사라졌을 때, 그것들은 모두 새로운 모양으로 바뀌어 있었습니다.

"이…… 이건! 마녀님, 엄청남다!"

새로워진 무기들을 보며 남자들은 감동에 휩싸였습니다.

나무 막대에 나이프를 달았을 뿐이었던 창은 얼음처럼 아름다운 날을 지닌 장창으로 다시 태어났고, 평범한 냄비 뚜껑은 그 방패만으로도 적을 무찌를 수 있을 만큼 무시무시한 모습으로 진화했습니다.

그렇습니다.

쓰레기 더미는 보물의 산으로 변했습니다. 감동하는 것도 무리는 아닙니다.

"참고로 직접 들어보면 아시겠지만, 이것들은 겉보기와 달리 무척 가볍고 강합니다. 하지만 난점이 하나 있는데———."

"만세, 이제 우리들의 승리다아아아아아아아아아아아!"

이런, 전혀 듣지를 않습니다.

"저기."

"너희들! 지금 당장 동쪽 마을 놈들을 때려눕히고 오자! 어서 나를 따라와!"

그리고 그들은 무기를 손에 들었습니다.

"저기…….."

"얼른 무기를 들어! 마녀님의 큰 호의를 헛되게 하지 말라고!"

그들은 마을 입구에 섰습니다.

"…………."

"마녀님! 감사함다! 우리는 반드시 승리하고 돌아올 검다!"

그리고 저에게 인사를 한 다음, 동쪽 마을을 향해 달려갔습니다.

"…………."

저는 그 자리에 홀로 남겨지고 말았습니다.

"으음…….."

최강의 창과 방패를 다루는 만큼, 적어도 조금 더 진중하게 행동해줬으면 싶습니다만.

이대로는 잘못된 방법으로 사용해버릴지도 모릅니다. 그들을 말리러 가는 편이 좋을까요?

어찌할까 망설이고 있을 때였습니다.

"마녀님. 식사 준비가 끝났습니다."

"아, 바로 가겠습니다."

뭐, 됐습니다.

그냥 내버려 둬도 뒷일은 예상대로의 전개가 될 테니까요.

○

"마녀님. 이번 일은 정말 고맙습니다. 이제 마을은 평화로워질 겁니다."

"아뇨 아뇨, 그렇게 대단한 일은 하지 않았습니다."

요리를 접시에 담으며 저는 고개를 저었습니다. 한 일이라고는 무기를 좀 그렇게 한 것뿐이니까요.

감사를 받을 만한 일이 못 됩니다.

"그리고 사례는 여기 있습니다."

리더로 보이는 부인은 그렇게 말하며 저에게 자루를 내밀었습니다.

"감사합니다."

"금화 열 닢이 들어 있습니다. **저쪽** 것까지 합한 대금입니다."

안을 슬쩍 들여다보았습니다. 금색 동전 열 닢이 확실하게 들어 있습니다. 우후후.

저는 삼각 모자를 벗으며 인사했습니다.

"정말 감사합니다."

"인사를 해야 하는 건 저희 쪽입니다. 이제야 겨우 두 마을에 평화가 찾아왔으니까요."

"그렇죠."

"그럼 어서 많이 드세요."

"그러네요. ──시간이 얼마 없으니까요."

이래서 그들에게 설명을 제대로 하고 난 뒤에 오고 싶었는데 말이죠.

뭐, 이제 됐습니다.

저는 나이프와 포크를 들고 요리를 가볍게 해치웠습니다.

그들이 돌아온 것은 그로부터 잠시 후── 제가 배를 두둑하게 채우고 마을 집회장에서 나와 빗자루에 오른 직후였습니다.

마을을 뛰쳐나갔을 때와는 확실하게 다른 모습으로 그들은 돌아왔습니다.

제가 만든 창과 방패도 없이, 마을을 나설 때의 두 배는 될 법한 인원이 빗자루 위에서 다리를 달랑달랑 흔드는 저를 올려다보며 비난을 퍼부었습니다.

"마녀님! 이게 대체 어떻게 된 겁까?" "창도 방패도 전부 단번에 망가져버렸잖아!" "웃기지 마! 이건 사기야!" "돈 돌려줘!" "우리들의 나이프와 냄비 뚜껑을 내놔!" "그리고 나무 막대도!" "이게 어찌 된 건지 설명해!"

이런 이런.

"당신들 바람대로 최강의 무기를 만들어드렸는데, 무슨 불만이라도?"

"불만 정도가 아닙다! 그럼 이제 싸워볼까 하고 갔더니만, 동쪽 마을도 똑같은 무기를 갖고 있잖습까!"

이쪽 마을의 리더가 그렇게 소리쳤습니다.

"우리를 속인 검까? 마녀님! 겉만 번지르르했지, 엄청 약하잖 습까! 창과 방패가 격돌한 순간 산산조각이 났습다!"

저쪽 마을 리더도 소리쳤습니다.

이런, 그건 참 큰일이었겠군요.

"그게, 강한 것일수록 망가지기 쉬운 법이랍니다. 보석도 그렇 잖아요?"

저는 말했습니다.

"게다가 최강의 창과 방패가 격돌하면 양쪽 모두 부서지는 건 당연한 일이죠. 양쪽 모두 최강이니까."

장난스럽게 말하는 저를 향해 이쪽 마을의 리더가 반박을 했습 니다.

"하지만 마녀님은 무기가 약하다는 걸 숨겼지 않습까?!"

"아뇨. 당신들이 이야기를 듣지도 않고, 지레짐작하고 멋대로 가버렸던 것뿐이죠."

원래 계획은 무기가 약하다는 점을 설명한 뒤에 두 마을이 맞 붙도록 하는 것이었습니다. 그런데 당신들이 멋대로 가버리는 바 람에 저도 급하게 식사를 해야 했단 말입니다. 이걸 어떻게 보상 해줄 셈이죠?

"그보다, 동쪽 마을에 최강의 무기를 만들어준 마녀님이란 게 당신이었던 검까?"

"어라? 말씀드리지 않았던가요?"

분명 며칠 전, 이 마을과 대립하고 있는 동쪽 마을에도 똑같은 방법으로 쓰레기였던 무기들을 최강으로 만들어주었습니다만.

뭐, 그건 그렇다고 치고.

"현시점에서 저는 의뢰받은 일을 완벽하게 끝냈습니다. 답례도 확실하게 받았으니, 이만 가보겠습니다."

저는 천천히 빗자루를 타고 날아갔습니다.

아래에서 날아드는 온갖 욕설은 더욱 커져갔고, 돌멩이를 던지는 사람까지 있었습니다. 맞지는 않았지만.

"그럼 안녕히 계세요."

솔직히 이야기하자면.

제가 받은 의뢰는 무기를 최강으로 만들어달라는, 그런 위험한 것만이 아니었습니다. 오히려 그건 진짜 의뢰를 수행하는 데 필요했던 일 중 하나였을 뿐이라고 해도 과언이 아닙니다.

사실 제가 받은 진짜 의뢰는 '사이가 나쁜 두 마을의 남자들에게서 무기를 없애주길 바란다'는 것이었습니다.

그런 연유로 마법을 써서 무기를 없애드렸던 겁니다.

공통의 적이 생긴 만큼 두 마을의 관계도 예전처럼 나빠지지는 않을 테니, 일거양득입니다. 돈과 나이프와 냄비 뚜껑을 대가로 치르기는 했지만 말이죠.

하지만 평화적으로 싸움을 끝내기 위한 희생이라고 생각하면 대가치고는 싼 편이지요.

점점 멀어져가는 한 무리의 사람들은 저를 향해 여전히 불만을 쏟아내고 있습니다.

그런 그들 너머, 두 마을의 의뢰인들이 집회장 근처에 모여서 저를 향해 손을 흔들어주고 있는 모습이 희미하게 보였습니다.

제 3 장

나뭇잎이 지는 가을의 숲. 선명한 붉은색으로 물든 잎이 조용하고 완만하게 떨어져 나라와 나라 사이를 잇는 하나의 길을 새빨갛게 물들이고 있었습니다.

마치 붉은 융단처럼 변한 길을 걷는 것은 한 명의 소녀.

검은 로브에 검은 삼각 모자. 가슴에는 별을 본뜬 브로치. 추운 계절인지라, 가는 다리는 검은색 타이츠로 감쌌습니다.

한눈에 봐도 마녀로 보이는 차림을 한 그녀는 마녀이자 여행자였습니다.

"……후우."

그녀는 멈춰 서서 하늘을 올려다보았습니다. 그곳에 맑게 갠 푸른 하늘은 없었습니다.

근심 어린 눈동자로, 멍하니 걸음을 멈추고 선 그녀는 누가 어떻게 보아도 미소녀였습니다. 이곳을 지나가는 사람이 있었다면 너무나도 아름다운 그 모습에 정신을 잃고 말 정도입니다. 상대가 남자든 여자든 상관없이, 그녀의 포로가 되어버렸을 테죠.

그런 마성의 아름다움을 지닌 그녀는 대체 누구인가.

그렇습니다. 바로 저입니다.

"…………."

아, 농담입니다.

○

평소라면 나라에서 나라로 이동할 때는 마녀답게 빗자루를 타고 날아갑니다만, 이번에는 그렇게 하지 않았습니다.

너무나도 아름다운 경관에 둘러싸인 길을 빗자루로 빠르게 지나가 버리는 것은 아깝다고 생각했기 때문입니다.

추워서 타고 싶지 않다, 라는 이유도 있지만요.

"…………."

직전에 지나온 나라—— 분명 수차(水車)의 나라였지요? 그 나라에서 다음 나라까지는 이 길을 쭉 나아가기만 하면 된다고 합니다.

곧 다음 나라의 모습이 보이기 시작할 겁니다.

아마도 다음 나라는——.

"……어머?"

저의 생각은 중단되었습니다. 그리고 깨닫고 보니 그 자리에 걸음을 멈추기까지 했습니다.

이 길 저편에서 다가오는 사람의 모습을 발견했기 때문입니다.

말에 탄 남자였습니다. 말을 달리며 길 한가운데를 유유히 나아가고 있습니다.

그는 제 시선을 눈치채고 저를 향해 미소를 지어 보였습니다. 금색 머리카락과 푸른색 눈동자. 그리고 아주 비싸 보이는 옷을 몸에 걸친, 상냥해 보이는 청년이었습니다.

그 사람이 그저 잘생겼을 뿐인 평범한 남자였다면 저는 일부러 생각과 걸음을 멈추고 그에게 시선을 보내지 않았을 겁니다. 풍경의 일부로 여기며 기껏해야 인사를 하고 스쳐 지나갔을 테죠.

"여어, 안녕한가. 오늘은 날씨가 좋군그래—— 같은 인사는 재미가 없으려나?"

그러나 제 눈앞에서 말을 멈춘 것은 척 보기에도 그런 사람이었습니다.

그런 사람이라고 할까, 분명,

"왕자님?"

이었습니다.

그는 온화한 미소를 유지한 채 고개를 끄덕였습니다.

"호오, 나를 아는 건가?"

"가슴에 단 그 문장, 수차의 나라에서 언뜻 봤습니다."

"그렇군—— 그래. 짐작한 대로 나는 수차의 나라의 왕자다. 이름은 로베르트라고 하지. 만나서 반갑군, 마녀님."

그는 고삐를 쥐고 있던 손을 놓더니 저를 향해 내밀었습니다.

악수해라, 그런 건가요? 그렇군요.

저는 그의 손을 잡고 "반갑습니다"라는 말만 한 다음 그 손을 놓았습니다.

"그런데 여기서 마주쳤다는 건, 그대는 혹시 수차의 나라에서 풍차의 나라로 가는 도중인가?"

"그렇습니다."

저는 긍정했습니다.

이 길은 나라와 나라를 잇는 외길. 제가 직전에 머물렀던 수차의 나라와 지금부터 향해 갈 풍차의 나라. 그 둘을 잇는 무역로입니다.

"그래, 내 나라는 어땠나?"

"수차가 잔뜩 있었습니다."

"…………."

"…………."

"……어? 설마 그것뿐인가?"

"네에, 뭐."

특별히 이야기할 만한 일도 없었던지라.

"그, 그런가…… 그것뿐인가……."

의기소침해진 그를 반쯤 무시하며 저는 질문을 던졌습니다.

"그런데 로베르트 왕자님, 저와 여기서 마주쳤다는 건, 왕자님은 풍차의 나라에서 수차의 나라로 돌아가는 도중이신 건가요?"

"음? 아…… 아니, 조금 다르군."

"네? 그 말씀은?"

"실은 약혼자를 찾고 있는 중이라네."

호오 호오.

"저는 여행자라 결혼 같은 건 할 수 없습니다."

"자네는 무슨 말을 하는 건가……?"

로베르트 왕자는 눈에 띄게 어이없어했습니다.

"내 약혼자가, 사라져버렸다는 말이네."

"사라졌…… 다고요?"

도망친 게 아니라?

로베르트 왕자는 고개를 끄덕였습니다.

"사실 나는 곧 결혼을 할 예정이었다네. 그 상대 여자아이는 풍차의 나라의 왕녀였고, 수차의 나라에서 식을 올리기 위해서 나는 그 아이를 데리러 가야만 했지."

"흐음흐음."

상대는 풍차의 나라의 왕녀인가요? 대단하군요.

"그런데 저쪽 나라에는 그녀와 나의 결혼을 좋지 않게 여기는 녀석들이 있었던 모양이야. 내가 오늘 아침 풍차의 나라에 도착해보니, 그녀가 다른 녀석과 결혼식을 올리기 직전인 상황이더군."

"…………."

그는 단정한 얼굴을 일그러뜨리고 있었습니다.

"그녀는 울고 있었어. 원치 않는 상대와의 결혼이 너무나도 싫어서 견딜 수 없었던 것일 테지. 그래서 나는 왕자로서의 입장을 내던지고 그 녀석들에게서 그녀를 구해 데리고 나왔다네."

이 얼마나 로맨틱한 전개인가요.

"풍차의 나라를 나올 때, 나는 말에 연결해둔 작은 수레에 그녀를 태우고 수차의 나라를 향해 달렸다네."

"수레라니."

짐짝입니까?

"그런데, 길을 가는 도중에 문득 뒤를 돌아보니 그녀의 모습이 보이지를 않지 뭔가. 풍차의 나라에서 함께 나왔을 때는 분명 수레 위에서 크루아상을 먹고 있었는데."

"떨어진 게 아닐까요?"

"그래…… 그래서 찾고 있는 중이라네."

"그렇군요."

납치를 당한 걸까요? 사고인 걸까요? 아니면 도망친 걸까요? 과연 어느 쪽일까요? 그의 이야기를 들어본 바로는 사고로 왕녀를 태운 수레째 길에 두고 와버렸을 가능성이 무척 높아 보입니다만.

현 단계에서는 무어라 말하기가 힘들 것 같습니다.

"풍차의 나라의 왕녀는—— 그녀는 웨이브 진 금발 머리카락에 불타는 듯한 붉은색 눈동자를 가진 아름다운 여성인데…… 본 기억이 있는가?"

"수차의 나라에서부터 이 길을 쭉 걸어왔지만, 마주친 건 왕자님이 처음입니다."

저는 사실을 전했습니다.

그는 고민스러운 듯 아주 살짝 눈썹을 모으고 중얼거렸습니다.

"……그런가."

하지만 뭔가 복잡하게 얽힌 사정이 있을 것만 같은 예감이 들었습니다. 이웃나라의 왕녀님과 결혼이라니, 그 뒤에 무언가가 얽혀 있을 게 뻔하잖아요?

예를 들면 두 나라를 잇기 위한 정략결혼이라든가.

"왕녀님과는 어디서 처음 만나셨나요?"

저는 에둘러 물어보았습니다.

"응? 전쟁 종결 10주년 기념 파티에서였지. 나는 그녀를 보고 한눈에 반했다네."

"호오라, 전쟁 종결이라. 흐음 흐음. 수차의 나라와 풍차의 나라는 전쟁을 했던 건가요? 과연."

역시 정략결혼입니까?

"10년도 더 전의 이야기다. 수차와 풍차는 가까이에 있는 자신과 비슷한 존재를 서로 마음에 들어 하지 않았고, 전쟁을 벌였지."

"비슷한 존재인데, 말인가요?"

"비슷한 존재라서, 그런 거지. 자신과 비슷한 누군가가 늘 옆에 있다는 건 기분이 나쁘지 않겠나? 그것이 원인이 되어 사소한 일을 계기로 바로 싸움이 벌어졌고, 최종적으로는 전쟁이 일어났지. ……우리가 지금 있는 이 길은 전쟁 시대에 전화가 가장 격렬했던 장소라네. 한때는 병사들의 피가 넘쳐흘러, 피의 교역로라는 이름이 붙었을 정도로."

"그거 참 무척이나 취향이 안 좋은 이름이로군요."

문득 시선을 내려보니 새빨갛게 물든 길이 보였습니다.

다만, 길을 물들인 것은 피가 아니라 흩날려 떨어진 나뭇잎입니다.

선명하고 화려한 빨강입니다.

"서로를 인정하기까지 아주 긴 시간이 걸리긴 했지만, 겨우 평화가 찾아왔어. 나와 그녀가 결혼하면 두 나라의 우호 관계는 더욱 깊어질 테지."

"왕녀님도 납득하신 일인가요?"

"당연하지. 그렇지 않았다면 약혼 같은 건 하지 않았겠지."

"……흐음."

그런가요.

저는 완전히 로베르트 왕자가 억지로 결혼까지 밀어붙였고, 그리고 결혼하기 싫었던 왕녀님이 도망간 거라고 생각했는데——아닌가 봅니다.

저는 고개를 끄덕였습니다.

"어딘가에서 만난다면, 그때는 당신이 찾고 있다고 전해두겠습니다."

말을 마치고 그를 올려다보았습니다.

"그래, 부탁하지. 그때는 수차의 나라로 오라고 말해주게. 결혼식을 올려야만 하니까."

로베르트 왕자는 그렇게 말했습니다.

"아, 그래. 참고로 그녀를 발견하면 금화 열 닢을 자네에게 주도록 하겠네."

어머.

"그렇군요. 최선을 다해 찾겠습니다."

"부탁하지."

"네, 알겠습니다."

돈에 눈이 먼 게 아닙니다. 왕자님에게 도움이 되고 싶다고 생각한 것뿐입니다. 아니 정말로.

………….

하지만 부자란 하는 짓이 치사하군요. 재력이라는 최강의 무기가 있으니, 대부분의 일은 어떻게든 되지 않을까요?

우아하게 멀어져가는 로베르트 왕자의 뒷모습을 바라보며 저는 그런 생각을 했습니다.

○

로베르트 왕자와 헤어지고 잠시 걸음을 옮기던 저는 길 저편에서 이쪽으로 다가오고 있는 한 사람을 발견했습니다.

너무 빤히 보는 건 실례라고 생각했기 때문에 곁눈질로 슬쩍 그 사람에게 시선을 주었습니다.

"…………."

정말이지 아름다운 여성분이었습니다.

하지만 일단 풍차의 나라의 왕녀님은 절대 아닙니다── 외모가 너무나도 다릅니다.

곧게 뻗은 머리카락은 불타오르는 듯한 빨강. 복장은 왕녀님다운 드레스가 아니라 어쩐지 불길한 느낌을 주는 붉은색 갑옷. 게다가 위험하게도 허리에는 검을 차고 있습니다.

온통 붉은색인 길 위에 붉은색 갑옷을 걸친 빨간 머리카락의 여자.

그런 여성이 제 옆을 스쳐 지나갔습니다.

우우, 위험하네요.

"거기 너."

제 등 뒤쪽에서 찔러드는 것 같은 날카로운 목소리가 울려 왔습니다.

저는 걸음을 멈추고 뒤를 돌아보았습니다.

"……왜 그러시죠?"

"지금, 내 쪽을 보고 있었지? 무슨 용건이라도 있나?"

"아뇨, 별로── 다만, 조금 신경이 쓰인 게 있어서요."

"신경이 쓰인다고? 뭐가 말이지?"

저는 시선을 살짝 내려 그녀의 갑옷을 바라보았습니다.

"그런 위험한 차림을 한 사람이 평범하게 길을 걷고 있으면 신경이 쓰일 거라 생각하지 않나요?"

"신경 쓰지 않아도 된다."

"대답이 되지 않는데요."

"…………."

"……무슨 일이 있는 건가요?"

저는 시치미를 떼고 물었습니다.

대답 같은 건 이미 알고 있으면서도.

그녀가 온 방향은 풍차의 나라가 있는 쪽. 게다가 갑옷을 걸치고 있으니, 아무래도 방랑하는 여행자라고 보기는 어려울 것 같습니다.

그리고 갑옷을 입었다는 것은 무언가를 지키는 입장의 인간이다, 라는 식으로 생각해볼 수 있습니다.

말하자면.

"실은, 우리나라의 왕녀님이 실종되셨다."

그런 거죠.

"실종이요? 그거 큰일이네요."

"뭔가 아는 게 있나? 웨이브 진 금발이 특징인 미녀시다만."

"아뇨, 전혀."

그런 여성은 본 적 없네요. ……그나저나 꽤나 큰 소동인가 봅니다.

이래서는 풍차의 나라에 도착해도 조용히 쉬지 못하는 게 아닐까요? 나라 안이 온통 충격에 휩싸여 있을 가능성도 큽니다.

갑옷 차림의 여자는 미간을 찌푸리고 "……그런가"라고 입을 열었습니다.

"혹시 왕녀님을 발견한다면, 풍차의 나라까지 모셔가 줄 수 있겠나?"

이런, 로베르트 왕자가 기다리는 곳과는 정반대 방향이로군요. ……………

저는 고개를 크게 끄덕이며 대답했습니다.

"네, 당연히 그럴 생각입니다── 그런데, 성함이?"

"로자미아다."

"그럼 로자미아 씨한테로 데려가겠습니다. 발견한다면."

"부탁하지."

"네."

아마도, 지만요.

○

배가 고파졌습니다.

벌써 점심시간인가요.

"…………."

배가 고플 때는 어째선지 냄새에 민감해집니다. 쌀쌀해진 날카로운 공기 속이라고 해도, 음식 냄새가 섞여 있으면 바로 눈치챌 수 있습니다.

아, 이건 아무래도 맛있는 냄새 같은데, 하고 말이죠.

"…………."

그런고로, 어디서 풍겨 오는지 모를 음식 냄새를 맡은 저는 그 자리에 멈춰 섰습니다.

냄새가 납니다. 실로 맛있을 것 같은 냄새가.

이건 뭘까요? ──아, 빵입니다. 빵 냄새입니다.

빵 특유의 살짝 달콤하고 부드러운 향기가 희미하게 감돌고 있습니다.

"앞에도 뒤에도 사람은 보이지 않네요…… 그렇다는 건."

저는 냄새를 따라, 길에서 벗어나 수풀 속으로 발을 들여놓았습니다. 이쪽 방향에 빵이 있는 게 틀림없습니다.

걸음을 옮길 때마다 바스락바스락 풀이 흔들렸고 냄새는 더욱 강해졌습니다.

그리고.

"우으……응?"

수풀 속. 한 그루의 나무 아래.

주저앉아 크루아상을 입에 물고, 이쪽을 보고 놀라는 여성이 있었습니다. 무릎 위에 놓인 것은 크루아상이 가득 담긴 바구니. 비싸 보이는 새하얀 웨딩드레스로 몸을 감쌌고, 금색 머리카락은 웨이브가 졌습니다. 새빨간 눈동자는 저를 향한 채 움직이지 않습니다.

……아무래도.

좋은 냄새에 이끌려 와봤더니, 놀라운 인물과 만나버리고 말았습니다.

"왕녀님, 이시죠? 풍차의 나라의."

"…………!"

움찔하고 어깨를 떤 그녀는 손에 들고 있던 남은 크루아상을 야금야금 먹었습니다.

대답을 하는 것보다도 그쪽이 우선입니까. 그렇습니까.

한동안 입을 오물오물 움직이던 그녀는 마침내 크루아상을 전부 삼키고, 저를 노려보았습니다.

"당신은 누구죠? 다른 사람의 이름을 물을 때는, 우선 자신의 이름부터 밝히세요. 실례로군요."

이름을 물은 기억은 없습니다만. 그저 확인을 했을 뿐인데요.

"……재의 마녀, 일레이나. 여행자입니다."

"그래요. 일레이나…… 좋은 이름이군요. 나는 쇼콜라. 당신 예상대로 풍차의 나라의 왕녀예요."

"한 나라의 왕녀님이 이런 데서 뭘 하고 계신 건가요?"

"보고도 모르나요? 점심을 먹고 있죠."

"그런데 그 크루아상, 하나만 주시겠어요?"

"아, 여기요."

"감사합니다."

나무 그늘 아래, 쇼콜라 왕녀의 옆에서 크루아상을 베어 물며 그녀의 주변 사정을 물어보았습니다.

약혼자인 로베르트 왕자와 만났던 것은 일단 감춰두었습니다. 정략결혼일 수도 있다는 예상을 저는 아직 버리지 않았습니다. 그를 의심하는 것은 아니지만, 두 사람의 진의를 듣기 위해서는 그러는 것이 최선이라고 판단했기 때문입니다.

우선은 가벼운 질문부터.

"왕녀님의 나라로는 돌아가지 않으실 건가요?"

"무서운 사람에게 쫓기고 있어요. 돌아가고 싶어도 돌아갈 수 없죠."

"……무서운 사람, 인가요?"

"네. 내 행복을 망가뜨려 버린 무서운 사람이에요."

흐음. 이건 로베르트 왕자의 이야기와 일치하는군요. ──그건 즉.

"혹시 당신과 억지로 결혼하려고 한 사람을 말하는 건가요?"

"맞아요, 그 사람이에요. ……아시나요?"

"네, ──사정은 어느 정도 들었습니다."

"……누구에게요?"

쇼콜라 왕녀가 살짝 자세를 고친 것을 알 수 있었습니다.

그녀가 이웃나라의 왕자와 결혼하고 싶어 했으며, 그러나 그녀와 같은 나라의 어떤 사람——그녀의 말을 빌리자면, 행복을 망가뜨려 버린 무서운 사람——이 있다고 한다면, 당연히 경계심이 생기겠지요.

같은 나라의 어떤 사람이라는 적은 한 명이 아닐 가능성도 있으니까요.

어머, 큰일이네요.

정정해두도록 하죠.

"걱정하지 마세요. 당신의 연인에게 들었답니다."

"어머. 그렇다면 안심이에요."

안도하며 가슴을 쓸어내린 그녀는 크루아상을 한 입 베어 물었습니다. 저도 그녀에게 이끌려 한 입.

그럼 질문을 더 해보도록 하죠.

"그래서, 연인이 있는 곳으로는 가지 않는 건가요?"

"무서운 사람이 이 근처를 어슬렁거리고 있을지도 모르잖아요? 그래서 여기서 기다리고 있는 거예요."

"크루아상을 먹으며?"

"네."

"하지만, 냄새로 들킬 텐데요?"

"제가 아는 한, 크루아상 냄새를 맡을 수 있는 괴물은 아마도 당신 정도일 거예요."

"그렇지 않습니다."

실례잖아요.

"하지만 냄새가, 나나요?"

그렇게 말하며 쇼콜라 왕녀는 먹고 있던 크루아상을 제 코 가까이로 가져다 댔습니다.

먹었습니다.

"맛있습니다."

"……어째서 내 걸 먹는 거죠?"

"남의 빵이 더 커 보이는 법이죠."

"완벽하게 똑같은 빵일 텐데요."

"그렇다면 더욱 그렇죠."

이웃하고 있는 아주 비슷한 두 나라가 싸움을 벌였던 것과 같은 이유죠.

저는 손안에 있던 남은 크루아상을 입에 넣고 자리에서 일어났습니다.

"그럼 농담은 이 정도로 하고, 갈까요?"

쇼콜라 왕녀는 "……어디로?"라는, 불안이 담긴 눈동자로 저를 올려다보았습니다.

"방금 내가 한 이야기를 안 들은 건가요? 나는 여기서 연인을 기다릴 생각이에요. 무서운 사람과 만나고 싶지 않으니까."

"하지만 여기 계속 있다간 그 무서운 사람이 당신을 발견할지도 모르잖아요."

"…………"

저는 침묵하는 그녀에게 말했습니다.

"당신을 발견하면 데려오라고, 당신의 연인이 말했거든요. 왕녀님."

저는 그녀에게 손을 내밀었습니다.

"크루아상의 답례예요. 당신을 호위해드리죠."

○

로베르트 왕자와 로자미아 씨.

그 두 사람의 공통점은 지금 제 옆에서 걷고 있는 그녀—— 쇼콜라 왕녀를 찾고 있다는 것입니다.

이건 제 추측입니다만, 그 두 사람 중 한쪽이 쇼콜라 왕녀가 말한 '무서운 사람'의 관계자일 테지요.

그래서 두 사람이 왕녀를 데려오라 말한 나라가 서로 달랐던 겁니다.

즉, 선택을 잘못하면 쇼콜라 왕녀를 나쁜 녀석들 손에 넘겨주는 꼴이 되어버립니다.

어느 쪽을 믿으면 좋을까—— 쇼콜라 왕녀의 솔직한 의견과 맞춰보면, 그 답은 저절로 나옵니다.

"……어머? 수차의 나라로 향하는 건가요?"

"네. 그쪽에서 당신의 연인이 기다리고 있습니다."

생각한 결과.

저는 로베르트 왕자가 기다리는 쪽으로 나아갔습니다.

어느 쪽이 더 믿음이 가는가, 로베르트 왕자였습니다.

로자미아 씨가 누구에게 무슨 말을 듣고 쇼콜라 왕녀를 찾고 있는지가 불명이었기 때문입니다. 쇼콜라 왕녀를 억지로 결혼시키려 한 무서운 사람에게 명령을 받았을 가능성도 있습니다.

두 사람 중 어느 한쪽을 골라야 한다면, 로베르트 왕자를 믿는 편이 낫겠다는 것이 제 결론입니다. 설령 과거에 전쟁을 했던 이웃나라의 왕자라고 해도—— 아니. 애초에 전쟁은 십수 년 전에 종결되었고 지금은 그럭저럭 교류도 하고 있는 모양이니, 그 부분은 고려하지 않아도 될 겁니다.

저는 쇼콜라 왕녀 쪽을 바라보았습니다.

"아마 해가 질 무렵이면 도착할 겁니다. 그때까지 산책이라고 생각하면서 저를 따라오세요."

"네에……."

쇼콜라 왕녀의 표정은 어두웠습니다.

"그런데, 어째서죠?"

"어째서라니요?"

"제 연인은 어째서 수차의 나라에서 기다리고 있는 거죠?"

어째서냐고 말한들 말이죠.

"당신의 행복을 망가뜨려 버린 무서운 사람이라는 자가 풍차의 나라에서 기다리고 있을지도 모르니까 그런 게 아닐까요?"

게다가 수차의 나라의 왕자님이 자신의 나라에서 기다리는 건 그다지 부자연스럽다고 생각되지 않는데요.

쇼콜라 왕녀는 고개를 숙였습니다.

"모처럼 결혼식을 올릴 수 있게 되었는데…… 이래서는 정식 결혼을 올릴 때까지 시간이 너무 많이 걸릴 거예요."

그리고 그렇게 푸념을 늘어놓았습니다.

"그거라면 걱정 없어요. 원래 예정대로 수차의 나라에서 올릴 수 있을 거예요."

"······네? 뭘요?"

"뭐라니, 결혼식이요."

저는 고개를 갸웃거리는 쇼콜라 왕녀에게 말했습니다.

"애초에 처음부터 수차의 나라에서 결혼식을 올릴 예정이었잖아요?"

제가 거기까지 말했을 때였습니다.

쇼콜라 왕녀가 우뚝 걸음을 멈추었습니다.

"당신, 무슨 말을 하는 거죠?"

의심 가득한 시선이 저를 향하고 있었습니다.

이상한 느낌이었습니다—— 무언가 커다란 부분이 어긋난 듯한 이상한 감각.

일단 처음으로 돌아가 보죠.

"당신의 연인은 로베르트 왕자가 맞죠?"

그러나.

"아니요."

쇼콜라 왕녀는 고개를 저었습니다.

그리고 이렇게 말했습니다.

"그 사람이 제 행복을 망가뜨린, 무서운 사람이에요."

○

이미 뭐가 뭔지 알 수 없는 방향으로 나아가던 이야기를 한층 더 꼬아버린 그 발언에 제가 무어라 대꾸를 하기도 전에, 그 일은 일어나고 말았습니다.

아니, 일어났다기보다 날아왔다고 해야 할까요?

"──우오오오오오오오오오오오오오오오오오오."

우리가 향해 가던 수차의 나라 쪽에서 남자가 날아오고 있었습니다.

금색 머리카락에 푸른 눈동자. 큰 소리로 외치며 바람과 함께 우리 옆을 지나쳐 간 그는 이내 우리가 걷던 길 위를 뒹굴더니 붉은 잎을 흩뿌리며 천천히 정지했습니다.

그 모습은 어쩐지 지면에 몸이 찢겨 피를 뿜는 것처럼 보였습니다.

"괜찮으신가요?"

"……이 남자가, 제 행복을 망가뜨린 무서운 사람이에요."

그녀는 제 로브 자락을 움켜쥐고 말했습니다.

현재로는 그가 육체적으로 망가진 것처럼 보입니다만.

"하지만, 대체 누가……?"

설마 쇼콜라 왕녀의 모습을 발견하고 수차의 나라에서 날아온 것은 아니겠죠? 그가 날아왔다는 건, 날려 보낸 사람이 있다는 뜻일 겁니다.

말에 차이기라도 한 걸까요?

저는 그가 날아온 방향── 수차의 나라 쪽을 바라보았습니다.

"……우와."

그리고 뒷걸음질 쳤습니다.

그 방향에는 그야말로 귀신의 형상이 서 있었습니다.

"로자미아……!"

곁에 선 쇼콜라 왕녀가 중얼거렸습니다.

수차의 나라 쪽에서 천천히 걸어온 것은 풍차의 나라의 기사, 로자미아 씨였습니다. 아무래도 그녀는 무척이나 화가 났는지, 온몸에서 살기가 뿜어져 나오고 있었습니다. 닿기만 해도 목을 꺾어버릴 듯한 분위기가 감돌았습니다.

참고로 통나무를 들고 있는 탓에 위압감이 배로 늘었습니다. 다가가기만 해도 머리를 깨버릴 것만 같습니다.

"로자미아! 로자미아 맞지?! 아아, 다행이다———."

"네? 저기, 잠깐, 쇼콜라 왕녀!"

대체 일이 어떻게 돌아가는 것인지 전혀 모르겠습니다.

그야말로 살인귀 같은 분위기를 자아내고 있는 로자미아 씨를 향해 왕녀님이 달려가 버린 겁니다. 저의 제지 따위는 개의치 않고, 똑바로.

마치 연인과 재회한 소녀처럼.

………….

……으응?

안 좋은 예감이 들었습니다. ———하지만, 아뇨 아뇨, 설마요.

"왕녀님!"

머리가 쫓아가지 못하는 저 같은 건 완전히 무시하고 이야기는 계속 움직였습니다. 로자미아 씨는 자신을 향해 달려오는 쇼콜라 왕녀를 위해 두 팔을 펼쳤습니다.

안아 들고 있던 통나무 말인가요?

던져버렸습니다. 힘껏.

"왕녀님!" "로자미아!"

두 사람은 뜨겁게 뜨겁게 서로를 끌어안았습니다.

"크헉."

제 등 뒤에서 무언가가 짓눌린 소리와 함께 누군가의 신음이 들려온 것만 같습니다만, 무서워서 돌아볼 수 없었습니다.

"아아, 왕녀님……! 다행이다, 다행이야…….."

"로자미아……! 무서웠어……."

정말 뭐가 뭔지 하나도 모르겠다고요.

생각하는 걸 그만두고 싶은 기분입니다.

○

만약을 위해 쇼콜라 왕녀와 로자미아 씨 두 사람에게 사정을 물었습니다.

두서없는 두 사람의 대화를 정리해보면 이런 느낌입니다.

우선 전제로서.

풍차의 나라의 왕녀인 쇼콜라 씨와 그 측근 기사인 로자미아 씨는 서로 사랑하는 사이였습니다. 두 사람 모두 여성이지만, 사랑하는 사이였습니다.

©Azure

뭐, 그런 사랑의 형태도 있는 법이니 일단 넘어가기로 하죠.

아무튼 두 사람은 그 누구도 둘 사이에 끼어들 수 없을 만큼 열렬하게 서로를 사랑했다고 합니다.

하지만 보통 일국의 왕녀와 그 기사의 결혼은 반감을 사게 되는 법. 더군다나 그것이 동성 간의 사랑이라는 사실을 안 풍차의 나라의 국왕── 쇼콜라 왕녀의 아버지는 매우 싫어하는 기색이었다고 합니다.

딸이 동성애자여서는 아이도 생기지 않기 때문입니다.

그래서 국왕은 억지로 결혼을 결정해버렸던 것입니다. 그 상대는 이웃나라인 수차의 나라의 왕자 로베르트 씨.

남모르게 진행되었던 로베르트 왕자와 쇼콜라 왕녀의 결혼 사실에 연인인 두 사람은 맹렬하게 반대했습니다.

"아버님, 저는 남자한테는 흥미가 없습니다."

"국왕 폐하. 저와 왕녀님은 생을 함께하겠다고 약속한 사이입니다."

"로자미아……."

"왕녀님……."

그런 행동을 국왕님 앞에서 했다고 합니다. 두 사람은 부끄러워하며 이야기해주었습니다.

하지만 국왕은 두 사람의 의견 따위는 완전히 무시. 아니, 무시는커녕 구체적인 결혼 날짜까지 정해버렸다고 합니다.

"──며칠 후에 로베르트 왕자가 너를 맞이하러 올 게다. 수차의 나라에서 결혼식을 올리고 오거라."

국왕은 그렇게 말했다더군요.

제가 추측하기에 로베르트 왕자와의 결혼은 훨씬 전부터 뒤에서 몰래 착착 진행되었을 겁니다.

역시 정략결혼이었던 거로군요.

그건 일단 제쳐두고, 로베르트 왕자와의 결혼식을 앞두고 두 사람은 초조해졌습니다.

그리고 어떤 결론에 다다랐습니다.

"그래요! 로베르트 왕자와 결혼하기 전에 우리가 먼저 결혼해 버리면 아무 문제 없을 거예요!"

"역시 왕녀님!"

그런 연유로, 두 사람은 작은 교회에서 몰래 결혼식을 올리기로 했습니다.

식의 준비는 순조롭게 진행되었고, 드디어 좋아하는 사람과 결혼할 수 있게 되었다는 사실에 쇼콜라 왕녀님은 눈물을 흘렸습니다.

하지만 그가 나타나고 말았던 겁니다.

행복을 망가뜨릴 무서운 사람―― 로베르트 왕자는 교회의 문을 당당하게 열고 나타나 쇼콜라 왕녀를 납치해버렸습니다. 그리고 자신의 말에 동여맨 수레(크루아상 포함) 위에 그녀를 태우고 수차의 나라를 향해 달렸습니다.

쇼콜라 왕녀는 냉정하게 대처했습니다.

수레와 말을 연결한 줄을 침착하게 풀고서 탈출한 것입니다.

그리고 숲속에서 느긋하게 크루아상을 먹으며 좋아하는 연인이 구하러 오기를 기다렸다고 합니다.

　해피엔딩.

　…………．

　아니, 그렇지 않습니다…….

○

　"로자미아!" "왕녀님!" "로자미아!" "왕녀님!" "로자미아!" "왕
녀님!" "로자미아!" "왕녀님!"

　이런 대사가 몇 번이고 몇 번이고 반복되는 고통을 상상할 수
있으십니까?

　그저 상대를 부르고 있을 뿐인데, 어째서 이렇게나 부끄러운
것일까요? 눈과 귀를 가리고 그 자리에 주저앉고 싶을 정도로 부
끄러운 광경이 제 앞에서 펼쳐지고 있었습니다.

　"저기, 키스해줘." "안 됩니다, 왕녀님. 보는 사람이 있습니다."
"신경 쓰지 마." "하지만……." "내가, 싫어?" "아뇨, 그렇지
는……." "그럼, 제발……." "왕녀님……." "로자미아……."

　…………．

　보고 있을 수가 없군요.

　저는 빙글 몸을 돌렸습니다. 그건 그녀들의 이상한 분위기에서
도망치기 위해서일 뿐, 결코 그를 보기 위해서가 아니었습니다
만.

　"……여어, 그새 다시 보는군."

뒤돌아보니 그가 서 있었습니다.

로자미아 씨가 내던진 통나무에 직격당한 그가 제 바로 뒤에서 밝게 웃고 있었습니다.

옷은 너덜너덜하고 머리에서 피가 뚝뚝 떨어지고 있습니다만, 잘못 볼 리 없습니다. 그건 그였습니다.

"왕자님이시죠?"

만약을 위해 저는 물었습니다.

"살아 있나요?"

"물론 나는 수차의 나라의 왕자다. 그리고 말할 것도 없이, 살아 있다."

"통나무가 직격해서 중상인가 했더니, 의외로 튼튼하군요."

"그 정도의 공격, 별것 아니다."

"당신은 대체 뭔가요……."

"수차의 나라의 왕자다."

아니, 그게 아니라…… 하아, 됐습니다.

일일이 따지고 들다가는 끝이 없을 것 같습니다.

"그나저나, 저 광경을 보고 어떻게 생각하시나요?"

큰 착각을 하고 있던 로베르트 왕자에게 열렬히 서로를 안고 있는 그녀들을 보여주었습니다.

"으음…… 어쩐지 두근두근하는군……."

"그건 머리에서 피가 뿜어져 나오고 있기 때문이 아닐까요?"

"어쩐지 새로운 것에 눈뜰 것 같아……."

"하아, 역시 중상이로군요."

"뭐, 농담은 제쳐두고."

"농담이었습니까."

"……반쯤 진심이려나?"

"역시 중상이군요."

"나을 수 있을까?"

"이미 늦었습니다."

"…………."

"그래서, 뭔가요?"

"그래―― 저 광경을 보고 나니 역시 이것저것 인정할 수밖에 없겠군."

"네? 무슨 말씀이죠?"

로베르트 왕자는 변함없이 웃고 있었습니다.

"아까 저 기사에게 통나무로 맞으면서, 이런저런 이야기를 들었거든. 내가 풍차의 나라의 국왕에게 속았다는 것과 정말 연인 사이인 건 나와 왕녀가 아니라 기사와 왕녀였다는, 그런 이야기들."

"아아."

"믿을 수 없었지만, 저 두 사람을 보고 있으니 알겠군. 아무래도 나는 그저 광대일 뿐이었던 모양이야."

"…………."

정말 그러네요. 라고는 말할 수 없었기 때문에 침묵했습니다.

"여자아이끼리…… 좋군."

일국의 왕자가 제 옆에서 이상한 말을 하고 있습니다만, 그것에 관해서도 침묵으로 일관했습니다.

한동안 로자미아 씨와 쇼콜라 왕녀의 영문을 알 수 없는 모습을 방관하면서 서성거리고 있으려니, 로베르트 왕자가 새삼 진지한 이야기를 시작했습니다.

"그녀와의 결혼은 포기하기로 하지."

"그런가요. 그것참."

"──뭐, 포기할 수밖에 없기 때문이기도 하지만."

"…………."

왕녀님, 로자미아 씨 이외에는 전혀 흥미가 없어 보이네요.

"게다가 나에게는 나라로 돌아가 해야만 할 일이 생겼으니까."

"호오?"

"동성애를 합법화하려고 한다."

"아, 그러신가요."

"반응이 별로군."

"좀 질렸습니다."

"……뭐, 지금은 아직 반감을 느끼는 사람이 많겠지. 하지만 저 두 사람처럼, 성별의 장벽을 뛰어넘어 서로를 사랑하는 사람들은 달리 또 있을 거야. 그 관계를 나라에서 인정해버리면, 분명 지금보다 더 평화로운 나라가 되겠지."

과연.

"……진심은?"

"여자아이끼리…… 좋구나."

"…………."

제가 입을 다물자, 저편에서 꺅꺅 소란스러운 두 사람의 목소리가 들려왔습니다. 마치 저곳만이 꽃밭인 것 같군요.

혹시 제가 미래에 여행을 그만두고 어느 한 나라에 자리를 잡게 된다고 해도, 이 길 끝에 있는 나라에서 살게 되는 일은 없을 거라 생각했습니다.

"아, 그러고 보니."

저는 걸음을 옮기려 하는 로베르트 왕자를 불러 세웠습니다.

뒤를 돌아본 그는 밝은 미소(다만 피투성이)를 띠고 있었습니다.

"왜 그러지?"

"…………."

저는 그를 향해 손을 내밀었습니다.

"응? 뭔가?"

의도가 전해지지 않았는지 그는 고개를 갸웃거렸습니다.

그래서 저는 웃는 얼굴을 만들며 말했습니다.

"금화 열 닢, 주세요."

당신과의 약속대로, **왕녀님을 발견**했으니까.

○

어느 한 나라를 방문했을 때, 우연히 풍차의 나라와 수차의 나라의 소문을 들었습니다.

그 후, 두 나라는 양쪽 모두 동성애를 전면적으로 인정하는 나라로서 새로운 발전을 이루었다든가 이루지 못했다든가.

적어도 이전보다 국교가 훨씬 활발해진 것은 사실인 모양입니다.

특히 풍차의 나라는 왕녀가 동성과 결혼을 한 덕분에 지금까지 숨어 지내던 동성애자들이 아주 활발하게 움직이고 있다고 합니다.

수차의 나라는 여성끼리의 결혼을 장려할 생각인지, "여성끼리 결혼하면 보조금을 지급한다!"라고 왕자님이 대대적으로 발표.

그 결과 여성 간의 결혼을 위조하는 무리들이 속출하는 바람에 꽤 큰일이었다고 합니다.

그렇게 수차 혹은 풍차가 있을 뿐이었던 나라는 특별한 개성을 갖추게 되었습니다.

덕분에 방문하는 여행자 수가 늘었다고 합니다.

다만 인구는 감소 경향을 보이고 있다고 합니다.

어째서일까요?

저기…….

이 남자와 처음 만난 것은 언제였지요? 어디였지요?

애매합니다.

분명하지가 않습니다.

그 정도로 어찌 되든 상관없는 장소에서, 저는 그와 우연히 만났던 것입니다. 아니, 직접 대화를 나누었던 것은 아니므로 스쳐 지나갔다고 해야 하겠지요.

장소는 분명 어딘가의 나라와 어딘가의 나라를 잇는 길이었을 겁니다. 어떤 곳이었는지는 기억나지 않습니다. 다만, 길이었다는 것뿐.

네, 하지만 저는 이 문을 통과해 이 나라에 들어왔으니, 분명 문 저 멀리로 이어지는 길에서 스쳐 지나갔을 거라고 생각합니다.

잘 생각해보니, 분명 저 길을 지나갔던 것 같습니다.

시간은…… 그렇군요. 저녁이었던가요? 아니, 아침이었던 듯한……? 네, 아마도 아침이었을 겁니다.

제가 이 나라에 온 것은 오늘 점심 무렵입니다. 그리고 제가 그 남자와 스쳐 지나간 건 이 나라로 오는 도중이었으니, 아침이겠죠.

어떻습니까? 훌륭한 추리죠? 네? 어찌 되든 상관없다고요?

아, 그렇습니까……

……네? 네. 확실히. 그래요. 그 남자는 분명히, 길에서 저와 스쳐 지나갔습니다. 이제 와서 무슨 확인인가요? 물은 건 그쪽이 잖습니까?

이제부터 이 나라를 관광하고 느긋하게 지낼 생각이었는데……

당신들이 말한 특징의 남자라면 확실히 저쪽 나라로 갔습니다── 저쪽, 아무런 특징도 없는 평범한 나라였습니다. 뭐, 가끔은 평범한 나라도 좋죠. 꾸미지 않은 느낌이 좋았어요. 정말, 진짜로 '평범한 나라'라는 느낌이라.

하지만 이 나라는 다르겠죠?

어라? 그 표정은 뭔가요?

어머, 이런. 농담도 참.

그런 기발한 모습을 한 남자가 있던 나라가 평범한 나라일 리 없잖아요. 분명 어마어마한 비밀을 갖고 있는 나라인 거죠? 마음이 들뜨네요.

네?

……네에, 그러고 보니 분명히 당신들은 평범한 모습이네요. 어째서죠?

그 남자가 이상한 것뿐? 하아, 그런가요…….

그리고.

눈앞의 군인 아저씨는 씁쓸한 표정을 지으며 말했습니다.

"다시 한 번 확인하겠는데…… 분명히, 이런 특징의 남자를 만난 건가? 나라 밖의 길에서?"

그가 저를 향해 들고 있는 것은 한 장의 그림. 저와 스쳐 지나갔던 남자의 기묘한 모습이 세밀하게 그려져 있습니다. 뿜어버릴 것만 같을 정도로 이상한 모습입니다. 뭔가요, 이거. 아니, 정말로.

대체 어떤 남자가 이런 차림을 하고 밖을 나돌아 다니는 건가요? 저 같으면 치욕에 휩싸여 그대로 자해해버리고 말 겁니다. 대대손손 이어질 수치입니다. 이런 차림.

하지만 정작 제일 중요한 얼굴이 검게 칠해져서 알아볼 수가 없게 되어 있습니다.

뚫어져라 바라본들 검은 칠 너머의 모습이 보일 리도 없는지라 결국 그 남자의 얼굴은 떠올리지 못했습니다.

제 시선과 종이를 번갈아보던 군인 아저씨가 물었습니다.

"……얼굴은 기억이 나나?"

"아뇨, 전혀."

그리고 저는 군인 아저씨에게 물었습니다.

"그런데, 이 남자는 대체 무슨 짓을 한 건가요?"

"절도다. 이 나라 부호들의 금고란 금고는 전부 닥치는 대로 털어갔어."

"이런 차림을 한 사람이, 말인가요?"

"그래."

"사람은 겉모습만 보고는 알 수 없는 거군요……."

"겉모습이랄까, 차림이지만."

지당하신 말씀입니다.

그리고 군인 아저씨는 "후우" 하고 한숨을 쉬면서 종이를 접어 주머니에 넣었습니다.

아무래도 탐문 조사가 끝난 모양입니다.

"고맙네, 아가씨."

군인 아저씨는 저를 향해 경례를 했습니다.

저도 그의 포즈를 흉내 내며 말했습니다.

"아뇨. 당연히 해야 할 일을 했을 뿐입니다── 그나저나, 참고가 됐을까요?"

그러자 그는 다시 씁쓸한 표정을 지었습니다.

"글쎄…… 어떨까. 범인의 행방을 안 건 확실히 진전이라고 할 수 있겠지만……."

그는 말끝을 흐렸습니다.

"왜 그러시죠?"

경례를 바로 하고 그는 말했습니다.

"목격 정보를 모으고 있지만, 안타깝게도 범인의 얼굴을 기억하는 사람이 한 명도 없는 상황이야."

"…………."

과연, 그렇군요.

"그 말은 그러니까──."

"그래. 모두 범인의 기묘한 차림밖에 기억하지 못해."

제 5 장

가을의 쓸쓸한 공기를 가르며 빗자루가 날아가자 지상에 펼쳐진, 하얗고 폭신폭신한 구슬을 단 식물들이 싫은 듯 고개를 흔들었습니다.

"……이런."

위험해라, 위험해라—— 목화밭을 망가뜨리지 않도록, 빗자루에 탄 그녀는 아주 조금 속도를 늦추었습니다.

잿빛 머리카락이 가장 두드러지는 특징인 그녀는 마녀이자, 여행자였습니다. 검은 로브와 삼각 모자, 그리고 마녀의 증거인 별을 본뜬 브로치를 가슴에 달고 평소처럼 유유자적 빗자루를 날게 하고 있습니다.

자, 그렇다면 이런 호사스런 자유를 마음껏 즐기고 있는 마녀는 대체 누구일까요?

그렇습니다, 바로 저입니다.

"…………."

목화밭 너머로 보이는 자그마한 나라를 향해 나아가며 저는 가슴 가득 숨을 들이쉬었습니다.

아직 아주 조금 여름다움이 남아 있는 공기는 눈 아래에서 한들거리는 목화들처럼 부드럽게 느껴졌습니다.

○

어머나, 뭔가 이상한 나라이옵니다.

이 나라에 도착해 나라 안을 잠시 걷던 저는 이런 고상한 반응을 해버리고 말았습니다. 한 번 신경을 쓰기 시작하자, 그것들만 눈에 띄었습니다.

"…………."

오른쪽도 왼쪽도, 왕자와 왕녀뿐.

겉모습이 부자 같은 사람들밖에 없습니다.

아름다운 드레스로 치장한 왕녀와 호화로운 군복 같은 옷차림을 한 왕자들이 거리를 걷고 있었습니다.

대체 어떻게 된 거죠?

"저기, 실례합니다."

저는 우연히 근처를 걷고 있던 왕자들 중 한 사람을 붙들고 물었습니다.

"저는 여행을 하고 있는 사람입니다만, 잠시 시간 좀 내주실 수 있을까요?"

"응? 아, 나?"

정말이지 소심해 보이는 그 남성은 난처해하면서도 걸음을 멈춰주었습니다.

"네, 당신이요. 저기, 이 나라에서는 지금 가장(假裝) 파티나 뭐 그런 걸 하고 있는 건가요?"

"안 하는데?"

"그럼 어째서 모두 하나같이 왕족처럼 보이는 차림을 하고 있는 건가요?"

"왕족처럼이라……. 그냥 평범한 것 같은데."

"과연."

즉, 이런 화려한 복장이 이 나라에서는 평범한 거라는 뜻인 걸까요?

다른 사람의 의견도 들어보는 게 좋을 것 같습니다.

이 사람과의 대화는 이제 그만 적당히 마무리하도록 하죠.

"잘 알겠습니다. 고맙습니다. 그럼 이만."

"아, 응. 천만에."

그다지 상황을 납득하지 못한 것 같은 왕자 비슷한 사람과 저는 깔끔하게 헤어졌습니다.

거리 중앙부까지 가보았지만, 그곳 역시 왕족투성이였습니다.

쇼핑을 하고 있는 왕녀들과 찻집에서 담소를 나누는 왕자와 왕녀. 왕자와 왕녀에 왕자와 왕녀. 아아아아 현기증이 날 것 같습니다.

시야 안 어디에도 도망칠 곳 따윈 없었습니다. 위로 가려고 해본들, 마찬가지로 귀족 같은 옷을 입은 사람들이 그려진 간판과 광고가 대성당 같은 건물에 걸려 있었습니다.

나라 자체는 차분한 분위기인데, 살고 있는 사람들 탓에 눈부시게 느껴집니다. 시야를 적당히 어둡게 만들어줄 안경이 있다면 편리하겠다 싶었습니다. 누가 좀 만들어주었으면 좋겠습니다.

그나저나.

광고를 보고 저는 드디어 이 나라의 상황에 관하여 한 가지 결론을 내릴 수 있었습니다.

"저기, 실례합니다."

"네?"

이번에는 근처를 지나가던 왕녀 같은 차림을 한 사람을 불러 세우고 물었습니다.

"저는 여행자입니다만—— 혹시 이 나라에서는 그런 복장이 유행하고 있는 건가요?"

그 여성은 의아한 표정을 지으며 대답해주었습니다.

"네? 아, 맞아요. 지금 유행 중이죠."

"그렇군요."

그래서 비슷한 복장들뿐인 거군요.

멋대로 납득하고 있는 제 맞은편에서 왕녀 같은 차림을 한 그녀도 멋대로 납득을 한 듯이 고개를 끄덕이고 있었습니다.

"역시 묘한 차림을 하고 있다고 생각했더니, 밖에서 온 사람이었군요…… 후훗."

무얼 어떻게 납득한 것일까요? 어쩐지 약간 깔보는 듯한 웃음인 것 같습니다만.

"제 차림이 뭔가 이상한가요?"

"좀 특이하네요."

"혹시 로브를 처음 보는 건가요?"

그녀는 고개를 저었습니다.

"아뇨. 하지만 이 나라의 마법사들은 로브를 입지 않거든요. 그런 의미에서 좀 특이하다고 말한 거예요."

"로브를 입지 않는다고요?"

"네. 유행하는 옷을 입죠."

"…………."

마법사 같지 않아…….

"뭐, 그래도 삼각 모자는 쓰더군요. 마법사라는 걸 알 수 있도록."

게다가 어울리지 않아…….

그러나 그 말을 듣고 보니 분명히 왕족 같은 복장을 한 사람들 사이에 삼각 모자를 쓴 사람들이 보였습니다.

…………

정말이지 너무나도 꼴사나운 마법사가 있었습니다.

역시 엄청나게 어울리지 않아…….

"유행에 맞추는 거군요…….."

"네. 그도 그럴 게, 촌스러운 옷은 입고 싶지 않잖아요? 게다가 잘 어울리죠?"

"눈부십니다."

"그렇죠?"

칭찬이 아니었습니다만, 그녀는 만족한 것 같습니다.

"저기, 하나 더 물어도 괜찮을까요?"

어째선지 기분이 매우 좋아진 그녀는 크게 고개를 끄덕여주었습니다. 뭐, 잘된 일입니다.

"이 나라에서 유행하는 복장은 어디서 정하는 건가요?"

"응? 그건 모르겠는데요. 깨닫고 보면 유행하고 있으니까."

"네에."

즉 유행에 휩쓸리고 있을 뿐이라는 거군요.

과연, 그렇군요.

"고맙습니다. 도움이 되었어요."

"네—— 아, 맞다. 최신 유행에 흥미가 있다면 저쪽 가게로 가보는 게 좋을 거예요."

왕녀 같은 복장을 한 그녀는 그 말과 함께 매우 친절하게도 제가 다음에 가야 할 곳을 손가락으로 가리켜주었습니다.

그곳은 우리가 지금 있는 위치에서 큰길을 사이에 둔 맞은편.

많은 광고가 내걸린, 대성당으로 착각할 정도로 커다란 옷가게였습니다.

○

"어서 오세요…… 어머, 혹시 여행자이신가요?"

가게로 들어서자 수수한 슈트를 입은 여성이 맞이해주었습니다. 분명 이 가게 사람이겠지요.

제가 여행자라는 걸 순식간에 일방적으로 단정해버린 점에 관해서는 눈감아 주도록 하죠.

"네, 안녕하세요. 조금 전 이 가게가 이 나라에서 제일 잘나가는 가게라고 들어서요."

"어머! 그렇죠. 그렇다는 건, 유행하는 옷을 찾아 타지에서 오신 건가요? 그렇다면 추천하는 상품이 있답니다——."

외지인이라고 확정되자마자 점원은 눈을 빛내며 옷에 관한 설명을 줄줄 늘어놓기 시작했습니다. 눈부셔요, 눈부셔.

그나저나, 이 가게에는 시야가 어두워지는 안경은 없는 겁니까? 없군요. 그렇군요.

"호오? 여행자라니 별일이군."

가게 안을 이리저리 안내받고 있으려니, 가게 안쪽에서 지팡이를 짚은 꼬부랑 할머니가 나왔습니다.

"어머, 점장님."

점원이 목소리를 높였습니다.

점장님이라고 불린 그 할머니는 우리 앞으로 걸음과 지팡이를 옮겨 왔습니다.

"이 나라의 옷을 찾고 있는 겐가?"

그리고 그렇게 물었습니다.

저는 고개를 저었습니다.

"아뇨, 전혀 아닙니다. 그저 흥미가 있을 뿐입니다."

"그런가. 뭐, 분명 신경이 쓰일 테지……. 이 나라의 옷은 늘 앞서 나아가고 있으니까."

"그렇죠."

"그런데 여행자님이 보기에 이 나라의 옷은 어떤가? 이래 봬도 다른 나라에 수출할 정도로는 여유가 있거든."

"뭐, 솔직히 대단하다고 생각합니다. 실제로 이 정도의 옷을 대량으로 만드는 건 상당한 실력과 소재가 없으면 불가능할 테니까요."

"그런가?"

"네."

마치 왕족이 입을 법한 화려한 옷이건만, 서민들도 간단히 손에 넣을 수 있을 정도로 소재가 충분하고 재봉 기술도 확실하다는 건 이 나라의 모습을 보기만 해도 알 수 있습니다. 평화와 시간이 남아돌 정도의 여유가 없다면, 의류라는 분야를 이 정도로 성장시킬 수 없을 겁니다.

다른 나라에서 온 상인들에게는 보물 상자나 마찬가지일지도 모릅니다.

"그런데 여행자님은 어디에서 오셨는가?"

"아주 멀리서 왔답니다."

"얼마나 여행을 했는가?"

"뭐, 꽤 오래 되었답니다."

"호오 호오…… 그것 참."

할머니는 제 눈을 따뜻하게 바라보며,

"그렇다면 지금까지 여러 나라에서 다양한 옷을 봐왔겠구먼."

꿰여 엮는 듯한 그런 말을 선뜻 했습니다.

안 좋은 예감이 희미하게 느껴졌습니다.

"……아뇨, 저는 딱히 옷의 차이를 보기 위해 여행을 하는 게 아니라서 자세한 건 모릅니다."

할머니가 눈치채지 못할 정도로 뒷걸음질 쳤습니다.

그러자 옆에 있던 점원이 등 뒤로 돌아들더니 제 양쪽 어깨를 잡았습니다. 잡혔습니다.

"그래도, 자세하지 않더라도 여행자님은 온 세계의 옷을 실제로 봤을 테지? 부럽구먼."

"…………."

어라? 상황이 이상하게 돌아가는 것 같은데요? 퇴로는 완전히 사라졌고, 눈앞에 있는 노파도 서서히 저와의 거리를 좁혀 오고 있습니다. 싫어, 무서워.

"여행했던 나라들의 이야기—— 부디 꼭 좀 들려줄 수 없겠나? 여행자님."

이히히, 얼굴을 쭈글쭈글하게 만들며 할머니는 웃었습니다.

그리고 시작품인 옷이 난잡하게 어질러진 안쪽 방으로 끌려 들어간 저는.

"……흐음흐음. 그렇다는 건, 그 옷의 디자인은 대체로 이런 느낌인가?"

"저기…… 네, 뭐, 대체로."

"과연, 그렇군. ——그래서, 그래서? 동쪽 나라의 옷은 어떤가? 수년 전에 우리나라에 왔던 여행자가 두고 간 동양의 옷이 있을 텐데…… 여기 있군. 이런 느낌인가?"

"네. 그렇습니다. 기모노라는 옷이라더군요."

"무척 좋은 천을 쓴 옷이야…… 이 부드러운 촉감, 면으로는 아무래도 재현하기가 어렵단 말이지. 어찌 만드는지는 아는가?"

"글쎄요?"

"흐음—— 그럼, 이웃나라에는?"

"갔었죠."

"유행하는 옷이 어땠는지 기억하는 걸 전부 알려주지 않겠나?"

"죄송합니다만, 모릅니다. 그보다 애초에 유행이고 뭐고, 지극히 평범한 옷들뿐이었던 같은———."

"이히히, 여행자님, 이상한 소릴 하는군. 지극히 평범한 옷 같은 건 세상에 존재하지 않아. 옷의 세계에 평범이란 건 없거든. 있는 건 사람들 수만큼의 개성이지."

"그건 당신들 나라가 특수하기 때문이 아닌가요……?"

"으응?"

"그보다, 그런 논리로 말하자면 이 나라 사람들은 개성이 없———."

"으으응?"

"죄송합니다. 아무것도 아니에요."

"그래서, 시작품인 옷이 있는데…… 어느 쪽이 낫겠나?"

"가운데 있는 게 좋네요."

"그건 내가 지금 입고 있는 옷이고."

"아, 양손에 든 옷을 말하는 거군요. 오른쪽이 좋네요."

"그런가, 그런가. 그럼 다음은———."

이런 느낌으로 끝없이 이야기를 해야 했습니다.

평소 특별히 관심을 두지 않았던 것을 기억 한쪽 구석에서 짜내는 작업을 강요받은 탓에 무척이나 지치고 말았습니다. 뇌가 찢어질 것 같습니다.

그 후, 특별히 이야기할 만한 일도 일어나지 않은 채 날짜는 지나갔습니다. 슬슬 다음 나라로 가볼까—— 그런 생각을 하며 아침 해를 올려다본 것은 이 나라에 온 지 닷새째였던가요?

이를 닦고, 아침을 먹고, 저는 출발 준비를 마쳤습니다.

숙소의 접수처로 내려가 열쇠를 반납했습니다. 숙소를 나서기 직전, 접수처를 지키고 있던 아주머니가 제게 말을 걸어왔습니다.

"어머, 손님. 멋진 차림을 하고 있네. 역시 여행자야."

그리고 그런 이상한 말을 들었습니다.

어제까지는 길을 오가는 사람들에게 이상한 차림이라고 조소를 당했는데요.

○

숙소를 나선 후, 제가 느꼈던 의문은 바로 풀렸습니다.

어제 지나왔던 길을 되돌아 숙소에서 예의 옷가게가 있는 큰길까지 나왔을 때, 변함없는 왕족들 사이에 제가 섞여 있는 것을 보았기 때문입니다.

저라고 할까, **저와 같은 차림**을 한 사람들.

위를 바라보니 간판과 광고도 미묘하게 달라져 있었습니다. '다음 유행은 바로 이것!'이라며 저와 비슷한 로브를 입은 저와 닮은 여성이 그려져 있었던 것입니다.

…………

"지난번 그 여행자는 우리보다도 앞서가고 있었다는 거네……크윽" 하고, 어째선지 분해 하는 여성이 있었고.

"귀엽네" 하고, 광고를 빤히 바라보는 남성이 있었고.

"듣고 보니 저 옷 쪽이 기능성도 뛰어난 것 같아……!" 하고, 가게로 뛰어가는 사람이 있었고.

"만세! 새로 발매된 옷을 손에 넣었어!" 하고 신이 난 모습으로 가게에서 나오는 로브 차림의 사람이 있거나.

그 외 기타 등등.

지나치게 눈부신 현란한 차림이 줄어든 것은 기쁜 일입니다만, 저와 같은 복장은 좀…… 눈을 가리고 싶어집니다. 아니, 도대체 이게 어찌 된 일일까요? 영문을 모르겠습니다.

"이히히."

문득 제 옆에 예의 그 할머니가 나타났습니다. 상냥한 눈동자로 대성황을 이루고 있는 가게를 바라보고 있습니다.

"어머, 안녕하세요. 가게를 비워도 괜찮으신 건가요?"

"괜찮고말고. 며칠 열심히 일했으니까, 아침 정도는 쉬게 해줘야지."

"네에, 고생하셨습니다."

인사는 적당히 하고, 본론으로 들어가도록 할까요.

"그래서, 어째서죠?"

"어째서라니 뭐가 말인가?"

"다음 유행 옷, 명백하게 저라고 생각하는데요."

"기분 탓이네, 기분 탓."

이히히. 그렇게 얼버무렸습니다.

"…………."

"뭐, 반은 우연, 반은 변덕이라고 할까. 처음부터 저런 옷을 만들 생각을 하고 있었는데── 여행자님 옷이 의외로 좋아서 말이야, 디자인이 좀 비슷해지고 말았지."

"……제 옷의 디자인 사용료를 받아도 괜찮을까요?"

"옷의 제작자가 당신이라는 걸 증명을 할 수 있다면 말이지. ……뭐, 멋대로 광고에 쓴 건 미안하네. 대신 여기, 이걸 주지."

그리 말하며 할머니는 손가락으로 금색 무언가를 튕겨 올렸습니다. 반짝반짝 빛나는 평평한 그것은 펼친 제 양손 안으로 빨려 들어가듯 떨어졌습니다.

금화였습니다.

"오히려 광고에 써주셔서 영광입니다."

"그렇지?"

손안에 있는 금화를 소중하게 지갑 속에 넣으며 저는 고개를 끄덕였습니다.

"하지만 저 정도의 양을 용케도 며칠 만에 다 만드셨네요."

"우리나라에는 마법사가 제법 많거든."

"과연."

마법으로 옷을 대량으로 제작하고, 말하는 대로 붓을 움직여 그림을 그리는 마법사들의 모습이 쉽게 상상되었습니다.

그 마법사들도 지금은 모두 저와 같은 모습을 하고 있겠지요……. 약간 호러입니다.

"하지만 묘한 일이야."

가게 주변에 생긴 소란을 바라보며 할머니는 말했습니다.

상냥한 눈동자 속에 어쩐지 근심을 담으며.

"이 나라의 옷 문화를 그 어디보다도 발전시키고 싶은데, 새로운 옷을 만들어 팔 때마다 무거운 족쇄가 채워진 기분이 들어. 그 어디보다도 새로울 텐데, 그 어디보다도 뒤처진 기분이 들거든."

"…………."

"뭐, 어디가 어떻게 잘못되었는지는 이미 다 알고 있지만 말이야."

옷 같은 건 입고 싶은 걸 입으면 됩니다. 저도 어머니가 물려주신 옷이 마음에 들어 몇 번이고 계속해서 입고 있습니다.

할머니가 말했던 대로 사람의 수만큼 옷이 있다고 한다면, 옷을 입는 센스는 그 사람의 성격이라고도 할 수 있지 않을까요? 주변 사람들이 이상하다고 손가락질하며 웃어도, 그것이 그 사람인 것이라면 어쩔 수 없는 일입니다.

할머니가 말하고 싶었던 건 바로 그런 이야기일지도 모릅니다.

그리고 그렇기 때문에 할머니는 새로 유행하는 옷만 입고 싶어하는 이 나라 사람들의 모습이 불안한 것이겠지요. 그건 즉, 개성이라고 부를 수 있는 것이 아무것도 없는 것이나 마찬가지.

너무나도 허무한 일입니다.

"방법을, 바꿔야 한다고 생각하나? 여행자님."

"할머니는 이 나라의 의복 문화와 이 나라의 사람들의 개성, 어느 쪽이 중요하다고 여기시나요?"

"당연히 문화지."

"그렇다면, 바꾸지 말아야 합니다."

"그렇겠지."

이히히—— 할머니는 저를 보며 웃었습니다.

자, 그럼.

이 나라의 새로운 유행은 앞으로 얼마나 갈까요? 안타깝게도 유행이 바뀔 무렵이면 저는 이 나라에 없을 겁니다.

하지만, 분명 새로운 여행자가 나타나 이 나라의 유행을 또다시 바꾸어주겠지요.

유행에서 유행으로.

우연히도, 오랫동안 변하지 않는 이 나라의 문화를 존속시키기 위해.

추운 겨울날의 일이었습니다.

눈이 쏟아지는 길에는 다양한 사람들이 오가고 있었습니다. 초라한 후드를 쓴 한 소녀가 고개를 숙인 채 그 사이를 지나갑니다.

"……추워."

그녀의 이름은 엘리제. 긴 금색 머리카락에 피부는 눈처럼 흰 귀여운 소녀였습니다.

나이는 열두 살.

아직 어린아이입니다.

"…………."

한동안 길을 걷던 그녀는 빵가게에 도착했습니다.

한산한 가게 안에는 신문을 읽고 있는 주인아저씨와 진열된 빵을 바라보며 행복한 표정을 짓고 있는 어린 마녀가 한 명 있을 뿐이었습니다.

엘리제는 허둥지둥 빵을 손에 들고 곧장 카운터로 가져가더니 돈을 내밀었습니다.

"아저씨, 이걸로 부탁해요."

그러자 아저씨는 신문을 접으며 그 모습을 슬쩍 바라보더니, 엘리제를 향해 성가시다는 표정을 지어 보였습니다.

"너, 또 온 거냐? ……미안하지만, 너한테는 빵을 팔 수 없어. 어서 돌아가."

"어째서? 돈 있잖아. 빵 팔아줘. 동생에게 맛있는 걸 먹게 해주고 싶어."

"이런 어디서 훔쳐 왔는지도 모르는 돈은 받을 수 없다."

가게 주인은 카운터에 놓인 돈 위에 손을 얹더니 엘리제 쪽으로 돌려주었습니다.

"……빵, 팔아줘."

"끈질기네. 너 같은 괴물한테는 못 판다고 했잖아."

"……읏."

그녀는 결국 아무것도 사지 못한 채 가게를 나가 버렸습니다.

"…………?"

어린 마녀는 무척이나 이상하다는 듯 그 모습을 지켜보고 있었습니다.

빵가게에서 거절당한 엘리제는 금세 자그마한 노점에 도착했습니다.

"…………."

그곳은 무인 판매소였습니다.

가게 주인은 없었고, 돈을 넣는 상자가 하나 놓여 있을 뿐입니다.

'사과 한 개에 은화 한 닢입니다. 구입한 만큼 돈을 넣어주세요'라고 쓰여 있습니다.

어느 가게도 음식을 팔아주지 않기 때문에 최근 그녀의 식사는 언제나 이 사과뿐이었습니다.

──가끔은 여동생에게 사과 말고 다른 음식을 주고 싶은데.

그런 생각을 하며 엘리제는 봉투에 사과를 담고, 그만큼의 돈을 상자에 넣었습니다.

하지만.

"어이, 너. 뭐하는 짓이야?"

그런 말과 함께 누군가가 그녀의 손을 잡았습니다. 깜짝 놀라며 고개를 들어보니, 그곳에는 무서운 얼굴을 한 남자가 있었습니다.

"이건 내가 사람들을 위해 준비한 거다. 너 같은 녀석한테 팔려고 준비한 게 아니라고―― 그 사과, 이리 내놔."

"하지만, 돈 벌써 넣었는데……."

"상관없어. 너한테는 팔고 싶지 않다고."

"…………웃."

"어서 그걸 내놔. 이 괴물."

그리고 남자는 그녀의 손을 더 세게 움켜쥐었습니다.

이대로는 먹을 게 없어지고 만다. 겨울을 넘길 수 없게 되어버린다. 어쩌면 여동생이 죽어버릴지도―― 한순간의 침묵 속에서 생각을 거듭한 끝에 겁을 먹은 엘리제는 엉겁결에 예상치 못한 행동을 했습니다.

남자의 손을 있는 힘껏 물어버린 것입니다.

꽈악.

"아팟! 이 꼬맹이가 무슨 짓이야!"

남자가 한순간 움찔한 틈에 엘리제는 남자의 손을 떨쳐내고 사과를 품에 끌어안은 채 도망쳤습니다.

한참을 달리던 그녀는 두리번두리번 주변을 살피며 자신의 집에 도착했습니다.

지붕은 절반 이상이 화재의 흔적과 함께 무너져 내렸고, 겨우 지붕이 있는 부분도 바닥이 빠지거나 벽에 구멍이 뚫려 있어 비바람과 눈을 전혀 막아주지 못하는 폐가였습니다.

그녀는 그것을 집이라고 불렀습니다.

"…………."

집 앞.

딱 양손 손바닥에 올려놓을 수 있을 만한 자그마한 꾸러미 하나가 집 앞에 놓여 있었습니다. 아침과 낮, 그리고 밤이 되면 늘 집 앞에 놓여 있는 것입니다.

혹시 어쩌면 오늘은 다른 게 들어 있을지도 몰라—— 아주 조금 기대하며 그녀는 그 자리에 웅크려 앉아서 꾸러미를 손에 들었습니다.

그리고 꾸러미를 펼쳐보는 엘리제.

"윽! 너무해!"

엘리제는 곧바로 그걸 던져버렸습니다. 힘껏 내던져진 꾸러미는 가까운 집 벽에 부딪혔고, 안에 담겨 있던 쥐 시체와 움직이지 않게 된 몇 마리의 벌레를 뱉어내더니 눈 위로 떨어지는 것이 보였습니다.

진흙 같은 색의 액체가 천천히 눈에 스며들어 갑니다.

"……어머나, 모처럼 만들어줬더니." "아까운 짓을 하네." "너무하잖아."

그런 그녀를 지켜보며 이웃 사람들이 수군거리는 모습이 보였습니다.

엘리제는 그 사람들을 노려보며 자신의 집 안으로 사라졌습니다.

"어서 와, 언니."

집 한쪽 구석에서 날아든 목소리가 엘리제의 귀에 들어왔습니다. 조금 더 나아가자 온갖 천을 이어 붙여 만든 이불을 두른 소녀가 미소 짓고 있는 모습이 보였습니다.

그 소녀는 엘리제와 똑 닮은, 금색 머리카락과 하얀 피부를 갖고 있었습니다.

그녀는 엘리제의 두 살 어린 동생입니다.

이름은 밀레나라고 합니다.

"밀레나, 다녀왔어—— 여기 선물."

엘리제는 여동생 옆에 앉아 함께 이불을 두르고, 선명한 녹색 사과를 종이봉투에서 꺼내 건네주었습니다.

"와아! 대단해. 웬 거야?"

"밀레나가 얼른 건강해졌으면 하고 사 온 거야. 많이 먹어야 해, 알았지?"

"응! 고마워!"

미소를 꽃피우면서 사과를 베어 무는 밀레나의 모습에 엘리제의 표정도 조금 풀어졌습니다.

"몸은 좀 어때?"

"사과 먹어서 좋아졌어!"

"그래? 그거 다행이다."

가게 앞에서 팔을 잡혔던 걸 떠올린 그녀는 가슴이 저릿하고 아파 왔습니다.

"……그래도, 미안해."

"왜 사과하는 거야?"

"똑같은 것만 먹어서, 질리지?"

"으응……? 그렇지만 나, 사과 좋아하는데? 매일 먹어도 괜찮아!"

"……그렇구나."

그렇다면 다행이다—— 엘리제는 봉투 속에 손을 넣고 자신의 몫을 꺼냈습니다.

이게 전부 떨어지면, 그때는 정말로 먹을 게 하나도 없게 됩니다. 지금까지 의지해왔던 무인 판매소도 조금 전 일로 더는 쓸 수 없게 되었습니다.

나아갈 길이 전부 막혀버린 어두운 미래에 절망하면서도 엘리제는 사과를 베어 물며 후드를 벗었습니다. 집 안에서라면 머리에 자라난 것을 감출 필요도 없으니까요.

"……하아."

갑갑한 후드 속에서 나타난 것은 두 개의 구부러진 양의 뿔. 그녀는 사람과 비슷한 모습을 한 수인(獸人)이었습니다.

슬프게도 그녀가 가져온 사과는 하루 하고도 조금밖에 가지 않았습니다. 엘리제는 먹을 게 떨어진 날 아침, 밀레나를 깨우지 않도록 조심하며 이불에서 빠져나와 마을의 큰 길로—— 사과를 파는 노점으로 향했습니다.

가게 주인이 근처에 없다는 것을 확인한 후, 엘리제는 사과 몇 개를 들어 봉투에 담았습니다.

그리고 봉투가 가득해지자 주머니에서 돈을 꺼내 상자에——.

"……이제, 상관없잖아. 넣지 않아도."

상자에 넣지 않았습니다.

어차피 돈을 넣어도 넣지 않아도, 결과는 달라지지 않으니까. 그렇다면 마음대로 훔쳐버리자. 그건 분명 나쁜 짓이 아니야. 나는 나쁘지 않아.

마음속으로 몇 번이고 변명을 하며, 그녀는 가게를 떠나려 했습니다.

바로 그때.

통, 누군가의 손이 엘리제의 어깨에 닿았습니다.

깜짝 놀라며 고개를 들어보니 그곳에는 마녀가 한 명.

"그러면 안 돼요. 돈은 제대로 내야죠."

그저께 빵집에서 봤던 어린 마녀였습니다. 돈을 넣는 상자에 은화 몇 닢을 던져 넣고 그녀는 말했습니다.

"잠시 이야기를 좀 할까요?"

잿빛 머리카락을 천천히 흔들며, 부드럽게 미소 지으며.

〇

  이 나라의 관리님이 느긋하게 여행하던 저를 호출한 것은 체재 첫날, 빵집에서 빵을 산 직후였습니다.

  마녀라는 신분을 갖고 있으면 성가신 일을 해결해달라며 나라에서 호출을 하는 경우가 가끔 있습니다.

  "일레이나 님, 이쪽에 앉아주십시오."

  응접실로 안내받은 저는 인사를 하고, 테이블을 사이에 두고 마주 놓인 소파 한쪽에 앉았습니다.

  "그래서 의뢰는 뭔가요? 아, 빵 드실래요?"

  "아뇨, 괜찮습니다."

  "그런가요. ……먹으면서 들어도 될까요?"

  "……그러시죠."

  "감사합니다."

  저는 조금 전 빵가게에서 산 빵을 봉투에서 하나 꺼내 입에 물었습니다.

  관리님은 한숨을 쉬고서 이야기를 꺼냈습니다.

  "이 나라는 지금, 약간의 문제를 갖고 있습니다……. 이번에, 마녀님께는 그걸 해결해주십사 부탁을 드리고 싶습니다."

  "흐음흐음."

  우물우물.

  "…………."

  관리님은 미묘한 표정을 지으며 말을 이었습니다.

"이번에 의뢰하고자 하는 건, 이 수인에 관한 것입니다."

그리고 한 장의 스케치를 제게 건네주었습니다.

거기에는 신기한 모습을 한 인간…… 같은 것이 그려져 있었습니다. 무엇보다 특징적인 것은 머리 위에 자라난 두 개의 뿔. 양에게 달려 있는 것처럼 빙글 굽어 있습니다.

"그 수인은 현재 이 나라에 살고 있습니다만, 문제가 좀…… 쉽게 말하자면, 국민들과 이 수인 사이에 골이 생긴 겁니다. 그러니 이 수인을 일단 이 나라에서 내보내 주셨으면 합니다──."

그리고 그는 의뢰 내용을 전부 이야기해주었습니다.

잔혹한 나라와 사람들, 그리고 불쌍한 소녀의 이야기를.

"…………."

전부, 마지막까지 다 들은 저는 대체 어떤 표정을 짓고 있었을까요?

분명 그다지 좋은 얼굴은 아니었을 거라 생각합니다.

좋은 얼굴은커녕, 경멸했습니다. 분노했습니다.

"……그런 이유로, 그 아이를 여기서 쫓아내라는 겁니까?"

제 말에 그는 주먹을 꽉 쥐고 천천히 고개를 끄덕였습니다.

"저로서는 괴로워 견딜 수 없는 일입니다── 하지만 사태가 이렇게까지 꼬여버린 지금은 이렇게 할 수밖에 없습니다."

그리고 너무나도 어둡고 괴로운 안색을 띠며,

"부탁드립니다. 부디, 그녀를 구해주실 수 없겠습니까……?"

그는 그렇게 말했습니다.

관리님의 이야기만 듣고 의뢰를 받아들일지 말지를 정하고 싶지는 않았습니다. 그래서 저는 하루에 걸쳐 상황을 지켜보기로 했습니다.

　관리님에게 건네받은 지도에 표시된 곳―― 수인이 현재 산다고 하는 곳을 가보니, 거기에는 절반 이상 무너져버린 폐가가 있었습니다.

　"……이런."

　안에서 생활하고 있는 여자아이를 발견하고, 저는 무척 깜짝 놀랐습니다.

　그 아이는 바로 빵가게에서 보았던 여자아이였던 것입니다.

　"…………."

　그리고, 그래서 저는, 의뢰를 받아들이기로 결정했습니다.

　그날 바로 수인 아이와 직접 만나지는 않았습니다. 우선은 탐문 조사를 했습니다. 전의 그 빵가게와 큰길에 늘어선 가게의 주인들, 그리고 길을 오가는 사람들과 근처에 사는 사람들에게 수인 아이에 관해 물으며 다녔습니다. 모두가 대체로 비슷한 말을 했습니다.

　다음 날.

　무너진 집 옆에서 아침부터 잠복을 하고 있으려니, 그 여자아이가 집에서 나오는 모습이 보였습니다.

　그녀가 향한 곳은 큰길에 있는 어느 노점. 무인 판매를 하고 있는 곳인지 돈을 넣는 상자가 놓여 있었습니다.

　그곳에서 그녀는, 좋지 않은 짓을 하려 했습니다.

그래서 저는 바로 제지하러 갔던 것입니다.

"그러면 안 돼요. 돈은 제대로 내야죠."

통, 그녀의 어깨에 손을 올리며.

○

그녀를 데려간 곳은 길가에 있는 레스토랑. 이른 아침이라 가게 안에는 사람이 별로 없었습니다.

그 가게 창가에서, 우리는 서로 마주 보고 앉았습니다.

"…………."

"아, 걱정하지 마요. 내가 사는 거니까."

테이블에 놓인 맛있어 보이는 요리들을 앞에 두고 고개를 숙인 그녀에게 그렇게 말해주었지만, 변함없이 표정을 드러내지 않습니다.

긴장하고 있는 걸까요? 아니면 가게 안에 있는 사람들에게 안 좋은 눈길을 받고 있는 게 신경 쓰이는 걸까요?

"당신, 이름은 뭐죠?"

"……엘리제."

"엘리제 씨인가요. 저는 일레이나라고 합니다. 여행하는 마녀죠."

"…………."

"그래서, 아까는 대체 뭘 하고 있었던 건가요?"

말을 던지자 그녀는 움찔 반응하더니 깊게 눌러쓴 후드를 잡고 더욱 시선을 내려버렸습니다.

"……저기, 부탁해. 아까 그거, 아무한테도 말하지 말아줘."

"당신을 위협할 생각으로 묻는 게 아닙니다. 단순히 흥미가 있어서 물은 거예요. 분명, 그제도 빵가게에서 만났었죠? 그때도 상황이 이상해서, 신경 쓰였거든요."

"…………."

"그러니까, 괜찮다면 이야기해주지 않겠어요? 당신에 관해서."

그제야 엘리제 씨는 겨우 제대로 이야기를 해주었습니다.

"……내 이야기를 하면, 분명 기분 나빠질 텐데?"

"머리에 뿔이 자라났기 때문인가요?"

"어?!"

"아뇨, 조금 전부터 후드 사이로 보였거든요. 양처럼 빙글빙글 귀여운 뿔이."

퍼뜩 놀라며 엘리제 씨는 창문으로 시선을 돌렸습니다.

바깥 풍경을 흐릿하게 비추고 있던 창에 반사된 그녀의 후드 틈 사이로 흙색 뿔이 들여다보였습니다.

"나는 여행자예요. 지금까지 다양한 사람들을 봐왔죠. 편견도 없고 차별도 하지 않아요. 당신 같은 사람을 봐도, 기분 나쁘다고 느끼지 않는답니다."

오히려 귀엽다는 생각을 할 정도예요—— 그런 말을 했을 때, 그녀는 겨우 이쪽을 바라봐 주었습니다.

그리고 체념한 듯 조금씩 이야기를 시작했습니다.

"저기, 이것도 아무한테도 말하지 말아줬으면 좋겠는데……."

말하길.

엘리제 씨는 과거 사람들의 마을에서 멀리 떨어진 산에서 가족들과 함께 조용히 살고 있었다고 합니다.

아버지와 어머니가 산에 사는 동물들을 활로 사냥하고, 손질해서 가져온 사냥감을 병약한 여동생과 함께 요리하는, 그런 평온한 나날을 보냈습니다.

지금부터 한 달 정도 전, 어느 날.

"돌아오면 너에게 활을 가르쳐주마."

그런 말을 하고, 아버지와 어머니는 평소처럼 사냥을 나갔습니다. 여동생과 함께 두 사람이 돌아오기를 기다며 엘리제 씨는 드디어 한 사람 몫을 할 수 있게 되는구나—— 싶어 마음이 들떴습니다.

그런데 아무리 기다려도 부모님은 돌아오지 않았습니다. 사냥에 애를 먹고 있는 걸까? 고개를 갸우뚱거리며 몇 시간이고 몇 시간이고 두 사람을 계속 기다렸지만, 역시 부모님은 돌아오지 않았습니다.

다음 날이 되었습니다.

모르는 사람들이 커다란 마차를 끌고 그녀들의 집을 찾아왔습니다. 이 나라의 관리라고 자신을 소개한 사람이 한 명, 그리고 상인이 셋.

갑자기 나타난 어른들은 마차에서 커다란 자루를 두 개 내리더니, 그녀들에게 슬픈 사실을 알렸습니다.

엘리제 씨의 부모님은 사냥 도중에 벼랑에서 떨어져 죽고 말았다고 합니다. 그리고 나라의 상인들이 산을 지나가다 시신을 발견했다고.

자루를 열어 엉망이 되어버린 부모님을 보여주며 관리님은 그렇게 말했습니다.

두 사람은 울었습니다. 유해에 매달려 큰 소리를 내며 울었습니다. 그러나 부모님의 몸은 이미 오래전에 차갑게 변해버렸습니다.

버팀목이었던 부모님을 잃은 그녀들에게 나라의 관리님은 어떤 제안을 했습니다.

"너희들을 이대로 내버려 둘 수는 없어. 우리나라에서 보호해주고 싶다."

그리고 관리님은 시신을 발견했다고 하는 상인들에게 부모님의 묘를 만들게 한 다음, 넋을 잃고 있는 두 사람의 손을 잡았습니다.

현실을 받아들일 틈도 없이 그녀들은 다른 곳으로 끌려간 것입니다.

이 나라에 도착하자, 두 사람을 위해 살 집을 마련해주었습니다.

"이제부터 매일 이 집 앞에 식사를 두고 갈 테니, 그걸 먹으렴. 그리고 이건 생활비."

관리님은 식사와 며칠을 지낼 수 있을 정도의 돈을 엘리제 씨에게 쥐어주고 "돈은 앞으로 정기적으로 가져오마. 원하는 대로 써도 괜찮아. 돈이 떨어지면 바로 알려주렴"이라고 말했습니다.

마음의 상처가 나을 때까지, 이 나라가 너희들을 돌봐줄 거다── 그렇게도 말했습니다.

이 나라는 그녀들을 받아들여 주었습니다.

"──하지만 이 나라에 사는 사람들은 그렇지 않았나 봐."

엘리제 씨는 한 호흡을 두고 다시 말을 시작했습니다.

"이 나라에서 살게 된 직후에, 우리들의 집은 불타버렸어."

"…………."

지금 현재 그녀가 살고 있는 곳을 떠올렸습니다.

낡고 허름하고 절반 이상이 무너진, 집이었던 것.

"이 나라 사람들의 괴롭힘은 집이 불탄 후에도 당연하게 계속 됐어. 스쳐 지나갈 때마다 괴물 취급을 했고, 돈이 있어도 아무것 도 사지 못하게 했고, 관리님이 가져다주는 식사와 돈도, 엉망으로 만들었어."

"…………."

"그래서 그저께까지는 무인 노점에 있는 사과를 먹으면서 살았는데──."

그것도 이제 틀렸다고, 그녀는 말했습니다.

과연, 그렇군요.

"……사정은 알았습니다."

요컨대.

"이대로는 굶어 죽어버릴 가능성이 매우 커서 큰일이다, 그런 거죠?"

"……응. 뭐, 그런, 거려나?"

97

"과연, 그렇군요. 대략 다 파악했습니다."

저는 몇 번 고개를 끄덕이고 말했습니다.

"그건 그렇고, 제 부탁을 하나 들어주시겠어요?"

"응? 뭔데?"

"부탁을 들어준다면 이 요리를 먹어도 좋습니다. 가져가는 것도 가능해요."

"아까 사주는 거라고 하지 않았어……?"

"아, 그럼 아까 그 말은 취소."

"…………"

"어쩔래요?"

"……뭔데? 부탁이란 게."

경계심을 드러내며 그녀는 저를 빤히 바라보았습니다.

잔뜩 뜸을 들인 후.

저는 그녀를 마주 바라보며 한마디.

"당신을 도울 수 있게 해주세요."

그렇게 부탁을 했습니다.

그런 말을 들으리라고는 생각도 못 했는지, 엘리제 씨는 저를 바라보며 그저 눈을 동그랗게 뜨고 있었습니다.

그녀의 대답을 기다리며, 저는 나이프와 포크를 손에 들었습니다.

앞에 놓인 요리들은 긴 이야기 탓에 이미 완전히 식어버린 상태였습니다.

○

　현 단계에서 그녀에게 선택지가 있는가 하면, 전혀 없었습니다. 돈을 쓰는 것도 허락되지 않고, 필요한 물건을 손에 넣는 것조차 불가능하고, 이 나라의 그 누구에게도 의지할 수 없다고 한다면 남겨진 길은 저 같은 외부인과 손을 잡는 것밖에 없습니다.

　그 기회를 멀뚱히 놓쳐버릴 만큼 그녀는 꿈속에 사는 소녀가 아니었습니다.

　"…………저기, 그 부탁, 거절하면, 어떻게 돼?"

　"당신이 노점에서 하려고 했던 일을 이 나라 사람들에게 퍼뜨리며 다닐 거예요."

　"……비겁해. 아까 위협하지 않는다고 말했으면서."

　"아, 그럼 그 말도 취소."

　"………….."

　"그래서, 어쩔래요? 내 부탁, 받아들여 주겠어요?"

　"……괜찮을까? 나, 일레이나 씨에게 줄 수 있는 게, 아무것도 없어."

　"딱히 상관없어요. 저는 어차피 한가하니까요. 게다가———."

　"……?"

　"**그런 이야기**를 듣고 무시할 수 있을 만큼, 저는 냉정한 인간이 아니랍니다."

　그런 연유로.

　그런 흐름으로.

저는 엘리제 씨를 돕게 되었습니다.

하지만 오늘 당장 뭔가를 하는 건 귀찮……이 아니라, 준비하는 데 시간이 필요하므로 오늘은 일단 해산.

그리고 다음 날 아침.

우리는 나라 밖—— 약속했던 문 옆에서 만났습니다.

"……추워!"

그렇게 짐을 끌어안고 발을 동동 구르며 기다리기를 십여 분. 그녀는 어제와 같은 차림으로 문을 빠져나와 종종걸음을 치며 제가 있는 곳으로 왔습니다.

"미안, 늦었어…… 어, 그건 뭐야?"

엘리제 씨의 시선이 제 손에 들린 물건을 향해 쏟아졌습니다.

"아, 이거 말인가요? 활과 화살이에요."

저는 활의 시위를 당겨 윙윙 울리며 장난을 쳤습니다. 그리고 설명을 덧붙입니다.

"지금부터 엘리제 씨는 활을 다루는 방법을 배워줘야겠어요."

"어째서?"

"자신이 먹을 걸 자신이 직접 사냥할 수 있게 되면, 이 나라 사람들에게 일부러 부탁할 필요도 없어지잖아요?"

그런고로 저는 어제 하루 동안 활과 화살 등, 앞으로 필요할 법한 것들을 이것저것 준비해두었던 겁니다.

"마녀님, 활 쏠 줄 알아?"

"사람 머리 위에 올려둔 사과를 맞추는 정도는 한답니다."

"뭐? 그 상황은 대체 뭐야……."

"'여흥으로 저 부채를 꿰뚫어 보아라'라는 명령을 받고 배 위에서 흔들리고 있는 부채를 덤덤히 꿰뚫을 수 있을 정도의 명사수라고도 할 수 있답니다."

"그러니까, 그 상황은 대체 뭐냐고……."

의아해하는 그녀의 손을 끌고 저는 하얗게 물든 숲속으로 걸음을 옮겼습니다.

키가 큰 나무들이 늘어선 숲속, 손으로 직접 만든 느낌이 물씬 풍기는 사적장이 우리를 기다리고 있었습니다. 표면이 평평하게 깎인 나무에 둥근 표적이 새겨져 있습니다. 그 나무에서 조금 떨어진 위치에는 간판이 놓여 있었고, 거기에는 '여기서 과녁을 노리고 쏴보세요(한가운데 맞으면 상품 있음)'이라는 글이 쓰여 있었습니다. 참고로 제가 썼습니다.

"갑자기 동물을 노려봤자 전혀 안 맞을 테니까, 한동안은 여기서 열심히 연습하도록 하죠."

이곳은 어제 제가 몰래 준비한 장소입니다.

"상품은 뭔데?"

"후후후. 그건 맞췄을 때를 위한 즐거움으로 남겨두죠."

그리고 저는 엘리제 씨 옆에 서서 올바른 자세와 과녁에 맞추는 요령 등을 실제로 해 보이며 설명해주었습니다.

"일단 한 발 쏴보세요."

"응. ……에잇."

그리고 그녀가 화살을 쏘았다, 라고 생각했지만 화살은 그대로 낙하했습니다.

"……혹시 과녁이 눈 아래 묻혀 있다고 착각했나요?"

"…………."

수행의 나날은 그런 느낌으로 막을 열었습니다.

매일같이 아침 일찍 밖으로 빠져나와 숲속에서 열심히 활을 쏘고, 점심이 되면 추위를 견디며 나라 안으로 돌아가 레스토랑에 가서 배불리 밥을 먹은 다음 다시 숲으로.

제대로 날지 못했던 엘리제 씨의 활이 과녁에 맞게 되기까지 오랜 시간은 걸리지 않았습니다.

아니, 사흘도 지나지 않아 아름답게 날게 되었습니다. 놀랄 만한 속도입니다. 아니, 어쩌면 제가 잘 가르치는 걸지도? 혹시 저는 선생님 같은 게 적성에 맞는 걸까요?

"아, 해냈다! 일레이나 씨, 저기 봐! 가운데 맞았어!"

슝 하는 소리가 들린 후, 엘리제 씨의 신난 목소리가 울려 퍼진 것은 수행 시작부터 닷새가 지났을 무렵이었습니다.

"저기, 상품은, 뭘 줄 거야?"

약간 흥분해서 이쪽으로 달려온 엘리제 씨는 웃음을 띠고 있었습니다.

그래서 저는 조금 뜸을 들이고 말했습니다.

"마음에 드는 옷을 원하는 만큼 사줄게요. 그게 상품이에요."

기뻐하리라 생각했지만, 그녀는 곤란한 표정을 지었습니다.

"……그거, 내 것만, 이지?"

"무슨 뜻이죠?"

"저기…… 여동생도 사주고 싶은데."

"…………."

저는 엘리제 씨의 머리를 살짝 쓰다듬었습니다.

"당신이 갖고 싶다고 생각하는 거라면 뭐든지 얼마든지 괜찮아요."

뻣뻣한 천의 감촉과 뿔의 감촉을 느끼고 있는 사이, 그녀는 기뻐하며 "와아" 하고 활짝 웃었습니다.

○

새 옷을 손에 넣은 후, 그녀의 수행은 새로운 단계에 돌입했습니다.

눈으로 뒤덮인 숲속, 귀여운 발자국이 물결을 그리며 이어져 있습니다. 그 앞에서 한 마리의 새하얀 토끼가 눈밭에 몸을 숨겨가며 뛰고, 코와 귀를 움찔움찔하며 어딘가를 향해 가고 있었습니다.

이번 표적은 멍하니 멈춰 서 있는 과녁이 아닌, 살아 움직이는 동물입니다.

"이번에도 상 같은 거 있어?"

"저걸 맞추면 제가 직접 만든 요리를 먹게 해드리죠."

"……그거, 늘 가는 레스토랑 음식보다 맛있어?"

"일반인과 프로를 같은 선상에서 취급하는 건 실례예요."

"……다른 상품이 좋겠어."

"엘리제 씨, 짜증 날 정도로 정직하군요."

"에헤헤."

"그런데 이런 잡담만 하고 있으면 토끼가 도망칠 거예요."

그 말을 듣고 떠올린 것처럼 활을 든 엘리제 씨는 토끼를 향해 날카로운 눈빛을 날렸습니다.

그리고 그녀는 하얀 숨결을 한 번 내뱉고, 손가락을 뗐습니다.

활은 폭 하고 눈 속에 묻혔습니다.

"⋯⋯혹시 토끼가 눈 아래에서 동면이라도 하고 있다고 착각했나요?"

그 이후의 일로 말할 것 같으면.

우리는 지금까지와 마찬가지로 나라 밖과 레스토랑을 왕복하는 나날을 보냈습니다.

"──그것참. 오늘도 다 먹지 못할 양을 주문해버렸네요. 실패로군요. 이거 선물이에요. 돌아가서 먹도록 하세요."

그리고 저는 평소처럼, 레스토랑에서 식사를 하고 남은 요리를 엘리제 씨에게 건넸습니다.

"언제나 고마워, 일레이나 씨."

그것을 양손으로 소중하게 받아 들면서 엘리제 씨는 희미하게 웃었습니다.

늘 불만스런 표정만 짓고 있던 그녀는 어느 틈엔가 따뜻하고 부드러운 표정으로 행복한 듯한 미소를 띠게 되었습니다── 그렇게 보였습니다. 저의 억측인 걸까요? 자만인 걸까요?

하지만 저는 조금씩 이야기가 좋은 방향으로 나아가고 있다고 느꼈습니다.

──이 상태라면, 어쩌면, 제 나름의 방식대로 의뢰를 완수할 수 있을지도 모릅니다.

그녀가 토끼를 맞춘 건 그런 생각을 한 날의 오후였습니다.

눈이 그친, 화창한 날이었습니다.

"일레이나 씨, 저기 봐! 만세! 해냈어, 봐!"

자그마한 산토끼가 햇빛을 받아 반짝반짝 빛나는 눈 위에 쓰러져 있습니다. 목에 꽂힌 화살에서 벗어나려는 듯 다리를 가늘게 경련하며, 눈 위에 붉은 얼룩을 퍼뜨리고 있습니다.

"드디어 해냈군요. 맛있을 것 같네요."

저는 토끼의 숨이 끊어지기를 기다리지 않고, 화살을 주워 들었습니다. 어느 정도는 되는 무게와 함께 축 늘어진 토끼가 따라 올라왔습니다.

"……저기, 그러고 보니 일레이나 씨가 말했던 상품이란 건."

"네. 제가 만든 요리죠."

"혹시, 이거?"

"그렇답니다."

"손질할 수 있어?"

"이래 봬도 저는 토끼를 손질하는 데 관해서는 일류랍니다. 지나치게 훌륭한 솜씨라 토끼가 벌벌 떨 정도죠."

"……토끼는 언제나 떨고 있지 않던가?"

"그리고 이건 상은 아니지만, 한 가지 제안이 있어요."

"응? 뭔데?"

저는 피가 묻지 않은 깨끗한 눈 위에 움직이지 않게 된 토끼를 내려놓았습니다. 사박, 하는 소리가 나고 토끼 바로 아래 있던 눈이 튕기듯 밀려났습니다.

"당신이 예전에 살던 집이 있죠? 다시 거기서 살 생각은 없나요?"

"집에? 하지만——."

"당신은 혼자서 사냥할 수 있게 되었어요. 이제 저 나라에 연연할 이유는 없죠. 그러니, 어떤가요? 다시 한 번, 부모님과 함께 살던 집으로 돌아갈 마음은 없나요?"

"…………."

그녀는 침묵했습니다.

"물론, 억지로 그러라는 말은 아니에요."

저는 그녀가 다시 입을 열기를 목을 길게 빼고 기다렸습니다.

그렇게 숲에 고요함이 내려앉았고, 잠시 시간이 흘렀습니다.

그리고 문득 생각난 것처럼 엘리제 씨는 고개를 끄덕였습니다.

"그래…… 그러네. 응. 가고 싶어. 이제 저 나라에서 떠나도 괜찮을 것 같아."

그 말에 저는 안도했습니다.

이걸로 분명 그녀는 구원받을 터—— 그렇게 믿어버렸습니다.

○

그 자리에서 숨이 끊어진 토끼의 피를 빼고 끈으로 묶은 다음 나라 안으로 돌아갔습니다.

우리가 돌아왔을 무렵은 마침 점심 직전이라 큰길에는 사람들이 꽤 많았습니다. 그들은 스쳐 지나갈 때마다 이상한 걸 바라보는 듯한 시선을 보냈고, 그때마다 엘리제 씨는 위축되어버렸습니다.

"이제 신경 쓸 것 없어요."

그리 말하며 어깨에 손을 올려주자 그녀는 힘없이 미소 지었습니다.

이 나라에서―― 화재로 무너진 집이었던 무언가를 떠날 수 있게 된 것은 그녀에게도 나름 기쁜 일인지, 엘리제 씨는 집에 도착하자마자 짐을 챙기러 뛰어갔습니다.

마침 그때 저에게 의뢰를 했던 관리님이 나타났습니다.

"일레이나 님, 의뢰 쪽은 어떻습니까?"

손에 작은 꾸러미를 들고 있는 그는 저에게 가볍게 인사를 했습니다.

"순조롭습니다. 이제 곧, 당신들이 바라는 대로의 전개가 될 겁니다."

"……그렇습니까. 그거 다행입니다."

"말과 달리 그다지 내키지 않는 얼굴을 하고 계시는군요."

"바란 결과가 우리에게 있어 항상 최선이라고는 할 수 없습니다."

"…………."

107

잠시 침묵한 후 저는 말했습니다.

"저는, 저 나름대로 그녀를 위해 최선을 다했다고 생각합니다. 이제, 그 꾸러미를 두고 가지 않아도 될 정도로는, 열심히 했죠."

관리님이 꾸러미를 쥔 손에 힘을 주고 있다는 걸 여기서도 알 수 있었습니다.

"……감사합니다. 저희 일에 말려들게 해서 정말 죄송합니다."

깊고 깊게 고개를 숙인 후 관리님은 저에게서 등을 돌렸습니다.

"주제넘지만, 의뢰가 하나 더 있습니다. 일레이나 님."

"내용에 따라서는 추가 요금을 받겠습니다만, 괜찮겠습니까?"

그는 제 말에는 대답하지 않았습니다.

그저 한마디.

"기회가 된다면, 우리의 진심을, 부디 그녀에게 전해주셨으면 합니다."

그 말만을 하고 그대로 가버렸습니다.

저는 그 말에 아무런 반응도 하지 않았습니다.

해낼 수 있을지 어떨지, 알 수 없었기 때문입니다.

"…………"

그가 떠나고 얼마 후, 엘리제 씨가 돌아왔습니다.

두 손 가득 짐을 들고서.

"기다렸지? 여동생을 깨우느라 시간이 걸렸어."

등에 여동생을 업고서.

"일레이나 씨한테는 아직 소개한 적 없었지? 이 애가 내 여동생 밀레나야."

그들의 진심을 전할 기회가 아무래도 바로 코앞까지 닥쳐든 모양입니다.

천천히.

그러나 착실하게.

○

"다녀왔습니다."

발을 내디디고, 현관 앞에서 신발에 묻은 눈을 가볍게 털며 엘리제 씨는 그렇게 말했습니다. 밀레나 씨를 안은 채, 안으로 걸어들어갑니다.

"…………."

그녀를 따라 저도 눈을 털고 현관 앞에서 마루 위로 이어진 눈의 흔적을 치웠습니다.

눈으로 만들어진 자그마한 발자국은 주방까지 이어져 있었습니다.

주방 바로 앞에 의자가 두 개씩 서로 마주 보고 놓인 테이블이 있었습니다. 이전에는 가족 네 명이 사용했었을 테지요.

의자는 하나만 빼놓은 상태입니다.

거기에는 여동생을 앉혔습니다.

"저기, 일레이나 씨. 그 토끼를 써서 뭔가 만들 거야?"

엘리제 씨의 시선이 제 손으로 향했습니다.

"······크림 스튜 같은 건 어떤가요?"

"와아! 밀레나가 좋아하는 거야!"

그녀는 여동생의 어깨를 뒤에서 안으며 기뻐했습니다.

대답은 없었습니다.

"······응! 기대된다."

그러나 그녀는 기쁜 표정을 지으며 여동생을 향해 고개를 끄덕여 보였습니다.

"············."

저는 말했습니다.

"요리, 만들 테니까, 엘리제 씨는 기다려주세요."

"그럼 동생이랑 여기서 기다릴게."

웃음을 꽃피우며 엘리제 씨는 여동생 옆에 앉았습니다.

"······네에."

제 목소리는 공허하게 울렸습니다.

요리를 만드는 중, 제 귀에는 그녀의 즐거운 웃음소리가 들려왔습니다.

"──있지, 뭔가 예전 생각이 난다."

"앞으로는 언니가 아빠랑 엄마 대신이니까. 아, 하지만 요리도 해야 하니까 엄마 아빠보다 해야 할 일이 많을지도 모르겠네."

"아니야, 괜찮아. 분명 잘할 수 있을 거야."

여기에 오는 도중에도 쭉 그랬습니다. 엘리제 씨가 여동생을 데리고 나라를 나설 때도, 정말 심각했습니다.

그녀는 쭉, 저에게는 들리지 않는 여동생의 목소리를 기쁜 표정으로 듣고 있었습니다.

"…………."

보글보글 끓는 냄비에서 좋은 향기가 피어오릅니다.

숨 막힐 것 같은 분위기 속에서 그제야 저는 마음껏 숨을 쉴 수 있었습니다. 깊게 심호흡을 하며, 냄비를 저었습니다. 희고 걸쭉한 크림 안에서 당근, 감자, 토끼고기 등이 좋은 냄새를 내고 있습니다.

"…………."

이 나라에 와서 제가 쭉 해온 일은 아무런 의미도 없었던 모양입니다.

관리님의 의뢰를 받아들이고, 그 잔혹한 나라에서 그녀를 데리고 나와서 자유롭게 해주기 위한 획책을 하고, 그리고 동시에 **혼자서** 살아갈 수 있도록 사냥을 할 수 있는 환경을 만들어주었습니다. 그렇게 이 집에 돌아올 수 있도록 해왔는데.

여기까지 하면―― 나라를 나와서 사람들과 멀어지면, 불쌍한 소녀는 제정신으로 돌아오리라고 생각했는데.

틀렸네요.

결국, 그건 그저 저의 바람이었던 모양입니다.

그녀에게 달라붙은 슬픔은 그 정도로는 물러나 주지 않았습니다.

저는 주방에서 뒤를 돌아 그녀를 바라보았습니다.

여동생을 향하고 있던 미소가 이쪽을 눈치챘습니다.

"아, 일레이나 씨. 다 끝났어?"

"이제 조금 더 끓이기만 하면 돼요."

"그렇구나! 조금만 더 기다리면 되는구나."

"…………."

"응? 왜 그래?"

"……아뇨."

"……?"

그녀는 말했습니다.

"저기, 일레이나 씨 아까부터 이상해. 여기에 오는 동안에도 거의 말을 안 했고, 여기에 오고서도 말이 없었어."

"…………."

"게다가 여동생과도 제대로 얘기해주지 않잖아…… 저기, 정말 이상해. 왜 그래?"

"……제가 이상, 한가요?"

"응."

"…………."

제가 입을 다물자,

"――그렇지? 역시 이상하지?"

엘리제 씨는 들리지 않는 목소리에 고개를 끄덕였습니다.

그리고 저를 내버려 둔 채 여동생과의 즐거운 대화로 돌아가 버렸습니다.

"――몸이 안 좋은 걸까? 그럴지도 몰라."

"――아하하. 그러네. 스튜를 먹으면 기운이 날지도 몰라."

"──그렇지? 다음에는 답례로 내가 요리를 해줘야겠어."

계속 계속, 즐거운 얼굴로, 여동생을 바라보았습니다.

"…………."

그건 이제 저로서는 견딜 수 없는 광경이었습니다.

"엘리제 씨."

"응? 왜?"

순진무구한 미소에 저는 조금 멈칫했습니다. 저는 어느샌가 그
녀의 미소를 무섭다고 느끼게 된 모양입니다.

저는 그녀에게서 시선을 돌렸습니다.

"……엘리제 씨, 이제 그만하세요."

그리고 말했습니다.

그저 한 가지, 제게 보이는 광경을 전했습니다.

"여동생분은 죽었습니다."

네 개의 의자 중 하나에 그녀는 앉혀져 있었습니다.

엘리제 씨와 같은 롱코트를 입고, 후드 사이로 금색의 아름다
운 머리카락이 흘러내린, 여자아이.

그것은 숨 막히는 악취를 풍기는 시체였습니다.

○

"지금으로부터 한 달 전. 우리나라의 상인 일부가 큰 죄를 범했
습니다."

"흐음."

그날, 맞은편에 앉아 있던 관리님에게 들은 이야기는 너무나도 잔혹하고 슬픈 이야기였습니다.

"우리나라 가까운 곳에 한 수인 가족이 살고 있었습니다만——상인들은 그 수인을 잡아 팔려는 계획을 세웠던 겁니다. 돈이 없어서 그랬다고, 그들은 말했습니다. 상인들은 우선 사냥에 나선 부부를 잡으려고 했습니다. 길을 잃었다는 거짓말을 하며 그 남녀에게 접근했고, 틈을 노려 그 부부를 납치하려고 했습니다.

물론 그 수인 부부가 그리 간단히 잡혀줄 리 없었습니다. 상인들에게 둘러싸여서도 두 사람은 격렬하게 저항했다고 합니다.

그리고 불안정한 산의 경사면에서 몸싸움을 벌이게 된 그들은 불행하게도 거기서 발이 미끄러지고 말았습니다.

살아남은 상인들이 상황을 살피기 위해 아래로 내려가 보았지만, 전원 숨져 있었습니다. 죄 없는 수인 부부는 그렇게 못된 상인들에게 휘말려, 죽고 말았던 겁니다.

그것이 모든 원흉이었습니다.

살아남은 상인은 세 명. 그들은 시신을 이 나라로 가지고 돌아왔고, 저에게 사정을 설명했습니다. 안타깝게도 그들은 거기서 거짓말을 했습니다.

'상인 세 명과 근처에 사는 수인 둘이 사고로 목숨을 잃었다'고 말했던 겁니다. 그들의 말을 믿어버린 저는 수인이 부부였다는 점에서 그들의 아이가 있을 가능성을 생각했습니다. 어쩌면 지금도 부모님이 돌아오기를 기다리고 있을지도 모른다—— 그렇게 생각한 저는 상인들을 데리고 산으로 들어갔습니다. 그리고 그들의 거처를 발견했습니다."

그리고 그가 이야기해준 것은 대체로 엘리제 씨의 이야기 전개와 겹쳐졌습니다. 엘리제 씨 자매를 찾아간 관리님은 그녀들에게 사고로 부모님이 돌아가셨다고 전하고, 두 딸을 이 나라로 데려왔다──라고.

하지만.

여기서부터 이어진 내용은 엘리제 씨와 관리님의 이야기가 완벽하게 어긋나고 있었습니다.

"그녀들이 이 나라에 온 지 며칠이 지났을 때, 사건이 일어났습니다."

그리고 그는 진상을 이야기했습니다.

"살아남았던 상인들은 돈과 보복을 위해, 이번에는 딸들을 노렸습니다. 밤, 횃불과 나이프를 들고 그녀들의 집에 숨어들었습니다. 세 명의 상인은 먼저 언니 쪽을 발견했습니다. 언니── 엘리제는 부모님과 마찬가지로 어른들에게 둘러싸여서도 물러서지 않았습니다. 포기하지 않고 저항했습니다.

하지만 그녀는 아직 어린아이. 체격 차이가 너무 컸습니다.

그녀는 금방 상인들에게 제압당하고 말았습니다.

그리고 상인들의 복수가 시작되었습니다.

남자들은 나이프를 내려두고 그녀에게 폭력을 휘둘렀습니다. 때리고 찼습니다. 그녀가 몸을 웅크려도, 용서를 빌어도, 눈물을 흘려도 멈추지 않았습니다.

죽지 않을 정도로 혼을 내주고 납치해 갈 셈이었던 거겠죠.

그 남자의 등에, 바닥에 놓아두었을 터인 나이프가 꽂힌 것은 그때였습니다.

남자가 뒤돌아보니 엘리제보다 조금 더 어린 여자아이가 있었습니다. 일방적인 폭력에 당하고 있던 언니를, 여동생인 밀레나가 구하려 했던 것입니다.

그 남자는 말이 되지 못한 말을 외치며 엘리제에게서 떨어져 손에 들고 있던 횃불을 휘둘렀습니다. 그리고 횃불을 바로 내던지고 떨어진 나이프를 주워 들었습니다. 얼굴을 감싸고 신음하는 밀레나를 몇 번이고 몇 번이고, 숨이 끊어질 때까지 찔렀습니다.

아무리 그래도 이건 너무하다. 그렇게 생각한 남은 두 사람은 남자를 제지하려 했습니다. 그러나 그들이 걸음을 뗀 직후에, 여동생을 깔고 앉았던 남자는 움직이지 않게 되었습니다.

바닥에 떨어져 있던 세 개째 나이프를 사용해, 엘리제가 남자를 죽여버렸던 겁니다.

넋이 나간 엘리제가 그 자리에 못 박혀 있을 때, 버려졌던 횃불에서 불길이 솟았고, 일렁이며 집 안을 삼킨 불길은 순식간에 커져갔습니다.

살아남은 두 사람의 상인은 허둥지둥 그 자리에서 도망쳤습니다.

이웃의 주민에게 화재 소식을 전해 듣고 제가 그녀들의 집으로 향했을 때는, 불길이 집 밖까지 번져 나온 상태였습니다. 우리는 바로 불을 껐습니다만, 그래도 집은 절반 가까이 못쓰게 되었습니다.

화재가 일어난 원인은 바로 판명되었습니다. 현장에 있던 세 자루의 나이프와 불탄 시체가 된 상인, 그리고 근처 주민의 목격 정보. 그것들을 증거로 우리는 두 상인을 의심했고, 체포했습니다.

그리고 심문을 받은 두 사람은 결국 우리에게 진실을 밝혔습니다.

그러나 진실을 알게 되었을 때는 이미 손쓸 방도가 없었습니다.

엘리제는 화재가 일어난 날부터 변해버렸습니다.

여동생의 유골을 놓으려 하지 않았습니다. 아니, 그녀는 그 유골이 살아 있는 것처럼 행동했습니다. 음식을 주고, 옷을 입히고, 곁에서 함께 잠을 잤습니다.

이 나라의 상인들과 저의 잘못된 판단 탓에, 불쌍하게도 그녀는 제정신을 잃게 되어버린 것입니다.

두 상인이 모든 것을 자백하면서, 그녀가 한 일은 이 나라의 사람들에게 알려졌습니다. 사람들은 그녀를 가여워하면서도 두려워하고 피하려 했습니다.

그리고 그녀 또한 이 나라 사람들의 말에 귀를 기울이지 않게 되었습니다. 그러기는커녕 무서운 것을 보는 듯한 눈으로, 피하게 되었습니다.

이제 우리들로서는 어찌할 수 없게 되어버린 겁니다."

관리님은 말했습니다.

중요한 부분은 안개 속에 남겨둔 채.

"……그러니까."

저는 한숨을 내쉬며 대꾸했습니다.

"불쌍한 아이를 맡은 것까지는 좋았지만, 문제를 일으켰으니 내쫓고 싶다. 그러나 이쪽의 말이 통하지 않게 되어 내쫓으려고 해도 쫓아낼 수 없다. 거칠게 다루었다가는 무슨 짓을 할지도 모른다. 그러니 외부인에게 떠넘기자. 그런 얘기입니까?"

"…………"

비겁하게도 침묵으로 답하는 그를 향해 저는 거듭 말했습니다.

"……그런 이유로 그 아이를 여기서 내쫓으라는 겁니까?"

의뢰를 받아들일지 말지 망설이며 반파된 집으로 가서 엘리제 씨를 봤을 때, 저는 무척 놀랐습니다.

그리고 의뢰를 받아들이기로 결정했습니다. 당신과는 빵가게에서 한 번 만났으니까요.

사과를 팔던 노점에서 당신과 만나기 하루 전, 저는 나라 안에서 탐문 조사를 했습니다. 그때 이 나라의 사람들은 하나같이 당신을 이렇게 불렀습니다.

"불쌍한 아이."

길을 걷던 사람들도 말했습니다.

"정말로 불쌍해." "나쁜 놈들 탓에 저렇게 되어버리다니…… 슬픈 일이야."

당신의 집 근처에 사는 부인들도 눈썹을 찡그리며 말했습니다.

"나쁜 어른들 탓에, 저런 곳에서 살게 되었어…… 그렇지?" "맞아…… 불쌍해. 저 아이, 관리님이 두고 간 도시락에도 손을 대지 않잖아." "저기 봐, 저쪽 벽 근처에 버려진 도시락이 있지? 그 아이, 언제나 저렇게 벽에 던져서 버리고 있어. 돈도 음식도, 닥치는 대로."

노점의 남성도 붕대를 감은 손을 문지르며 말했습니다.

"꽤 오래 전부터 내 가게에서 사과를 훔쳤던 모양이야. 뭐, 그 아이의 처지는 알고 있고 딱히 탓할 생각은 아니었어—— 사과만 먹으면 질릴 테니까, 다른 것도 먹게 해줄 생각으로 식당에라도 데려가려고 했었지. 그랬더니 뭔지 모를 소리를 지르면서…… 뭐, 이런 꼴이 됐어."

그리고 빵가게 주인도.

"아, 마녀님. 그때 봤지? 그 아이는 늘 그런 걸로 빵을 사려고 해. 불쌍한 아이라는 건 알지만—— 우리도 장사니까, 어떻게 대해야 할지 곤란한 참이야."

당신을 처음 봤던 날, 빵가게에서 저는 이상한 것을 목격했습니다.

후드를 깊게 눌러쓴 여자아이가 주머니에서 대량의 죽은 벌레를 꺼내 빵을 사려고 하는, 이상한 광경이었습니다.

곤란한 표정을 지으며 죽은 벌레로는 빵을 살 수 없다고 상냥한 말투로 설명하는 주인과 몇 마디 대화를 나눈 후, 여자아이는 엄청난 충격을 받은 듯한 표정을 하고 가게를 뛰쳐나가 버렸습니다.

지켜보던 저는 고개를 갸웃거렸습니다.

그리고 그게 바로 당신이라는 걸 알게 되었습니다.

그래서 저는 당신을 위해 의뢰를 받아들이기로 했던 겁니다.

○

"거짓말."

제가 보고 들은 것들을 전부 밝힌 직후에 엘리제 씨는 먼저 그렇게 중얼거렸습니다. 그리고.

밀레나 씨 옆에서 고개를 들었습니다.

"거짓말이야, 그건── 전부 거짓말. 어째서? 어째서 일레이나 씨까지 나를 괴롭히려고 하는 거야?"

"누가 그렇게 말하라고 시킨 거야? 일레이나 씨도 지금까지 봤잖아? 그 나라 사람들은 나쁜 녀석들뿐이야."

"그 나라 사람들은 나를 괴물처럼 취급했어. 집도 불태웠어. 하지만, 여동생은 안 죽었어. 내 옆에 분명히 살아 있는걸."

"그러니까 거짓말이야. 그런 얘기, 엉터리야."

그리고 그녀는 밀레나 씨의 어깨를 흔들었습니다. 이미 오래전에 목숨을 잃은 소녀의 머리가 부자연스럽게 흔들렸습니다.

"있지, 봐. 여기, 살아 있잖아. 여동생은 죽지 않았──."

하지만.

그녀의 말을 끊듯, 배반하듯, 난폭하게 흔들려진 그 몸은 의자에서 떨어졌습니다.

털썩, 무거운 소리와 함께 밀레나 씨였던 것이 바닥을 굴렀습니다.

"아———."

그때, 그녀는 무언가를 깨달은 것 같았습니다.

"아, 아냐…… 내 여동생은, 밀레나는, 살아서———."

자리에서 일어나 그 유체를 향해 어중간하게 팔을 뻗은 채 그녀는 움직임을 멈추었습니다. 손끝만이 심하게 떨리고 있습니다.

그 모습은, 너무나도 가여웠습니다.

"엘리제 씨."

"아냐. 아냐, 아냐, 아냐……! 싫어 싫어 싫어 싫어! 밀레나는, 그렇지만, 쭉 나랑 함께 살았는걸. 죽었을 리 없어……!"

"…………."

그녀의 시야를 가로막듯, 저는 그녀를 끌어안았습니다. 겨울 공기에 차가워진 롱코트의 감촉이 손끝에 닿았습니다.

"일레이나 씨…… 아냐. 밀레나는…….."

"……엘리제 씨."

저는 손에 더욱 힘을 실었습니다.

"안 돼요. 더 이상 도망쳐선 안 돼요."

"도망 같은 건———."

"당신에게 찾아온 불행은 분명 불합리한 일이에요. 도망치고 싶은 마음도 알아요. 하지만 안 돼요. 당신이 이대로 계속해서 눈을 돌리면, 언젠가 현실은 손이 닿지 않을 정도로 멀어져버릴 테니까."

"…………웃."

"모처럼 좋은 사이가 되었는데, 불합리한 상황에 짓눌린 당신을, 나는 보고 싶지 않아요."

"………… ."

"돌아와 줘요."

그리고 저는 말했습니다.

"당신을 도울 수 있게 해주세요."

그 말에 대답은 없었습니다.

그저 말이 되지 못한 소리만이 흘러나올 뿐. 그녀의 떨리던 손끝은 제 로브를 꽉 움켜쥐고 있었습니다.

아냐, 아냐, 거짓말이야, 그만둬.

그런 말을, 헛소리를 하듯 중얼거렸습니다.

목소리는 이내 통곡으로 바뀌었고, 그녀는 저에게 매달려 쉼없이 눈물을 흘렸습니다.

그 눈물이 멈출 때까지, 저는 그녀를 떼어놓지 않았습니다.

○

"안녕하세요."

"아, 일레이나 씨. 안녕하십니까…… 아, 또 빵을 드시고 계시는군요."

"네, 맛있어서요── 하지만, 이 빵도 이걸로 마지막이겠네요."

"……?"

"당신에게 의뢰받은 일이 무사히 마무리되었습니다, 라는 뜻이에요. 오늘 중으로 이 나라를 떠나서 이제 이 근처로는 돌아오지 않을 생각입니다."

"……그렇습니까."

"변함없이 내키지 않는 표정이네요."

"전에도 말씀드린 것처럼, 우리는 그녀를 내쫓고 싶었던 게 아닙니다. 그저, 그것밖에 방법이 없었던 겁니다."

"어찌 되었든, 도중에 내팽개친 건 변함없어요── 그럼, 이제 보수 이야기를 해야겠죠?"

"……아, 네. 그랬죠. 그러니까──."

"제 보수는 필요 없으니, 그녀의 집에 전달해주시겠어요?"

"네?"

"두 번 말하게 하지 마세요."

"아뇨, 하지만──."

"아무튼 저는 받지 않겠다는 말입니다. 그저 그뿐이에요."

"……일레이나 님, 그녀는 어떤 상태인가요? 좋아졌나요?"

"글쎄요? 어떨까요? 저는 뭐라고 말할 수 없네요."

"그렇습니까……."

"네. 그럼 이만 가보겠습니다."

"……부디 몸조심하십시오."

"참, 말하는 걸 잊은 게 하나 있었네요."

"네? 뭘 말이죠?"

"그녀가 다시 여기 왔을 때, 그때는—— 부디 그런 표정을 짓지 말아주세요. 아셨죠?"

○

저는 한동안 그녀와 함께 시간을 보냈습니다.

화창한 날 눈 풍경 속을 달리고, 그녀가 사냥을 하고, 둘이서 요리를 하고. 그런 반복이었습니다.

저는 기분 좋게 흘러가는 시간을 보냈습니다.

그리고 혼자 하는 사냥을 완벽하게 익혔을 때, 엘리제 씨는 문득 입을 열어 이런 말을 했습니다.

"나, 이제 한 사람 몫을 하게 됐어."

가족 셋이 잠든 묘 앞에서, 누군가를 향해 그런 말을 했습니다.

"그럼 저는 이제 쓸모가 없겠군요."

"쓸모가 없다는 게 아닌데…… 하지만, 지금까지 고마웠어. 일레이나 씨."

"인사 받을 만큼은 아니에요—— 제가 할 수 있는 최선을 다했을 뿐이죠."

"앞으로는 어떻게 할 거야?"

"저는 다시 여행을 시작할 거예요."

"……쓸쓸해지겠네."

"……그렇겠네요."

"혹시 힘들면, 함께 여행을 가줄 수도 있는데."

"아, 그건 좀."

"일레이나 씨는 짜증 날 정도로 정직하네."

"엘리제 씨는 앞으로 어쩔 셈인가요?"

그렇게 묻자 그녀는 뒤집어쓰고 있던 후드를 벗고 하늘을 올려다보았습니다. 새파란 겨울 하늘을 향해서 연기 같은 숨결이 피어오르다 사라졌습니다.

하늘에 뜬 태양에서는 약간의 열기가 쏟아지고 있습니다. 지금은 차가운 바람에 지워져버릴 정도로 약하지만.

"나는, 시간이 좀 지나면, 다시 그 나라에 돌아가 보려고 해."

엘리제 씨는 이쪽을 바라보고 있었습니다.

"……싫은 기억밖에 없는데도요?"

"응. 하지만 다음에 가면, 또 다른 기억이 생길 것 같거든."

그녀는 말했습니다.

"게다가, 그 나라 사람들에게는 나쁜 짓을 하고 말았으니까, 한번 사과하고 싶어."

"…………."

"그렇다고는 해도, 아직 행동에 옮길 결심은 들지 않았어. 그저, 그러고 싶다고 생각할 뿐이지."

"그런가요."

좋은 생각입니다. 저는 고개를 끄덕였습니다.

"뭐 어쨌든 가게 되는 건, 결심을 하고, 모두와 제대로 이별을 한 다음이 될 거야. 적어도, 앞으로 한동안은—— 눈이 녹을 때까지는 여기서 살 거야."

그때, 뒤쪽 숲속에서 바스락거리는 소리가 들렸습니다.

돌아보니 나뭇가지 위에 쌓였던 눈이 바닥으로 떨어져 있었습니다. 새하얗게 물든 세계 속에서 가볍게 고개를 흔들며, 녹색이 모습을 드러냈습니다.

이제부터 조금씩, 눈은 사라져갈 것 같습니다.

하지만.

"아직 시간이 더 필요할 것 같네요."

제 말에 천천히 고개를 저으며 그녀는 미소 지었습니다.

"이제 금방이야."

©Azure

어느 마을을 관광하고 있던 어느 날.

갑자기 이상한 남자가 말을 걸어왔습니다.

"거기! 당신, 마녀지? 그렇다는 건, 빗자루도 탈 수 있는 거지?"

이 무슨 머리 나빠 보이는 발언인가요.

"그야 마녀이고 여행자이니, 탈 수 있습니다만."

못 타면 여행자 같은 건 못해먹어——입니다.

남자는 만족한 듯 고개를 끄덕였습니다.

"그거 다행이군! 저기, 있지. 부탁이 좀 있는데."

남자는 막무가내로 지도를 꺼내 들고 말을 이었습니다.

"지도에 있는 이 부근까지 날 좀 데려다 줬으면 해! 여기에 용 건이 있어서 말이야."

"네에?"

그가 약간 흥분한 기색으로 가리킨 곳은 어디를 어떻게 보아도 그저 평범한 숲이었습니다. 이런 곳에 무슨 용건인가요? 뭘 할 셈 인가요? 뭐, 어찌 됐든 상관없지만.

"데려다 드리는 건 가능합니다만……, 돈을 내셔야 하는데요?"

"그 점에 관해서는 걱정하지 마! 제대로 낼 테니까 안심해!"

"그럼 뭐 좋습니다."

"아, 정말 다행이다—— 아, 돈은 후불인데, 괜찮을까? 헤헷."

"네? 선불이 좋습니다."

어쩐지 신용할 수 없을 것 같습니다. 그곳에 도착하고 나면 그대로 내빼 버릴 듯한 분위기가 언동에서 풀풀 풍겨 옵니다.

"잠깐 기다려봐! 그렇게 서두르지 말라고! 무사히 데려다주면 제대로 지불할 거라고. 나는 거기에 돈을 가지러 가는 거니까."

"호오. 그런 숲속으로요? ……가지러 가는 게 땅에 묻혀 있는, 매장금이나 뭐 그런 건가요?"

저는 농담 삼아 그렇게 말했습니다.

그러나 그는 제 말에 크게 고개를 끄덕였습니다.

그리고 이어서.

"맞아! 아버지의 유산이 거기에 묻혀 있거든."

그런 말을 하기에 저는 깜짝 놀라고 말았습니다.

○

지도와 길을 번갈아보며, 저는 계속해서 숲을 나아갔습니다.

빗자루 자루에는 끈이 연결되어 있고, 그 끝에 이어진 수레에는 그가 타고 있습니다. 저는 그가 알려준 대로, 돈이 묻혀 있다는 곳을 향해 날아갔습니다.

"아아아아아아아아아아아아아아아아아악!"

날아가는 동안 뒤쪽에서 그런 비명이 들려왔지만, 딱히 신경 쓰지는 않았습니다. 이제 빗자루를 타고 날아온 지 족히 한 시간은 지났습니다. 출발할 때 "어이, 여기 타라고? 뒤에 태워줘"라는 불만을 늘어놓는 그에게 저는 "제 뒤에 탈 생각이라면 여기 두고 가겠습니다"라고 친절하게 말해주었습니다.

하지만 시간이 지날수록 수레에 태워 가는 것조차 귀찮아졌습니다.

아무래도 그는 수다 떨기를 좋아하는 사람인가 봅니다. 수레에 오른 그는 어째선지 지금까지의 무용담을 주절주절 내뱉었습니다.

말하기를.

그는 전설의 도박꾼의 아들로 그럭저럭 먹고살던 도박꾼이라고 합니다. 돌아가신 아버지의 뒤를 이어 몇 년 전까지는 도박으로 돈을 벌었다는 모양입니다.

하지만 요즘 들어서는 좀처럼 이기지 못하게 되었고, 승률이 안 좋아졌답니다. "이기면 반드시 갚을 테니까" "꼭 갚을 테니까" 그런 말을 하며 친구들에게 돈을 빌려 계속 도박을 했지만, 애태우는 그를 비웃듯 돈과 운은 연기처럼 사라져버렸습니다.

덤으로 친구들과 지인들은 이제 그를 지긋지긋해 했고, 아버지의 지인들은 "운 좋던 부모에게서 운 없는 아들이 태어났다"라는 비난을 하는 지경에 이르렀습니다.

이대로는 많은 빚을 떠안은 채 길바닥에서 죽어버릴 거다──── 그런 불안을 갖고 있던 그는 얼마 전 본가에서 우연히, 아버지의 돈이 숨겨져 있는 곳이 표시된 지도를 발견했습니다.

이게 웬일인가. 신은 나를 버리지 않았다! 그는 덩실덩실 춤을 췄다고 합니다.

그리고 여행자인 저를 잡아 안내역으로 쓰고 있는 상황에 이른 거로군요.

도박꾼으로서의 피가 끓고 있는 걸까요?

저로서는 전혀 이해할 수 없지만, 아무튼, 그런 처지라는 모양입니다.

"나를 바보 취급 했던 녀석들한테 나를 다시 보게 해주겠어! 개구리 새끼는 개구리라는 걸 깨닫게 해주겠다고!"

개구리 새끼는 개구리, 라는 말은 평범한 사람의 아이는 노력해도 평범한 사람밖에 못 된다는 노골적이고 멋도 없는 의미를 가진 속담인데요…… 뭐, 됐습니다. 넘어가죠.

그 후에도 종알종알 지금까지의 인생에 관해서 멋대로 이야기를 해주었습니다. 하루 동안 번 최고액이라든가, 미녀와의 열애라든가, 그 외 등등.

초반에는 맞장구를 쳐주었습니다만, 점점 귀찮아졌습니다.

그런 연유로 운전 방식을 일부러 난폭하게 바꾼 것입니다.

"아아아아아아아아아아아아아아아아아아아악!"

어머나, 쾌적해라.

목적지에 도착했습니다.

"우웨에에에에에에에에에에엑!"

곧바로 그는 토했습니다. 아름드리나무에 손을 짚고서. 철벅철벅.

으아아.

"괜찮으신가요?"

"문제없어! 아버지의 유산이 눈앞에 있으니까, 이 정도는 별거 아니라고!"

"그런데, 유산은 어디에?"

"어, 그러니까……."

입을 훔치며 그는 지도에 시선을 주었습니다.

"이쪽인가? 아, 아니다……, 그럼 이쪽인가? 아니, 이쪽도 아냐. 그러니까……."

지도를 손에 든 채 그는 빙글빙글 돌았습니다.

이대로는 또 토하는 거 아닌가요? 그런 걱정을 하는 저를 무시하고, 그는 계속 돌았습니다. 그러더니.

"아. 이 나무다. 이 나무 아래 유산이 묻혀 있는 모양이야."

한 그루의 아름드리나무를 손가락으로 가리켰습니다.

"…………."

"…………."

토한 바로 그 자리였습니다.

"……어쩐지 죄송하네요."

"……아, 아냐. 응, 신경 쓰지 마……."

○

제 일은 끝났습니다. 땅을 파는 일은 당연히 돕지 않았습니다. 귀찮으니까요.

삽으로 나무뿌리 근처를 파는 그의 등을 멍하니 바라보며 그저 때가 오기를 기다렸습니다.

133

"매장금……! 매장금……! 매장금……!"

그 모습은 도둑 그 자체였습니다.

그리고 지루한 시간이 지나갔습니다.

푹푹 땅을 계속 팠습니다. 구멍 옆에 산이 생겼을 무렵, 그의 삽은 캉 하는 둔한 금속음을 냈습니다.

그는 소리에 반응해 일어선 저를 돌아보며 엄지손가락을 세웠습니다.

"찾았다고! 자, 봐! 매장금이야!"

그는 삽으로 그걸 들어 올리더니 이쪽을 향해 던졌습니다. 양철 케이스가 단단한 바닥을 굴렀습니다.

"호오 호오. 여기 들어 있는 겁니까?"

"그래! 열어보자고!"

고개를 끄덕이는 제 모습을 확인하고 그는 케이스를 열었습니다.

그리고 안을 들여다보니.

"헤헤헤…… 이걸로 나도 다시 부자……으응?"

그의 웃는 얼굴은 순식간에 의아한 얼굴로 바뀌었고, 이내 새파랗게 변해버렸습니다.

"……음? 뭐가 들어 있나요?"

저도 옆에서 케이스 안을 들여다보았습니다.

그리고 안에 담겨 있던 것을 보고 말았습니다.

안에 돈 같은 것은 전혀 들어 있지 않았습니다.

그저 대량의 종이 쪼가리가 채워져 있을 뿐입니다.

친구, 친척, 여관부터 술집, 정육점부터 과일가게까지. 그의 아버지가 여러 사람들에게 빌린 돈의 상세한 내역과 변제 기한, 아버지가 갚지 못했을 경우의 보증인 이름까지, 꼼꼼하게 쓰인 종이가 가득 채워져 있었습니다.

『아들아, 대신 갚아다오. 아버지로부터.』

그런 메모와 함께.

"바보 같은…… 그런……! 이건 거짓말이야……! 아버지이이이이이이이이이이이잇!"

그리고 그는 상자에 들어 있던 것을 모조리 꺼내 던져버렸습니다. 청구서가 계속해서 공중을 날고 있습니다.

그중에 하나, 편지가 있었습니다. 그는 그걸 눈치채지 못하고 던져버린 모양입니다———.

그 편지에는 이런 내용이 쓰여 있었습니다.

『미안하다. 매장금은 거짓말이다. 애초에 나는 전설의 도박꾼도 뭣도 아니다. 처음에는 잘나갔지만 시간이 지날수록 이기지 못하게 되었고, 여기저기서 돈을 빌려 쓴 최악의 아버지다. 부디 이런 아버지를 용서해다오. 그리고 빚도 갚아주었으면 한다. 돈을 빌려준 사람들에게는 잘 이야기해놓았다. 분명 네가 준비될 때까지 기다려줄 게다. 부탁한다.』

훌륭하게 내던졌습니다. 도리어 시원스런 느낌이 들 정도로 불손한 모습입니다.

"아버지이이이이이이이이이이이이이이이이이이이이이이이!"

소리치는 남자 뒤에서, 저는 그를 동정하며 어떤 생각을 했습니다.

과연, 분명 개구리 새끼는 개구리구나.

"……정직한 자의 나라?"

해안가에 있는 자그마한 나라의 문 앞에 선 저는 문지기 병사의 입에서 나온 묘한 나라 이름에 고개를 갸웃거렸습니다.

"그렇습니다! 이 나라는 '정직한 자의 나라'라고 하며, 그 이름대로 이 나라에는 거짓말쟁이가 존재하지 않습니다! 거지같은 나라입니다!"

"……네에."

"이 문을 통과해서 영토로 들어간 순간부터 어떤 사람이든, 마녀님조차도 거짓말을 할 수 없는 몸이 됩니다."

저도 모르게 흥미가 조금 생겼습니다.

"대체 어떤 원리로 그렇게 되는 건가요?"

"우리나라의 왕이 가진 검에는 신기한 힘이 있는데, 이 나라 전체에 거짓말을 할 수 없게 되는 결계를 펼쳐뒀다고 합니다. 정말이지 수상쩍기 그지없는 일입니다만, 아무튼 그런 원리라고 합니다."

"…………."

"마녀님, 어쩌시겠습니까? 우리나라에 입국하시겠습니까?"

그 말에 저는 답했습니다.

○

2박 3일 체재 신청을 하고 저는 문을 통과했습니다.

나라 안에서는 시원한 초여름 바람이 바다 냄새를 희미하게 실어 나르고 있었습니다.

해변의 거리는 무척 다채로웠습니다. 길가에 늘어선 집들은 파랑, 빨강, 노랑, 초록, 보라, 등등 아무튼 선명한 색채로 물들어 있었습니다. 통일감은 전혀 없습니다. 하지만 그 뒤죽박죽인 색감이 꽤 좋은 느낌을 줍니다.

이 나라의 분위기는 괜찮은 느낌입니다.

"마녀님! 우리 빵을 사 가세요! 그다지 맛있지 않고, 시간이 한참 지나서 엄청 딱딱하고, 심지어 가게 앞에 놓인 건 그저께쯤 팔다 남은 거지만 정가로 팔아요! 사세요!"

"……그런 쓰레기를 누가 사나요?"

지나가던 노점에서 믿을 수 없는 말이 날아든 탓에 무심코 딴죽을 걸고 말았습니다.

어째선지 제 입에서 나온 쓴소리가 평소의 두 배 정도 강해졌습니다. 거짓말을 할 수 없기 때문일까요?

"무슨 소리예요?! 장시간 밖에 방치해두었으니 맛도 질도 나빠지는 게 당연하잖아요! 하지만 못 먹을 건 아니라고요! 사세요!"

"…………."

거짓이 없다는 건 죄로군요.

입국한 직후에 노점 아줌마와 묘한 말다툼을 하고 나서 혹시나 하는 생각을 하기는 했습니다만, 역시나 이 나라 사람들은 때때로 그런 식으로 말을 걸어왔습니다.

"어머, 마녀님! 귀엽네! 열 받아! 저기, 최근 우리 가게에서 새로운 향수를 만들었는데 사지 않을래? 당신 같은 귀여운 계집애에게는 팔고 싶지 않지만, 이건 장사니까."

"어머, 안녕. 솔직히 말해서 그다지 내 타입이 아닌 데다, 너무 어리고 가슴도 빈약해서 최악이지만, 지금 여자에 굶주려 있거든. 괜찮으면 저기서 차라도 한잔—— 아, 무리?"

딱 잘라 말해서 바보 아냐? 라고 화내고 싶을 정도로 모두 정직했습니다. 물론 다들 쓸데없는 말만 했기 때문에 스쳐 지나가는 사람들은 험악한 분위기를 풍기고 있었습니다.

"너 변함없이 벗겨졌네." "그러는 너는 변함없이 뚱뚱하잖아." "전부터 생각했는데 너, 입 냄새 나." "그러는 너는 암내가 엄청나네." "……하하하." "……하하하."

사람들의 공격적인 본성이 숨김없이, 있는 그대로 드러났습니다.

……도대체 이 나라의 임금님은 무슨 생각으로 나라를 이렇게 바꾼 것일까요?

길을 나아가자 왕궁이 있었습니다.

"우리나라에서 거짓말이 사라진 지 오늘로 반년이 되었다! 모두들 어떠한가?! 거짓이 없는 나라라는 건 멋지지 않느냐?"

마침 거기서는 젊은 임금님이 한창 연설을 하는 중이었습니다.

손에는 지나치게 기발한 디자인의 검이 쥐어져 있었습니다. 감상을 붙인다면 저도 모르게 "아, 취향이 별로네요"라고 말해버릴 정도로 기발했습니다.

왕궁 앞에 모인 국민들은 환호성을 외쳤고, 『임금님 최고!』『거짓 없는 멋진 나라를 만들어줘서 감사해요!』『임금님 덕분에 여자친구가 생겼습니다!』『임금님, 만세!』 등의 간판을 들고 있었습니다. 제대로 된 말을 하는 사람은 하나도 없었고, 그저 와아와아, 꺄아꺄아 하는 지나치게 담백한 환성만이 여기저기서 날아들었습니다.

국민들의 모습에 임금님은 만족스레 고개를 끄덕이고 하늘을 향해 검을 치켜들었습니다.

"거짓은 악이다! 혐오해야 할 대상이다! 이 검에 맹세코 우리나라는 앞으로도 일절, 거짓 없는 깨끗한 나라로 존재할 것이다!"

『평생 따르겠습니다.』『임금님 사랑해요!』『멋져! 안아주세요!』『임금님 만세!』『만세!』

정직한 자들로부터의 칭송이 무척 마음에 들었는지, 임금님의 목소리를 더욱 커졌습니다.

"거짓 없는 말에서, 꾸밈없는 진의에서 진정한 신뢰 관계라는 것이 태어나는 법이다! 진심과 진심을 맞부딪치며 우리 함께 이 나라를 옳은 방향으로 이끌어 가자!"

…………

기묘한 광경에 뭐라 말할 수 없는 기분을 느끼며 멀리서 연설을 지켜보고 있는데, 문득 누군가가 제 어깨를 두드렸습니다.

뒤를 돌아보니 흙색 로브와 삼각 모자를 걸친 마녀가 한 명. 20대 초반 정도인 그 여성은 구불구불한 갈색 머리카락을 갖고 있었습니다.

"······뭐죠?"

그러자 그 여성은,

『당신이 마법 총괄 협회에서 파견된 마녀님이죠?』

라고 쓰인 스케치북을 의기양양한 표정으로 아무 말 없이 들어 보였습니다.

"··········?"

저는 고개를 저었습니다.

"아뇨, 아닌데요."

참고로 마법 총괄 협회란 마녀 견습생이 되기 위한 시험을 시행하거나, 마법에 의해 발생한 사건을 해결하거나, 혹은 새로운 마법 연구를 하는 등의 일을 합니다. 간단히 말하자면 마법이라 이름 붙은 것에 어쨌든 관여하려 드는 조직입니다.

"참고로 마법 총괄 협회에 소속된 사람은 가슴에 달을 본뜬 브로치를 하고 있어요."

제 가슴께에는 마녀의 증거인 별을 본뜬 브로치밖에 없습니다.

친절하게 거기까지 설명을 해드리자 여성은 자신의 실수를 깨달은 모양입니다. 부끄러운 듯 뺨을 붉게 물들이고 허둥지둥하며 빠르게 펜을 움직이기 시작했습니다. 그리고.

『죄송합니다. 사람을 잘못 봤어요. 지금 그건 잊어줘요!』

라고 쓰인 스케치북을 저를 향해 다시 들어 보이며 몇 번이고 사과하더니 그대로 달려가 버렸습니다.

대체 뭐였던 걸까요.

"……음?"

그러고 보니 종이에 쓰는 경우는 어떻게 되는 거죠? 마찬가지로 정직해지고 마는 걸까요?

어째선지 말을 하지 않았던 이상한 마녀 씨와 왕궁 앞에 모여 있는 사람들에게로 시선을 보내며 저는 문득 그런 의문을 떠올렸습니다.

결론을 말하자면, 종이 위라고 해도 이 나라에서는 거짓말을 할 수 없는 모양입니다.

예를 들면 과자 가게 주인의 신작 디저트 앞에는,

『신작이 나왔습니다!』라는 말 다음에 『사실은 전부터 있던 거에 새로운 요소를 추가했을 뿐입니다』라는 말이 덧붙여져 있는 데다—— 과자 가게며 찻집이며 서점이며, 아무튼 곳곳에 쓰인 글들은 지독한 상황이었습니다.

『점장 추천 신상품! 맛있어요! 거짓말입니다. 쓰레기입니다. 맛없습니다. 먹으면 죽습니다.』

『신인 작가가 자아내는 미스터리! 그 베스트셀러 작가도 경악!(완성도가 너무 떨어져서)』

『이 신상품은 이전 제품보다 네 배 더 효과가 있습니다! 있는 것 같은 기분이 들 뿐입니다.』

등등.

가게에 있는 문구들의 후반부에 쓰인 그저 비방과 중상이라고도 볼 수 있는 말들은 처음부터 있던 것은 아닌 모양인지, 나중에 덧붙여진 것들로 보였습니다. 거기에 더해 어떤 선전이나 간판도 지워진 듯한 흔적이나 일부러 더럽힌 것 같은 흔적이 있어 읽기가 어려웠습니다.

모조리 드러난 속마음으로 넘쳐나는 마을에 지긋지긋해 하면서, 저는 『매우 저렴한 숙소! 싸지만 엄청나게 깨끗합니다』라는 지저분한 글자가 쓰여 있는 간판이 내걸린 숙소로 들어섰습니다. 정직한 자의 나라라고 하니, 간판에 쓰인 말에 거짓은 없을 테죠.

"…………"

하지만 제게 내준 방은 깨끗한 것과는 너무나도 거리가 멀었습니다. 쓰레기였습니다. 최악이었습니다. 여기 살면 죽을 것 같습니다.

숙소 주인의 눈에는 깨끗하다는 걸까요……? 아무래도 눈이 안 좋은 모양입니다.

비정한 현실에 실망하면서 방에 틀어박힌 저는 가방에서 메모장과 펜을 꺼냈습니다.

"……뭘 써볼까요."

거짓말을 쓸 수 없다는 게 어떤 상태인지 시험해보기로 했던 겁니다.

잠시 펜을 물고 신음하던 저는 오늘 하루 동안 일어났던 일을 적어보자는 데 생각이 미쳤습니다. 그래서 쓰기 시작했습니다. 고민하며, 기억해내며, 일단 펜을 움직였습니다. 과연, 아무래도 거짓말을 쓰려고 하면 손이 멋대로 사실을 적어버리게 되는 모양입니다. 적당한 거짓말을 써보려고 했습니다만, 제가 펜을 움직인 곳에는 진실만이 쓰여 있었습니다.

예를 들어 『사실 저는 남자입니다』라는 거짓말을 쓰려고 하면 종이에는 제 의지와 반대되는 글자가 쓰이고, 입 밖으로 거짓말을 뱉으려 해도 "사실 저는 여자입니다"라고, 아주 평범하게 진실을 말해버리는 겁니다.

나중에 수정하는 것도 안 되는지 『아까 그건 거짓말입니다』라고 말하려 해도, 쓰려고 해도, 눈과 귀에 흘러드는 것은 "아까 그건 진짜입니다"라는 쓸데없는 말뿐.

종이를 바꾸어도, 돌려 말하는 것을 궁리해보아도, 아무리 발버둥 쳐도 말을 평범하게 다루어서는 거짓말을 할 수 없게 되어버리는 모양입니다.

"……으으음."

어쩐지 이상한 감각입니다.

이 감각에 약간 익숙해진 저는 그 후로 잠시 동안 제 의사를 따르지 않는 제 몸을 가지고 놀았습니다.

"……어라?"

그리고 한차례 글을 쓴 다음입니다.

저는 이상한 사실을 눈치챘습니다.

정직한 사람이 되어버린 이 나라의 사람들이 입을 다물고 있는 암묵의 이해를 눈치채 버렸습니다.

○

다음 날도 거리를 산책했습니다.

무척이나 다채로운 길을 걸으며 노점에서 "이거 맛있나요? 방금 만든 건가요?"라는 질문을 해서 정직하게 자백을 받고, 틀림없이 갓 만들어진 맛있는 음식을 이것저것 사며 콧노래를 불렀습니다.

해변의 나라인 만큼, 길 끝은 바다와 면해 있었습니다. 구입한 음식을 먹으며 걷고 있으려니 부드럽게 파도치는 소리가 들려왔습니다.

기분 좋습니다.

역시 이 나라의 분위기는 마음에 듭니다.

"이 자식! 죽여버린다! 이 대머리가! 입 냄새 난다고!" "시끄러, 뚱땡이! 땀 냄새 나는 주제에!" "죽어!" "네가 죽어!"

…………

좋았던 기분은 곧바로 엉망이 되어버렸습니다.

눈을 돌려본 곳—— 진행 방향에서 두 남자가 맞붙어 싸움을 하며 서로를 욕하고 있는 모습이 보였습니다. 바늘로 찌르면 잘 터질 것만 같은 뚱보와 머리 근처에서 눈부신 빛을 만들어내고 있는 대머리였습니다. 참고로 땀 냄새와 입 냄새도 고민거리인 모양입니다.

……그보다, 어제도 봤던 사람들이었습니다.

"……와아."

격렬하게 다투는 두 사람은 주변 사람들의 주목을 모으는 것 따위는 상관하지 않았습니다. 주변에 있는 사람들도 그저 방관하고 있을 뿐, 둘을 말리려는 모습은 보이지 않았습니다.

뭐, 저도 그렇습니다만.

"말리지 않아도 괜찮은 건가요?"

저는 근처에 있던 남자를 잡고 물었습니다. 말리는 편이 좋으리라는 건 알지만 직접 나서는 건 싫었기 때문에 다른 사람에게 전부 떠넘기겠다는 자세입니다.

그러나.

"응? 마녀님 혹시 타지에서 온 사람인가?"

제가 고개를 끄덕이자 남자는 웃었습니다.

"우리나라에서 이런 언쟁은 일상다반사거든. 게다가 싸우는 사람들을 보는 건 스트레스 발산에 좋으니까, 아무도 말리지 않는 거야."

"…………."

"멍청한 임금님 탓에 우리는 짜증이 쌓여 있으니까, 이런 건 좋은 스트레스 풀이가 되거든."

그건 무척이나 이상한 말이었습니다.

맞부딪치면서 올바른 신뢰 관계를 쌓는다——라는 임금님의 말과 백성들의 태도 사이에는 어찌할 수 없는 깊은 골이 있는 듯 보입니다.

"네, 거기까지이이이이이이이이이이이이이이이이!"

귀를 막고 싶을 정도로 커다란 목소리가 쩌렁쩌렁 길에 울린 것은 바로 그때였습니다.

소리가 들린 쪽을 보니, 맞붙어 싸우던 두 남자 옆에 지팡이를

든 한 명의 마녀가 나타나—— 마법을 써서, 두 사람이 서로에게 주먹을 날리기 직전에 억지로 멈추게 하며 서 있었습니다.

검은 로브에 별과 달 모양 브로치를 단 마녀의 나이는 저보다 조금 아래 정도. 짧게 자른 윤기 있는 머리카락을 흩날리며 그녀는 싸우고 있던 두 사람을 노려보았습니다.

"대낮부터 별것 아닌 이유로 주먹을 휘두르며 싸우는 건 그만두세요. 주변 사람들에게 민폐잖아요."

그 아이는 본 적 있는 얼굴이었고, 삼각 모자를 쓰고 있었습니다.

"주변에 있는 당신들도 보고 있을 시간이 있으면 말려야죠. 어째서 이 나라 인간도 뭣도 아닌 제가 말리러 와야 하는 건가요?"

그녀는 툴툴 화를 내고 있었습니다.

"…………."

오래 전에 제가 삼각 모자를 물려주었던 소녀가 거기에 있었습니다.

"……이런 데서 뭐하는 건가요? 사야 씨."

저는 사람들 틈을 빠져나와 그녀 앞에 섰습니다.

그녀도 역시 저를 발견하더니,

"앗…… 일레이나 씨……?"

눈을 동그랗게 뜨고 입을 크게 벌리며 놀랐습니다.

무척이나 깜짝 놀랐는지 지팡이를 쥐고 있던 그녀의 손에서 힘이 빠졌고, 두 남자를 멈추고 있던 마법이 사라져버렸을 정도였습니다.

갑자기 마법에서 풀려난 남자들은 그대로 기세를 타고 서로의 뺨에 주먹을 날리더니, 양쪽 모두 쓰러졌습니다.

"아, 죄송해요."

아무런 영혼이 실리지 않은 사죄가 그 자리에 울려 퍼졌습니다.

○

"설마 이런 데서 일레이나 씨와 만나다니! 이건 운명인가요? 운명이네요. 이건 이제 결혼할 수밖에 없네요."

기절한 두 남자를 그 자리에 있던 이들에게 떠넘기고, 우리는 마을을 걸으며 오랜만에 대화를 나누었습니다.

"정말로 오랜만이네요. 잘 지냈나요?"

망언은 들리지 않았던 것으로 해두었습니다.

"이 모자 덕분에 엄청나게 잘 지냈습니다! 무사히 마녀도 되었어요."

사야 씨는 삼각 모자를 다정하게 매만지며 말했습니다.

마음에 들어해주는 것 같아 다행입니다.

"마녀명은 뭔가요?"

"숯의 마녀예요."

"호오⋯⋯. 저와 비슷하네요⋯⋯."

저는 재의 마녀입니다. 어쩐지 똑 닮았네요.

"선생님께 재에 가까운 단어를 골라달라고 부탁드렸어요."

그렇게 말하면서 그녀는 당당하게 가슴을 펼쳤습니다. 가슴께에 달린 두 개의 브로치가 그 움직임을 따라 서로 부딪혀 챙 하는 소리를 냈습니다.

  별을 본뜬 브로치와 달을 본뜬 브로치.

  "마법 총괄 협회에 들어간 건가요?"

  그녀는 고개를 끄덕였습니다.

  "네, 여행을 하면서 돈을 벌려면 이게 제일 손쉬운 방법이려나 싶었거든요."

  마법 총괄 협회의 명부에 등록하면 달을 본뜬 브로치를 받습니다. 그리고 여행을 하며 방문한 지부에서 의뢰를 받을 수 있게 됩니다. 아무래도 그녀는 그런 방법으로 어느 정도의 안정된 수입을 얻고 있는 모양입니다.

  과연, 그러니까 즉.

  "오늘은 일을 위해 이 나라에 온 건가요?"

  "맞아요. 그러니까 이 나라에 관한 걸 조금 가르쳐주시면 감사하겠습니다. 저, 이 나라에 대해서는 아무것도 모르거든요."

  "잘 모르면서 의뢰를 받아 온 건가요……?"

  멍청한 걸까요?

  "아뇨, 그게…… 마침 비싼 걸 좀 사는 바람에 돈이 부족해서……. 이번 의뢰는 보수가 무척 높거든요. 그래서 왔어요."

  "…………."

  사야 씨의 어리석음과 무계획성에는 한숨이 나오고 말았습니다.

"그 보수라는 게 허위면 어쩔 생각인가요?"

"하지만 여기는 정직한 자의 나라잖아요? 거짓말 같은 건 못 하는 거잖아요?"

"그게, 그렇지도 않은 모양이에요."

"무슨 뜻인가요?"

"사야 씨, 안 쓰는 종이가 있나요?"

"있는데요……."

"빌려주세요."

"…………?"

의아한 듯 고개를 갸웃거리며 그녀는 주머니에서 한 장의 두꺼운 종이를 꺼내 제게 내밀었습니다.

"여기, 받으세요."

건네받은 두꺼운 종이는 아무리 봐도 이 나라에서 보내진 의뢰서 같았습니다.

"……이런 데 낙서하면 안 되는 거잖아요."

게다가 빈틈없는 깔끔한 글씨가 쓰여 있어서, 도무지 낙서를 할 수 있는 느낌이 아니었습니다.

참고로 의뢰의 전모는 이러합니다.

『마법 총괄 협회 님. 의뢰가 있습니다. 우리나라는 현재 임금님이 가진 검에 부여된 힘에 의해 거짓말을 할 수 없는 나라가 되어버렸습니다. 거짓말을 하지 못하는 것이 나쁜 일은 아니지만, 그러나 그 탓에 우리 국민들은 매우 곤란한 상황입니다. 부디 우리나라로 오셔서, 이 문제를 해결해주실 수 없을까요? 사례는 아래

쓰인 대로 지불하도록 하겠습니다———.』

의뢰서를 빤히 바라보는 제 옆에서 사야 씨는 뺨을 부풀렸습니다.

"이 의뢰, 보수가 높은 건 좋지만, 의뢰주의 이름도 사는 곳도 전혀 쓰여 있지 않아요. 덕분에 저는 의뢰주를 찾는 일부터 시작하지 않으면 안 되는 상황이에요. 즉, 그 종이에서 얻을 수 있는 정보는 아무것도 없다는 거죠. 그러니까 그 종이는 중요해 보이지만, 정말로 필요가 없어요. 삶든 굽든 드시든 마음대로 하세요."

"저를 염소 같은 걸로 착각하고 있는 거 아닌가요?"

툴툴 화를 내는 사야 씨를 향해 한숨을 내쉬고, 저는 다시 한번 손에 든 종이를 바라보았습니다.

어쩐지 어딘가에서 본 듯한 기분이 듭니다. 두꺼운 종이는 스케치북에 쓰이는 것과 같은 종류의 종이로 보였고, 쓰여 있는 글자는 눈에 익은 깔끔한 글자였습니다.

…………

아.

"이 의뢰를 보낸 사람. 제가 알고 있을지도 모르겠네요."

"넷? 정말인가요?!"

"우리가 지금 있는 나라가 어디인지는 알고 있는 거죠?"

두꺼운 종이를 그녀의 손에 돌려주며 저는 말했습니다.

○

왕궁 근처까지 왔습니다. 어제와는 달리 인파라고 부를 만한 것은 보이지 않았고, 광장은 길을 오가는 사람들뿐이었습니다.

"…………." "…………."

찾고 있던 마녀는 바로 발견할 수 있었습니다.

『마법 총괄 협회에서 파견된 마녀님을 아는 분 계신가요? 달을 본뜬 브로치를 하고 있는데요.』

라고 쓰인 스케치북을 행인들의 눈앞에 들이밀며 우왕좌왕하고 있었습니다. 무척이나 거동이 수상합니다. 무척이나 눈에 띕니다.

"어이! 거기 너! 왕궁에서 추방된 주제에 이 근처에서 어슬렁거리지 마! 이 능력 없는 마녀가!"

『히이익! 죄송합니다! 죄송합니다!』

게다가 병사에게 쫓겨 다니고 있기까지 합니다.

"……저 이상한 사람인가요?"

"저 이상한 사람입니다."

의심스러워하는 사야 씨에게 저는 고개를 끄덕여주었습니다.

그리고 우리는 도망치는 마녀를 뒤쫓았습니다.

『험한 꼴을 당했네…….』

그저 마구 달려대던 마녀는 뒷골목에서 스케치북을 끌어안고 몸을 웅크리고 있었습니다. 울상이었습니다.

저는 뒷골목에서 거리 쪽으로 고개를 내밀어 근처에 병사들이 없는지 확인했습니다.

"안녕하세요. 하루 만이네요."

그리 말하며 그 마녀 앞에 섰습니다.

그녀는 깜짝 놀랐습니다.

『어제 본 마녀님! 어쩐 일이에요?』

"분명 마법 총괄 협회에서 파견된 마녀를 찾는다고 했죠?"

『네, 그런데요…….』

"소개할게요. 제 친구인 사야 씨예요. 마법 총괄 협회에서 파견된 마녀라고 하네요."

저는 사야 씨의 어깨에 손을 올리고 다른 한 손으로 그녀의 가슴께를 가리키며 말했습니다.

"아, 안녕하세요."

사야 씨는 뭔가 건성건성인 느낌으로 인사를 했습니다.

그녀는 또 한 번 깜짝 놀랐습니다.

『그 브로치! 당신이 파견된 마녀인가요?! 그렇군요……. 저는 유사(流砂)의 마녀 에이헤미아라고 합니다. 마법 총괄 협회에 의뢰를 한 건 저예요.』

사야 씨는 두꺼운 종이 한 장을 꺼냈습니다.

"그 의뢰서란 게, 이걸 말하는 건가요?"

에이헤미아는 몇 번이고 고개를 끄덕이면서 스케치북을 넘기더니, 『YES』라고 쓰인 면을 들어 보인 다음 다시 페이지를 넘겼습니다. 그리고 새로운 면에 『죄송해요. 무척 서두르던 탓에 그만

깜빡하고 이름이나 만날 장소 같은 걸 안 썼어요. 에헷』하고 써서 해명을 했습니다.

간단한 단어는 미리 준비해둔 모양입니다.

그보다.

"저기, 말을 못 하시나요?"

『YES.』

"어째서?"

『입은 불행의 씨앗이니까요.』

"진지하게 대답해주시겠어요?"

『……여기에는 사정이 좀 있어요.』

그녀는 썼습니다.

『그 사정이라는 건, 이 나라의 현재 상황과 깊은 관계가 있어요. 의뢰를 받아주시는 김에 제 이야기를 좀 들어주세요.』

"흐음."

"아, 잠시만요. 메모할 준비를 할게요."

고개를 끄덕이는 저. 종이와 펜을 준비하는 사야 씨. 그 모습은 그야말로 일을 갓 시작해서 의욕이 넘치는 신입 그 자체였습니다.

그리고 에이헤미아 씨는 저희들을 번갈아 바라본 후 펜을 움직였습니다.

『실은 임금님이 가진 검은 제가 만든 거예요.』

어쩐지 약간 자랑스러워하고 있는 것 같습니다.

반년하고도 조금 더 전의 일입니다.

왕궁에서 일하던 에이헤미아 씨는 임금님에게 이런 의뢰를 받았습니다.

"이 나라에서 거짓말쟁이를 없애다오. 나는 곁에 진심으로 대화하는 인간만 두고 싶다."

사정을 들어보니 아무래도 가신이 거짓말을 하고, 배신한 일을 견딜 수 없었던 모양입니다. 그렇다면 거짓말쟁이를 전부 없애버리자고 생각했답니다.

임금님을 마음 깊이 존경하며 짝사랑하던 에이헤미아 씨는 두말 없이 승낙하고, 바로 거짓말쟁이를 배제하기 위한 방법을 생각했습니다.

그리고 번뜩였습니다.

"그래! 거짓말을 할 수 없는 결계를 펴면 되겠네!"

하지만 결계를 만들기 위해서는 방대한 마력이 필요했습니다. 그래서 에이헤미아 씨 자신의 목소리를 희생하여 방대한 마력을 만들어냈습니다. 그러나 목소리만으로는 부족했습니다. 그래서 그녀는 고민한 끝에 마법사로서의 힘을 전부 쏟아 붓기로 했습니다.

그 결과 그녀는 마법을 쓸 수 없게 되었고, 목소리도 나오지 않게 되었지만 검은 완성되었습니다.

하지만 어째서 목소리를 희생하려고 생각했던 것일까요? 이야기를 나누는 도중에 물어보니, 그녀는 뺨을 붉히며 『거짓말을 할 수 없게 되면 임금님을 향한 마음을 이야기해버릴 것 같아서……』라고 썼습니다.

그녀는 의외로 부끄럼쟁이였습니다.

완성된 검은 바로 임금님께로 가져갔습니다.

『임금님. 이 검은 임금님께서 주로 쓰시는 손으로 쥐면 금세 나라 전체가 거짓말을 할 수 없게 되는 검입니다. 참고로 손을 떼시거나, 다른 손으로 들면 효과가 사라집니다. 받으시지요.』

이렇게 하면 에이헤미아 씨가 선물한 검을 임금님이 한시도 몸에서 떼어놓지 않으리라 계산했기 때문입니다. 그야말로 책사.

"……어째서 주로 쓰는 손인가?"

『그래야 효과가 높기 때문입니다.』

거짓말입니다. 사실은 손을 쓸 수 없게 된 임금님을 곁에서 도우려 했던 겁니다.

"흐음…… 그런데 자네는 어째서 말을 하지 않는 건가?"

의아하게 생각한 임금님에게 사정을 전부 밝히자 그는 한탄했습니다.

"내 명령을 위해 그렇게까지 해주다니…… 모두가 자네 같은 충의를 가져주었다면, 나도 이런 짓을 하지 않아도 되었을 것을……."

『황송하신 말씀입니다.』

그리고 국왕은 검을 받아 들었습니다.

"그나저나 정말이지 촌스러운 디자인이로군. 취향이 별로야. 이런 걸 들고 있어야만 하는 건가."

『네?』

"⋯⋯이런."

진심이 전부 흘러나왔습니다.

미묘하게 어색한 분위기가 흐르는 가운데, 그날은 끝났습니다.

다음 날부터 임금님은 그 검으로 나라를 바꾸었습니다. 우선 명령에 따르지 않는 가신들을 차례차례 추방했습니다. 이어서 거짓말을 할 수 없게 된 것에 불만을 품은 백성들을 무력으로 제압했습니다.

정직한 자의 나라──혹은 임금님에게 거역할 수 없는 사람들만 남은 나라──는 이렇게 완성되었습니다.

지금에 이르러서는 임금님이 무엇을 하든 따르는 사람들밖에 남아 있지 않습니다.

참고로 마법을 쓸 수 없게 된 탓에 에이헤미아 씨는 무능력하다는 취급을 받으며 왕궁에서 추방되었다고 합니다.

『저는 마법 이외에는 가치가 없는 여자였던 거죠⋯⋯.』

이야기를 마친 에이헤미아 씨는 그런 말을 스케치북에 쓰고 있었습니다.

바보 같기 짝이 없습니다.

"마녀로서 고용되었으니, 마법 이외에는 가치가 없는 게 당연하잖아요?"

『마법을 쓸 수 없게 되어도 곁에 있게 해주지 않을까, 하는 기대를 했었어요.』

"하지만 명령 때문에 목소리와 마력을 전부 쏟아부어 버리다니, 너무 부담스럽네요. 임금님은 그게 싫었던 게 아닐까요?"

의기소침해진 에이헤미아 씨를 아랑곳하지 않고 사야 씨는 그렇게 추가타를 날렸습니다.

오랜만에 다시 만난 순간에 운명이니 결혼이니 하는 말을 했던 인간이 뱉어도 될 대사는 아니었습니다.

어이없어하는 저를 무시한 채, 사야 씨는 의뢰서를 바라보았습니다.

"에이헤미아 씨의 의뢰는 이 나라를 원래대로 되돌리는 거죠? 어떻게 하면 원래대로 돌아가나요?"

『임금님의 손에서 검을 떼어놓으면 됩니다.』

"과연."

사야 씨는 고개를 끄덕였습니다.

"검을 망가뜨리면 어떻게 되나요?"

저는 물었습니다.

『검에 담은 마력이 사라지고, 제 목소리와 마법사로서의 힘이 원래대로 돌아옵니다.』

"호오." "그러면 임금님이 어제처럼 연설을 하는 사이에 파괴하는 게 간단하겠네요."

『다음 연설은 한 달 후예요.』

"일레이나 씨, 한 달 동안 둘이 한 방에서———."

"다른 방안을 생각해보죠."

『임금님에게서 검을 빼앗으려면 역시 왕궁에 들어가는 게 확실할지 몰라요.』

"……하지만 거짓말을 할 수 없으니, 들어가기가 어렵지 않을까요? 왕궁에 들어가려 하는 이유를 물으면 끝이니까요."

확실히.

"정직한 자의 나라니까, 거짓말을 해서 들어가는 건 무리겠죠."

저는 말을 이었습니다.

"하지만 에이헤미아 씨가 가진 그걸 쓰면 어떻게든 될 겁니다. 이 나라, 거짓말을 할 수 없을 뿐이지, 얼버무리는 건 얼마든지 가능하니까요."

이 나라는 말로는 거짓말을 할 수 없어도, 문자라면 어떻게든 됩니다.

에이헤미아 씨는 고개를 끄덕이며 『YES』를 들어 보였습니다. 자신이 만들어낸 결계에 난 구멍을——— 이미 이 나라에서는 암묵적으로 받아들여지고 있는 그 사실을 그녀 자신도 눈치채고 있었던 모양입니다. 혹시 어쩌면 일부러 그런 사양으로 만든 것일지도 모르겠습니다만.

"……? 일레이나 씨, 무슨 말씀이세요?"

설명해드리죠.

저는 에이헤미아 씨에게 스케치북과 펜을 빌렸습니다.

"잘 보세요. 이렇게 하면 되는 거예요———."

그리고 작전을 써주었습니다.

…………

어느 틈엔가 저도 사야 씨의 일을 돕는 흐름이 되었습니다만, 그 점은 마지막까지 언급하지 않았습니다.

거짓말을 할 수 없는 나라에서는 쑥스러움을 감추는 것조차 마음대로 안 되니까요.

○

"실례. 무슨 용건이십니까? 여기는 임금님의 허가 없이는 들어 갈 수 없습니다."

왕궁의 입구까지 왔을 때, 예상대로 우리 두 사람은 문지기에 게 제지를 받았습니다.

그리고 문지기는 우리들 사이에 에이헤미아 씨가 섞여 있는 것을 눈치챘습니다.

"앗! 너! 대체 여기서 뭘 하는 거야?! 너는 추방됐잖아!"

『히익! 죄, 죄송합니다! 죄송합니다!』

"어이 어이."

저는 빙글 몸을 돌리려는 에이헤미아 씨의 목덜미를 잡아 도망치지 못하게 했습니다.

"사야 씨, 어서 사정을 설명해주세요."

그리고 사야 씨의 등을 툭 쳐서 밀었습니다.

문지기의 앞을 막아 선 사야 씨는 당당하게 한 장의 종이를 내보였습니다.

"어흠. 문지기 님, 이 종이에 쓰인 게 뭔지 아시겠습니까?"

지저분한 그 종이에는 이렇게 쓰여 있었습니다.

『유사의 마녀 에이헤미아의 추방을 철회한다. 또한 재의 마녀 일레이나, 숯의 마녀 사야의 입성을 허가한다.』

그렇게, 임금님의 사인까지 확실하게 되어 있습니다.

"추방이 철회되었다, 라고……? 의심스럽군, 이건 진짜인가?"

흐으음?

"무슨 말을 하는 건가요? 여기는 정직한 자의 나라잖아요? 거짓말이 있을 리가 없지 않습니까. 그게 아니면, 임금님이 저희에게 거짓말을 하셨다는 뜻인가요?"

"……음, 듣고 보니."

"그럼 어서 들어가게 해주세요."

"…………."

문지기는 마지못해 우리들 앞에서 비켜섰습니다.

그리고 우리들은 당당하게 문을 통과하기에 이른 것입니다.

가짜 문서를 손에 들고서.

이 나라는 입으로는 거짓말을 할 수 없습니다. 하지만 문자로 할 때는 사정이 다릅니다.

문자는 말과 달리, 지울 수가 있기 때문입니다. 문장을 적당히 한 번 쓴 다음에 지워버리면, 아주 간단하게 거짓말을 할 수 있게 되는 겁니다.

말은 말로 수정할 수밖에 없기 때문에 아무리 해도 거짓말을 할 수 없지만, 글자라면 펜 이외에도 글자를 쓸 수 있는 방법이 얼마든지 있습니다.

얼마 전 숙소에서 적당히 글을 끄적였을 때, 그 사실을 눈치챘습니다. 아무래도 이 나라에 넘쳐나는 지저분한 간판들도 비슷한 방법으로 만들어진 모양입니다. 그렇다면 깨끗하다는 광고와 달리 방이 지저분한 것도 납득이 됩니다.

이 나라 사람들은 문자로는 거짓말을 할 수 있다는 사실을 눈치챘지만, 그 사실에 입을 다물고 있는 것입니다.

"그것참. 무사히 잘 들어왔네요. 역시 일레이나 씨예요."

"칭찬 고마워요."

성 안을 걸으며 사야 씨는 제가 위조한 문서를 바라보았습니다. 참고로 국왕의 사인은 제가 필적을 흉내 내서 했습니다.

『이건 임금님의 사인을 흉내 낸 것입니다』라는 말을 적당히 쓴 다음에 필적을 흉내 내고, 그 다음에 사인 이외의 글자를 지워버리면 위조 완료.

『이게 바로 펜은 칼보다 강하다!』

어쩐지 옆에서 의기양양한 표정을 하며 이상한 걸 쓰고 있는 사람이 있습니다만, 못 본 것으로 하겠습니다.

"에이헤미아 씨, 우리는 이제 어디로 가면 되나요?"

사야 씨도 무시하고 물었습니다.

『네? 옥좌의 방이려나? 임금님은 늘 거기서 시간을 보내시거든요.』

"호오. 그래서 그 옥좌의 방은 어디에?"

『아직 한참 더 가야 해요.』

"그렇군요. 그럼 두 사람 다 제 뒤를 따라와 주세요! 제가 두 사람을 지키겠어요."

"의욕이 넘치는군요, 사야 씨."

『어차피 저는 싸울 수 없으니까, 맨 뒤에 숨을게요.』

"네, 맡겨두세요. 제 손에 걸리면, 임금님한테서 검을 뺏어오는 건 순식간이니까요."

그 자신은 어디서 나오는 건가요?

"뭔가 좋은 방법이라도 있는 건가요?"

"일단 제가 정면으로 들어갑니다. 그리고 『아이고, 저는 마법 총괄 협회 마녀입니다만, 지금 마법 연구를 좀 하고 있거든요. 괜찮다면 그 멋진 검을 보여주실 수 있을까요?』라고 말하는 거예요. 그러면 임금님이 건네주시지 않겠어요? 자, 이러면 완벽하죠. 에헤헤."

"훌륭하게 허점투성이로군요."

『제 검을 그런 어찌 되도 좋을 이유로 손에서 놓을 리 없잖아요!』

마녀가 둘이나 있으니, 한쪽이 임금님의 주의를 끌고, 다른 한쪽이 뒤에서 검을 빼앗는다. 그런 방법을 쓰는 편이 확실할 것 같은데요. 아뇨, 딱히 두 사람이 아니어도 가능하지만.

뭐, 임금님과 대치하기 전에 적당히 맞춰보면 되겠지요. 그런 생각을 하면서 왕궁 안을 나아갔습니다.

그때였습니다.

"어쩐지 소란스럽군. 대체 무슨———."

우리 바로 앞에 있는 문에서.

임금님이 나왔습니다.

나와 버렸습니다. 하지만 어째서죠? 아직 한참 더 가야 하잖아요? 머리 위에 물음표를 띄우면서 돌아보았습니다.

『미안, 옥좌의 방, 여기였어. 생각보다 가까웠어.』

에이헤미아 씨의 손에 그런 글이 들려 있었습니다.

그건 정말이지 얄팍한 사죄였습니다. 여러 가지 의미로.

○

"들킨 이상 어쩔 수 없군요. 임금님, 어서 그 검을 버리세요."

안전하게 일을 진행할 수 없게 되었다고 판단한 저는 바로 지팡이를 꺼내 들었습니다. 지팡이를 임금님을 향해 들고 걸음을 옮겨, 옥좌의 방으로 들어갔습니다.

그러나 임금님은 뒷걸음질 치면서,

"침입자다아아아아아아아아아아아아아아아아아아앗!"

소리쳐 부하들을 불렀습니다.

직후.

뭐야, 무슨 일이야, 임금님의 목소리가, 무슨 이변이 일어난 건가, 그런 목소리와 함께 수많은 병사들이 열려 있는 문을 통해 우르르 뛰어 들어왔습니다.

순식간에 퇴로가 막혔습니다.

으음.

"사야 씨. 임금님은 제가 상대하겠습니다. 당신은 병사들을 어떻게든 해주세요."

"맡겨두세요!"

사야 씨는 지팡이를 들었습니다. 에이헤미아 씨로 말할 것 같으면, 제 곁에서 『아, 저는 비전투원이라서』라는 글을 들고 있습니다.

의욕이 전혀 없군요. 뭐 섣부르게 손을 대는 것보다는 낫겠지만요.

"임금님. 그 검을 저희에게 넘겨주시죠."

저는 조금씩 임금님과의 거리를 좁혔습니다.

"에잇, 시끄럽다! 닥쳐라! 에이헤미아 너…… 대체 무슨 속셈이냐?!"

『임금님. 그건 위험한 물건입니다. 만든 제가 말하기는 좀 그렇지만.』

제 뒤에서 스케치북을 들고 있는 에이헤미아 씨.

『그러니까 그거, 돌려주세요.』

"무슨 소리냐! 이 검은 그야말로 이 나라를 이끌어나가기 위한 최고의 무기이다. 이것만 있으면 나는 올바른 방향으로 나라를 이끌 수 있다."

그리고 임금님은.

"이 검을 노리는 악당들이 나타나도, 나 혼자 대처할 수 있다──이런 식으로!"

검을 옆으로 곧게 휘둘렀습니다.

임금님의 손에서 발해진 것은 마력의 덩어리였습니다. 초승달 같은 모양을 한 희푸른 빛이 휘두른 기세를 타고 이쪽까지 날아왔습니다.

"──으차."

저는 아무렇지 않게 피했습니다.

사야 씨에게 맞았습니다.

"아파아아아아아아아아아아아아아아아아아아아아앗!"

단말마 같은 소리가 울려 퍼졌습니다.

"아, 미안해요."

"우으…… 너무해……."

그런데 저 검에서 마법이 나온다는 말은 못 들었는데요——.

『저 검, 휘두르면 축적된 마력을 방출할 수 있으니까 조심하세요. 맞으면 엄청나게 아파요.』

왜 이제 와서 말하는 건데?

"쳇…… 역시 마녀를 상대로 평범한 수단은 소용이 없는 건가—— 그렇다면 이건 어떠냐! 에잇!"

임금님은 검에 실린 마력을 연속으로 날렸습니다.

사야 씨에게 맞지 않도록 저는 그것들을 일일이 쳐냈습니다. 등 뒤에서는 사야 씨가 "흐랴앗!"이니 "이 자식들!" 같은 소리를 질러대면서, 제 등을 지켜주고 있는 기척이 느껴졌습니다.

"임금님, 거짓말을 지워버린 이 나라는 좋은 나라가 되었습니까?"

"당연히 좋아졌지! 이 나라의 백성들은 모두 기뻐하고 있지 않느냐!"

"그건 당신이 만든 나라를 칭송하는 인간들만 남겨두고, 다른 자들은 전부 쫓아냈기 때문 아닌가요?"

"마찬가지다. 반란분자는 제거해두는 게 제일이지."

"그렇군요―― 그 점에 관해서는 동의합니다. 하지만 여기 남은 사람들 모두가 당신을 칭송하는 것은 아니다, 그런 가능성도 있답니다."

"……뭐라고?"

임금님이 미간을 찌푸리는 그때 제가 떠올린 것은 이 나라에서 본 온갖 간판들과 주먹다짐을 해버린 남자들이었습니다.

"이 나라는 정직한 자의 나라죠. 그래서 많은 사람들이 정직하게 자신의 기분을 고백하고, 때로는 주먹질을 하더라도 본심을 드러내게 되었습니다. 하지만 그 뒤에는 역시 악의도 숨겨져 있습니다."

말하지 않아도 될 것까지 일부러 말한다는 건, 상대가 나아지길 바라기 때문만은 아닐지도 모릅니다. 단순하게 스트레스가 쌓였기 때문일지도 모르죠.

쓰지 않아도 될 것까지 일부러 쓰는 것도 마찬가지입니다. 아니, 혹시 어쩌면 다른 사람이 악의를 담아서 써버린 것일지도 모릅니다.

왕궁 앞에서 연설을 들으면서, 함성을 지르면서도 한 마디도 하지 않았던 것은 혹시라도 본심을 들키지 않기 위해서 일지도 모릅니다.

"진실이 늘 옳다고는 할 수 없습니다. 그렇기에 이 세상에는 거짓말이――."

"일레이나 씨! 이제 더는 시간이 없어요! 적이 너무 많아서 다 처리할 수 없다고요! 제 머리가 터질 것 같아요! 싫어어어어어!"

『힘내세요, 마법 총괄 협회의 마녀님.』

"당신도 좀 도우라고요오오오오오오오옷!"

『죄송합니다. 저는 견학 전문이라서요.』

············.

"시간도 없는 것 같으니, 이제 그만 마무리를 해보도록 할까요?"

하지만 임금님은 제 제안에 코웃음을 쳤습니다.

"마무리라고? 멍청하군. 겨우 내 공격을 막고 있을 뿐이지 않은가?"

"······아뇨, 죄송합니다. 이미 아까부터 검을 빼앗을 준비는 끝난 상태였습니다."

"흥, 허풍이로군."

"당신 등 뒤를 보고도 그렇게 생각할 수 있을까요?"

"······뭐라고?"

임금님은 공격을 늦추지 않고, 고개를 슬쩍 돌려 등 뒤를 확인했습니다. 그리고 그는 우뚝 멈췄습니다.

그의 뒤에는 제가 감춰두었던 빗자루가 떠 있었습니다.

"무슨, 어느 틈에——."

임금님의 말을 자르며 저는 빗자루를 이쪽으로 이동하게 했습니다. 전속력으로.

직후에 퍼억 하는 둔한 소리가 울렸고, 임금님의 등에 빗자루가 격돌했습니다. 임금님은 낮은 신음 소리를 지르며 저편으로 날아갔습니다.

그리고 그때, 손에 쥐고 있던 검을 놓쳤습니다.

"에잇."

저는 마법으로 커다란 쇳덩이를 만들어내서 떨어지고 있는 검을 향해 날렸습니다. 부웅 하고 묵직한 소리를 살짝 울리며 날아간 쇳덩어리는 너무나도 쉽사리 검을 두 동강 내고, 지면을 패이게 했습니다.

챙그랑, 하는 기분 좋은 소리와 함께 순식간에 검에서 마력이 방출되었고, 희푸른 빛이 되어 에이헤미아 씨에게로 돌아갔습니다. 반짝반짝 빛나는 빛의 가루는 밤하늘에 떠 있는 별들처럼도 보였습니다.

잠시 넋을 잃고 그 아름다운 광경을 지켜보던 저는 임금님 옆에 웅크려 앉았습니다.

"악의가 있는 인간은 거짓말을 하지 않아도 나쁜 짓을 할 수 있는 데다, 이 나라에 남은 전원이 반드시 착한 사람이라고도 할 수 없답니다."

"…………."

"그리고 거짓말쟁이가 모두 나쁘다고도 할 수 없지요."

검이 진실이라고 한다면, 거짓말은 검집입니다. 마구 휘둘러 사람을 상처 입히지 않기 위해, 거짓으로 진실을 감싸고 있는 것입니다.

"…………."

임금님은 천천히 몸을 움직이더니 그대로 몸을 웅크렸습니다. 뭔가를 생각하고 있는 것인지, 단순히 낙담하고 있는 것인지,

그 자리에서 가만히 바닥을 바라보고 있습니다.

그리고 무척 긴 몇 초의 시간이 흐르고.

"그렇다면 뭐라는 건가……?! 내가, 이 몸이 틀렸다는 말인가……?"

누구를 향한 중얼거림이었을까요?

"아뇨, 틀리지 않았습니다."

임금님에게 대답한 것은 들어본 적 없는 목소리였습니다.

누구의 목소리인지는 바로 알 수 있었습니다.

목소리가 다시 나오게 된 에이헤미아 씨였습니다.

"임금님은—— 그저 아주 조금, 자신의 감정에 지나치게 솔직했던 것뿐입니다."

그러니까 지금부터는 어깨의 힘을 빼고, 거짓말도 해가면서, 말하지 않아도 좋은 일에는 입을 다물며, 속고 속이며 해나가면 됩니다.

에이헤미아 씨는 상냥하게 미소 지으며 말했습니다.

그것이 진실인지, 아니면 임금님을 위한 거짓말인지.

어느 쪽인지는 이제 알 수 없게 되었습니다.

○

그 이후의 일입니다.

임금님은 반년에 걸쳐 거짓말을 할 수 없는 나라를 만들었던 것에 대해 백성들 앞에서 사과했습니다. 지금까지의 일은 전부 자신의 잘못이라고, 용서해달라고—— 그런 말을 진중하게 이야기했습니다.

국민들의 반응은 놀랄 만큼 담백했습니다. 폭동이 일어나는 일도 없이, 고성이 오가지도 않고, 담담하게 사죄를 받아들였고 이야기를 마쳤을 때에는 왕궁 앞에서 박수 소리가 퍼져갔습니다.

분명 임금님은 아직 신뢰를 되찾지는 못했을 테지요.

마법을 쓸 수 있게 되자마자 목소리도 원래대로 돌아간 에이헤미아 씨는 왕궁에서 일하는 마녀로서 복귀하라는 명령을 받았다고 합니다.

"앞으로 바빠지겠네요!"

그녀는 무척 의욕에 넘쳤습니다. 지금까지의 불상사를 뒤처리하느라 정신없는 임금님의 옆에서 눈을 빛내고 있습니다.

임금님의 잡무가 끝나는 것은—— 이 나라가 원래대로 돌아갈 때까지는 아직 시간이 필요할 테죠.

"일레이나 씨, 이번 일의 보수 말인데요."

나라의 문을 지나 밖으로 나왔을 때, 사야 씨는 제 소매를 잡았습니다.

"왜 그러죠?"

"이번 일은 일레이나 씨에게 도움을 받았잖아요. 그래서 보수를 지불해야 한다고…… 생각했어요."

"네? 아뇨, 필요 없는데요."

"그럴 수는 없어요."

사야 씨는 눈을 내리뜨며 말했습니다.

"규칙에, 도와준 마법사에게는 보수를 나누어주어야 한다고 되어 있어요. 뭔가 답례를 해야 해요."

"모든 다 매뉴얼대로 하다간 융통성 없는 사람이 될 거예요."

애초에 이번 일은 돈을 위해 했던 일이 아니니까요. 말은 안 하겠지만.

"하지만 뭔가 답례를 하고 싶어요!"

"……아뇨, 정말로 괜찮은데요."

답례를 하게 해달라는 그녀와 거절하는 저.

이상한 느낌이었습니다.

"그럼, 이렇게 하죠. 모자를 준 답례를 겸해서, 좋은 걸 드릴게요!"

퐁 하고 손바닥을 두드린 그녀는 가지고 있던 가방을 뒤지더니 자그마한 물건을 꺼냈습니다.

그 손에 들린 것은 두 개의 목걸이.

그녀는 그중 하나를 저에게 떠넘겼습니다.

"……이건 뭔가요?"

받아 들며 물어보니 그녀는 기쁜 듯이 콧소리를 내며 말했습니다.

"흐흥, 이건 말이죠. 일레이나 씨와 재회했을 때를 위해서 제가 가진 돈을 거의 다 쏟아부어 산 거예요. 참고로 이걸 사는 바람에 빈털터리가 되었죠. 그 탓에 이 의뢰를 받았던 건데, 의뢰를 받아 간 곳에서 일레이나 씨를 만나다니, 이건 역시 운명이네요!"

"엑, 부담스러워."

에이헤미아 씨에 필적하는 부담스러움이라고 생각했습니다. 오히려 이걸 주고 싶어서 답례를 하게 하라고 졸라댔을 가능성도 있었습니다. 책사로군요.

"그걸 저라고 생각하고 소중하게 여겨주세요!"

"…………."

이런 건 그다지 받고 싶지 않은데요…….

선물받은 물건을 볼 때마다 생각하게 될지도 모르지 않습니까. 슬퍼질지도 모르지 않습니까.

그건 여행자에게 그다지 좋은 경향이라고는 할 수 없습니다.

………….

아주 잠시 그 목걸이와 사야 씨를 바라보며 입을 다물고 있던 저는 말했습니다.

"고마워요. 소중하게 하고 다닐 게요."

뭐 됐어, 하고 생각하며 말했습니다.

가끔은 어깨의 힘을 빼고, 자신의 삶의 방식을 바꿔보는 것도 나쁘지 않을지도 모릅니다.

"그럼, 여기서 작별이네요── 저는 마법 총괄 협회 지부로 가야 하고, 일레이나 씨는 다시 여행을 시작하실 거죠?"

"네."

저는 목걸이를 목에 걸며 말했습니다.

"여기서 안녕이네요. 사야 씨."

"……언젠가, 어디선가, 다시 만나요."

"만날 수 있게 된다면 또 만나요. 만나지 못한다면 이게 마지막이겠네요."

"마지막이 되지 않게 할 거예요."

그렇게 말하면서 그녀는 새끼손가락을 세우더니 제 쪽으로 내밀었습니다.

"……이건, 뭔가요?"

"이건 제 고향에 전해지는, 약속의 주문이에요! 제 새끼손가락에 일레이나 씨의 새끼손가락을 걸어주세요."

"…………"

대체 어째서 새끼손가락을 거는 것이 주문이 되는 건가요?

의문을 품으면서도 저는 그녀 쪽으로 새끼손가락을 내밀었습니다.

그 손가락에, 그녀는 자신의 새끼손가락을 걸었습니다.

"일레이나 씨. 약속이에요. 언젠가 또, 꼭 만나요."

그때 저는 훨씬 더 훌륭한 마녀가 되어 있을게요—— 사야 씨는 웃으며 말했습니다.

그래서 저는 대답했습니다.

"여행을 하며 느긋하게 기다릴게요."

가늘고 긴 나무들이 늘어선 숲이 있었습니다.

나무들 사이에 우연히 생긴 틈을 억지로 지나다닐 수 있게 만든 듯한 구불구불한 길 위를 저는 빗자루를 타고 날았습니다. 땅위에 겹겹이 쌓인 나뭇잎이 바스락바스락 소리를 내며 흩날렸습니다.

날씨는 선선하고, 바람도 부드러웠습니다.

정말이지 아주 기분이 좋습니다.

이런 곳에서 낮잠이라도 잔다면 무척 기분 좋을 것이 틀림없습니다.

"…………."

한동안 숲속을 나아가고 있으려니 마차가 보였습니다. 짐칸이 텅 비어 있는 마차는 성가시게도 좁은 길 한가운데를 막고 서 있었습니다.

저에게는 마차의 뒷부분만 보였기 때문에 마부의 모습은 확인할 수 없었습니다. 태평하게 낮잠이라도 자는 걸까요? 아니면 이너머로는 지나가지 못한다고 말하고 싶은 걸까요?

"……에잇."

어쩔 수 없이 저는 빗자루를 조금 위로 기울였습니다. 지면 위를 아슬아슬하게 날고 있던 빗자루가 점점 떠올랐습니다.

장애는 뛰어넘으면 그만입니다.

마침 마차 바로 위에 이르렀을 때, 저는 아래를 바라보았습니다.

거기에는 마차의 지붕, 풀을 뜯고 있는 말—— 그리고 그 옆에 쓰러져 있는 남자의 모습이 있었습니다.

마차가 길 한가운데를 막고 선 이유를 한눈에 알 수 있었습니다. 낮잠을 자며 농땡이를 피우는 것도 아니었고, 제가 가는 길을 막고 선 것도 아니었던 모양입니다.

"…………."

남자는 상처투성이에 피투성이였습니다.

마차 옆에 푹 쓰러져 있습니다.

○

대체 뭐가 어떻게 된 걸까요?

상황은 전혀 알 수가 없지만, 이대로는 마부의 목숨이 위험하다는 것만은 확실합니다.

이대로 두고 날아가 버리는 것도 너무 냉정한 것 같았기에 저는 바로 빗자루에서 내려 지팡이를 꺼내 들고 그를 마법으로 치료했습니다.

부드러운 하얀 안개가 그를 감싸고, 피가 번져 나온 상처와 온몸에 생긴 멍을 치료해 사라지게 했습니다.

나이는 젊은 편이지만, 저보다는 연상. 20대 중반 정도일까요? 덥수룩한 검은 머리카락은 흙투성이였습니다.

"……으."

온몸의 상처가 사라져가고 눈에 보이지 않게 되었을 때, 그는 눈을 떴습니다.

멍한 눈동자가 숲의 천장을 응시하더니, 이내 저의 존재를 눈치챘습니다.

"괜찮은가요?"

저는 위에서 내려다보며 말을 걸었습니다.

"…………."

대답은 없었습니다.

"저기, 괜찮은가요?"

그의 시선 위에서 손을 흔들어 보았습니다.

"…………."

그 후로도 그는 한동안 눈을 깜박이며 입을 뻐끔뻐끔 움직이더니, 잠시 후에야 겨우 몸을 일으켰습니다.

"저, 저기……! 누구신지 모르겠습니다만, 저는 얼마나 쓰러져 있었습니까?"

아직 제정신이 돌아오지 않은 것일까요? 꽤나 얼빠진 질문입니다.

"우연히 지다가던 길이었을 뿐이라 그런 건 모릅니다── 다만, 그리 오래 되지는 않았을 겁니다."

피가 아직 다 굳지 않았었으니까요.

"다, 다행이다! 그렇다면 아직 늦지 않았어……! 저기, 누구신지는 모르겠지만––."

"일레이나입니다."

"일레이나 씨! 부디 제 부탁을 들어주실 수 없겠습니까?!"

제 손을 잡으려 들었기 때문에 저는 그를 피하면서 정중하게 거절했습니다.

"죄송합니다. 길을 서두르고 있는 중이라서요."

"그, 그래도 어떻게 좀 부탁드립니다!"

"……하아."

한숨이 나오는군요. 귀찮은 일의 기척이 등 뒤에서 꾹꾹 밀려드는 것이 피부로 느껴집니다.

반쯤 진절머리를 내는 저를 무시하고 그는 필사적으로 말을 이었습니다.

"도움을 받은 몸으로서 뻔뻔하다는 건 아주 잘 알고 있습니다. 하지만 이대로는 터무니없는 일이 일어나고 맙니다! 제발 부탁드립니다! 힘을 빌려주세요!"

흙바닥에 무릎을 꿇고 그는 몇 번이고 몇 번이고 고개를 숙였습니다. 부탁드립니다, 부탁드립니다, 몇 번이고 몇 번이고 말하면서.

……어쩐지 어디선가 겪어본 적이 있는 일인 것 같습니다.

잘 생각해보면 상처를 치료해주고 이상한 일에 말려든다고 하는 전개까지 똑같습니다.

이젠 도망칠 수 없는 운명처럼 느껴지기까지 합니다. 다친 사람을 도와주면 성가신 일에 휩쓸리는 체질이기라도 한 걸까요?

가슴께에 있는 브로치가 무사히 제자리에 있는지를 손끝으로 슬쩍 만져 확인하고 저는 말했습니다.

"뭐, 이야기는 들어보도록 하죠."

제 말이 끝나기가 무섭게,

"이대로는 수많은 사람이 죽게 되고 맙니다!"

라고 그는 목소리를 높였습니다.

흥미 깊다고 할까, 무슨 소리인지 알 수가 없었습니다.

결국, 저는 사정을 들을 수밖에 없게 되었습니다.

그가 말하길, 마차를 끄는 마부인 줄 알았던 그는 사실 상인이라고 합니다. 상인인 그는 이 길 끝에 있는 나라를 향해 짐을 나르던 중이었답니다.

그런데 도중에 예상치 못한 트러블이 생겼습니다.

간단하게 말하자면 도적의 습격을 받았던 것입니다.

한 마리의 말과 힘없는 남자 하나. 반면 도적 집단은 우락부락한 남자가 수십 명. 이길 수 있을 리가 없었습니다. 너무나도 간단하게 마차에서 끌려 내려진 그는 도적들에게 맞고 차이고 베였고, 돈이 될 만한 것은 전부 도둑맞았다고 합니다.

"그것참 큰일이었네요."

"네. 무척 아팠습니다. 죽지 않은 것이 불행 중 다행입니다. 정말로."

"──그래서, 당신이 도둑을 맞은 게 대체 어떻게 수많은 사람의 죽음으로 이어지는 건가요?"

상인의 모습을 한 왕족입니까? 보복으로 도적들이 잔뜩 죽게 되는 전개입니까?

그는 심호흡을 한 후 말했습니다.

"그러니까…… 제 마차의 짐칸에 실려 있던 건, 이 앞에 있는 나라의 부탁을 받아 만든, 폭탄입니다."

"폭탄?"

"네. 갱도를 만들기 위한 거라든가, 그런 말을 했습니다. 잘은 모르겠지만. 엄청나게 큰돈을 들여가며 만들게 한 물건입니다."

"호오오. 얼마나 큰돈인가요?"

"금화 만 닢 정도입니다."

머리가 아파졌습니다. 갱도를 만들기 위한 폭탄 주제에, 뭔가요 그 금액은. 바보인가요?

그나저나, 그렇군요.

어쩐지 전개가 보이기 시작했습니다.

"즉, 초고가인 폭탄이 도적들 손에 넘어갔고, 그 탓에 도적들이 폭탄을 악용할 여지를 주고 말았다──라는 건가요?"

"그렇습니다. 큰일입니다. 도적들이 제 나라로 폭탄을 가져가면, 수많은 사람이 죽게 될지도 모릅니다."

"큰일이로군요."

그보다, 그의 말투를 보면 도적들이 이 앞에 있는 나라로 폭탄을 가져가는 경우는 딱히 어찌 되도 상관없다는 느낌입니다만.

뭔가요? 사이가 나쁜 건가요? 왜 폭탄을 만들어준 건가요?

"저기…… 그리고 무엇보다도, 그 폭탄은 사용 방법을 하나라도 틀리면 바로 폭발하는 위험한 물건입니다."

"그게 무슨 말이죠……?"

"저도 개발에 관여해서 아는 사실입니다만, 매우 복잡한 구조로 만들어진 물건입니다. 돈을 들인 만큼 당연히 위력도 상당합니다."

"만드는 걸 도왔던 건가요?"

"네. 설계, 그리고 설명서를 만들었습니다."

"…………."

도왔다고 할까, 그건 개발에 앞장선 사람이라고 해야 하는 게 아닐까요? 상인이라기보다는 개발자라고 불러야 할 것 같습니다만.

어째서 거짓말을 한 거죠?

"조작 방법은 무척 단순합니다만, 그래도 사용법을 틀릴 가능성이 없다고는 할 수 없습니다."

"즉, 도적들도 간단히 다룰 수 있다는 건가요?"

"그렇습니다. 간단하게 다룰 수 있는 물건인 만큼, 앞으로 무슨 일이 일어날지 알 수 없는 겁니다."

"…………."

도적들이 폭탄을 악용해서 남자의 고향을 습격할까 걱정하고 있는 걸까요?

과연, 초조해하는 것도 이해가 됩니다. 자신이 만든 폭탄으로 자신의 나라를 파멸시키다니, 견딜 수 없이 슬픈 일일 테죠.

"이대로는 좋지 않은 일이 일어나고 말 겁니다. 어떻게든 도적들에게서 폭탄을 되찾아야만 합니다."

확실히 이대로 두면 그의 말대로 언젠가 좋지 않은 일이 일어나리라는 것은 명백합니다.

망설일 시간 따위는 없을 것 같습니다. 이대로는 분명 사망자가 나올 겁니다.

무의식중에 빗자루를 손에 쥔 순간, 저까지도 초조해하고 있다는 것을 깨달았습니다.

"도적들의 움직임은 제가 위에서 관찰하겠습니다. 당신은 길 저편에 있는 나라에 폭탄을 도둑맞았다는 걸 알려주세요."

"…………."

한순간, 그는 눈을 동그랗게 떴습니다.

"아, 에, 네. 알겠습니다."

그는 그렇게 말하며 마차에 올랐습니다.

그리고.

"그럼, 움직이도록 하죠."

제가 빗자루에 오른 직후.

무시무시한 폭발음이 숲속을 뒤흔들었습니다. 쿠구구궁 울려 퍼진 소리는 나무들을 술렁이게 했고, 동물들을 깜짝 놀라게 했습니다. 하늘을 올려다보니 새들이 울음소리를 내며 도망치는 것이 모였습니다.

우리는 얼굴을 마주 보았습니다.

그는 여러 가지 감정이 엉망진창으로 뒤섞인 복잡한 표정을 짓고 있었습니다.

여유롭게 이런저런 말을 나누었던 것을, 이때는 아주 조금 후회했습니다.

○

기다려주세요, 저도 가겠습니다── 정신없이 그런 말을 하는
그를 내버려 둔 채 저는 혼자 움직였습니다.

폭탄 개발자 본인에게, 지금부터 향해 갈 곳의 모습을 보여주
고 싶지 않았기 때문입니다.

……라는 건 핑계, 아마도 저는 허둥대고 있었던 것일 테죠. 숲
을 뒤흔든 폭음은 그 정도로 대단했습니다.

빗자루를 타고 숲 위로 올라가자 남쪽 하늘로 뿌연 연기가 피
어오르는 모습이 모였습니다.

연기를 따라가 보니, 그곳에는 작은 집락이 있었습니다. 더 정
확하게 말하자면, 집락이었던 곳이 있었습니다.

"…………."

그곳에 살아 있는 것은 존재하지 않았습니다.

피와 살과 파편이 흩어져 있었습니다.

인간도 명색뿐인 목조 건물들도 모조리 산산조각이 났습니다.
모든 것이 날카로운 날붙이로 베어낸 듯 깨끗하게 싹둑, 조각조
각 났습니다.

집락 중심부에는 마치 커다란 무언가가 떨어져 내린 듯한 큰 구
멍이 생긴 상태였습니다. 그곳에서 흙먼지가 피어올라 연기처럼
하늘로 오르고 있었습니다.

"…………."

저는 그곳에서 너덜너덜해진 두 장의 종이를 주웠습니다.

하나는 설명서.

또 하나는 편지였습니다.

읽어보았습니다.

"……그런 거였습니까."

저는 그 종이를 주머니에 찔러 넣고—— 그곳에 펼쳐져 있던 광경만을 남자에게 전해두었습니다.

남자는 제 보고를 듣고 단 한마디,

"그렇습니까…… 안타깝군요."

라는 말을 했을 뿐입니다.

"괜찮으십니까? 상인 나리! 숲 쪽에서 무척이나 커다란 소리가 들려왔습니다만……."

숲속 길을 나아간 끝에 있는 나라. 그곳에 도착한 저와 남자를 맞아준 것은 문지기가 아닌 이 나라의 보좌관이었습니다.

예의 그 일로 그도 무척 허둥대고 있었습니다.

"보좌관님—— 이번 일은 정말 죄송합니다."

그리고 남자는 지금까지의 전말을 간단히 전했습니다.

무시무시한 폭발음이 울려 퍼진 이유를 전부 다 들은 보좌관은 크게 한탄했습니다.

"무슨…… 그런 일이……. 상인 나리는 다치지 않으셨습니까?"

"지나가던 마녀님께서 치료해주셨습니다. ……아니, 제 상처 같은 건 어찌 되든 상관없습니다. 그보다, 갱도를 위한 폭탄을 잃어버리고 말았습니다. 이건 제 불찰입니다. 전부 제 책임입니다."

"아뇨 아뇨! 자신을 탓하지 마십시오! 이건 불행한 사고입니다. 슬프게도 사람의 목숨을 잃고 말았지만요……."

으음.

"하지만 상대는 도둑이잖아요? 자업자득인 거 아닌가요?"

저는 그만 말참견을 하고 말았습니다.

보좌관이 저를 노려보았습니다.

"마녀님. 그런 말투는 좋지 않은 것 같습니다. 설령 악인이라고 해도 사람입니다. 사람이 목숨을 잃으면 슬픈 게 당연하지 않습니까."

"…………."

그러신가요?

저는 편지를 넣어둔 주머니를 만지며 더는 아무런 말도 하지 않았습니다.

이야기에서 제외되어버린 저를 무시하듯, 남자는 해명을 했습니다.

"그렇지만 이번 일은 정말로 면목이 없습니다……. 부디, 저에게 다시 한 번 기회를 주실 수 없겠습니까?"

"네? 기회라니요?"

"저희들에게 다시 한 번 폭탄을 만들게 해주실 수 없겠습니까? 대금은 받지 않겠습니다. 첫 번째 폭탄의 대금 또한 받지 않겠습니다. 납기가 늦어진 사죄의 뜻을 담아, 제 권한으로 새로운 폭탄을 무상으로 만들어드리겠습니다."

남자의 청에 보좌관은 약간 호들갑스럽게 놀랐습니다.

"그런······! 그런 폐를 끼칠 수는 없습니다. 저로서는 오히려 당신들께 위로금을 드릴 생각이었는걸요."

"위로금이라니, 그러지 마십시오. 저는 제 책임을 다하고 싶습니다. 부디 당신의 나라를 위해 폭탄을 무사히 전달해드릴 수 있도록 허락해주실 수 없겠습니까?"

"아뇨, 그런."

"아뇨 아뇨."

············.

실로 속 보이는 대화는 그 후로도 한동안 계속되었습니다. 결국 남자가 새로운 폭탄을 만들고, 보좌관이 위로금을 지불하는 절충안으로 이야기는 마무리되었습니다.

위로금의 대금은 금화 백 닢.

원래 금액보다 훨씬 적은 금액인데, 과연 남자는——— 저쪽 나라의 사람들은 이걸로 만족하는 걸까요?

"············."

저는 입을 꾹 다문 채, 그 자리에서는 아무런 말도 하지 않았습니다.

"그럼 일주일 후에 다시 이곳에서 뵙겠습니다."

그렇게 말하며 손을 흔드는 남자의 뒷모습을 바라볼 뿐이었습니다.

○

일주일 후, 숲속 길의 어딘가에서 저는 그와 다시 만났습니다.

"어머, 안녕하세요. 이런 곳에서 만나다니 별일이네요."

마차 앞을 막아선 저는 손을 흔들었습니다.

남자는 마차 위에서 저를 내려다보았습니다.

"여어, 마녀님. 일주일 만이군. 상처를 고쳐줬던 일은 정말 감사하고 있어."

"별말씀을."

"괜찮으면 내 마차에 타지 않겠어? 지난번 답례로 뭔가 대접하지."

"아뇨, 됐습니다. 저, 길을 서두르는 중이라서요."

"그거 아쉽군―― 그럼, 이만 실례하지."

그리고 그는 말에 채찍질을 해서 다시 마차를 달리게 했습니다.

하지만 바로 멈춰 섰습니다. 말은 그 자리에서 제자리걸음을 하면서 푸르르 하고 귀찮은 듯 코를 울렸습니다.

제가 멈춰 세웠습니다. 말 머리를 쓰다듬어, 약간 억지로 멈추게 한 것입니다.

"……음? 뭐하는 거지?"

약간의 혐오감이 엿보이는 미소를 지으며 남자는 저를 내려다보았습니다.

저는 마차 앞에 서서, 길을 가로막았습니다.

"아뇨, 당신에게 이야기해야 할 게 좀 있어서요."

"……이야기? 뭘?"

"실은 말이죠——."

저는 이야기했습니다.

"예의 그 폭탄 말인데요, 저쪽 나라는 당신에게 한 주문을 취소했어요."

라고.

"……뭐라고?"

"어머. 이 거리에서 제 말이 들리지 않은 건가요?"

"당신 말의 의미를 모르겠다는 뜻이야. 어째서 저쪽은 우리에게 한 폭탄 주문을 취소한 거지? 그리고, 어째서 네가 그걸 전하러 온 거야?"

"글쎄요? 당신들이 폭탄을 이용해 하려는 일을 저쪽 분들이 눈치채버린 게 아닐까요?"

"…………."

"당신들의 나라는 꽤나 교활한 짓을 하려고 한 모양이더군요."

"…………."

저는 마차 쪽으로 걸어갔습니다.

"지금, 마차 안에는 폭탄이 실려 있겠죠? 혹시 지난번과 같은 구조의 물건인가요?"

그리고 그렇게 말하며 마차를 확인해보았습니다.

실려 있는 것은 틀림없이 폭탄.

……이 아니라, 하나하나 분리된 폭탄의 부품들입니다.

지난번, 산산조각이 났던 도적들의 집락에도 이 폭탄의 조립법이 쓰인 설명서가 떨어져 있었지요.

『하나라도 틀리면 폭발할 가능성이 있는 위험한 물건입니다』라는 문구와『갱도에 가져가기 전에, 나라 안에서 조립해주세요』라는 의아한 주의 사항도 함께 쓰여 있었습니다.

"당신들은 처음부터 오작동을 일으킬 속셈이었던 게 아닌가요?"

"아니. 그건 틀림없이 불행한 사고였어."

"오작동으로 죽은 게 저쪽 나라 사람들이 아니라 도적들이었던 점이, 말인가요?"

"……너는 대체 무슨 말을 하고 싶은 거지?"

간단한 이야기입니다.

그가 나르는 폭탄은 이상한 것투성이입니다.

갱도에 쓰기 위한 물건이라고 주장한 것치고는 살상력이 말도 안 되게 높은 데다, 거기에 더해 너무나도 간단하게 오작동을 일으켜버리는 불완전한 물건.

참고로――이건 제가 멋대로 한 추측입니다만――설명서 자체가 오작동을 일으키도록 일부러 틀리게 작성됐을 가능성도 부정할 수 없습니다. 즉, 폭탄을 만든 그의 나라는 처음부터 오작동을 가장하여 사람들의 목숨을 빼앗으려던 것이 아닐까요? 나라 안에서 조립하게 하여, 나라에 큰 혼란을 불러일으키려던 것이 아닐까요?

"저, 저쪽 나라의 보좌관에게 전언을 부탁받았습니다. 들어주시겠습니까?"

"…………."

침묵을 긍정이라 보고 저는 말을 이었습니다.

거짓말을 한 그에게 거짓말을 해드렸습니다.

"이제 두 번 다시 그쪽 나라에는 주문하지 않는다. 두 번 다시 우리나라에 관여하지 않기를 바란다……라고 합니다. 그러니, 폭탄은 그대로 가지고 돌아가시죠."

"……웃기지 마. 우리가 이 폭탄을 만드는 데 돈을 얼마나 쏟아부었는지 알고——."

"아, 깜박했네요. 여기, 저쪽 나라에서 드리는 위로금입니다. 적지만, 받아주세요—— 영차."

저는 그의 말을 자르고, 금화 백 닢을 마차에 실었습니다.

무척이나 무거웠습니다. 어처구니가 없을 정도의 무게였습니다.

저는 어깨를 빙글빙글 돌리며,

"이 정도면 충분하겠지요? 자, 어서 돌아가 주시죠."

그리고 말했습니다.

"모처럼 제작했으니, 그 폭탄으로 갱도라도 만들어보는 게 어떻겠어요?"

○

그와 다시 만나기 일주일 전.

그와 보좌관이 무척이나 속보이는 대화를 나눈 직후의 일입니다.

저는 주머니에서 한 장의 편지를 꺼냈습니다.

"보좌관님. 이게 뭔지 아시겠나요?"

도적들의 잔해 곁에 나뒹굴고 있던 것입니다.

"······아! 그건······."

종이를 보자마자 보좌관의 안색이 파랗게 질렸습니다.

"역시 아시는군요."

그렇죠, 모를 리가 없겠죠.

편지 구석에는 정성스럽게 보좌관의 사인까지 되어 있으니까요.

대체 일국의 보좌관 나리가 도적 따위에게 무슨 용건이 있었던 것인지, 저는 아주 열심히 그 편지를 숙독했습니다. 읽으면 읽을수록, 정말이지 그건 기묘한 내용이었습니다.

『갱도를 만들기 위한 폭탄을 훔쳐줬으면 한다. 만약 성공한다면, 금화 백 닢을 너희에게 주겠다.』

요약하면 그런 내용이 쓰여 있었습니다.

어라? 하는 느낌입니다.

"아무래도 도둑들의 습격은 단순한 우연이 아니었던 모양입니다."

아마도 미리 계획되었던 일이었겠지요. 금화 만 닢을 내고 사이가 나쁜 나라에서 사들이는 것보다도, 아무런 인연도 없는 도적들에게 받는 편이 이득이라고 생각했던 것일까요?

더할 나위 없이 어리석은 짓입니다.

"······뭘 바라십니까? 마녀님."

입을 막기 위한 제안을 할 셈인 걸까요?

"뭔가를 주실 생각인가요?"

"이 일을 입 다물어 주신다고 한다면."

"그런가요."

그리고 저는 거짓말을 했습니다.

"하지만, 그렇다면 저뿐만이 아니라 상인분에게도 뭔가 드리는 편이 좋지 않을까 싶네요. 일단 그도 도적들의 시체를 함께 보러 갔었고, 제가 가진 이 편지도 봤으니까요."

"뭐라고요……? 하지만 그는 새로운 폭탄을 만들겠다고 약속 을……."

"어머. 어쩌면 그 새 폭탄이니 하는 걸 당신들 나라에 복수하기 위한 물건으로 쓸지도 모르겠네요. 저쪽 나라가 무언가를 가져온 다면 단호하게 거절하기를 권하겠습니다."

"…………."

입을 다물고 생각에 잠겨버린 보좌관에게 저는 이런 이야기를 했습니다.

"아, 맞다. 그건 그렇고, 입막음 비용 말인데요."

툭, 어깨에 손을 올리고 말을 이었습니다.

"금화 백 닢이 어떨까요?"

정말 싫어하는 저쪽 나라로부터 자신들을 지키기 위한 것치고 는 싼 편이죠? 라고 말씀해드렸습니다.

○

    사람이 목숨을 잃으면 슬픈 것이 당연하기에, 더 이상의 슬픔을 더하지 않기 위해 저는 노력했습니다.

    하지만 그 후 두 나라가 어떠한 결말을 맞이했을지 여행자인 저로서는 알 방법이 없습니다.

    굳이 예측을 해본다고 한다면, 아마 지금도 여전히 서로에게 관여하지 않는 냉랭한 관계를 유지하고 있을 테죠.

    도적을 이용해서 싫어하는 나라를 불행하게 만들려 했던 나라도.

    싫어하는 나라를 괴롭히기 위해 폭탄이 오폭하도록 꾸민 나라도.

    양쪽 모두 정말이지 어리석습니다.

    하지만 그래도 폭탄이 폭발해버리는 것보다는 냉랭한 관계로 있는 편이 그나마 조금은 나을지도 모릅니다.

    이대로 시간이 흘러간다면, 언젠가, 어쩌면, 갖고 있는 폭탄도 상대에 대한 증오도 풍화되어 갈지도 모릅니다.

    그렇기에 저는 두 나라가 오랫동안 지금의 상태를 유지하기를 간절하게 바랍니다.

    언젠가 그 관계가 없었던 것이 될 때까지.

제 10 장

얼마 전, 스승님인 프랑 선생님과 재회했을 때의 일입니다.

"저도『니케의 모험담』을 동경해서, 여행을 하며 소설을 썼었던 적이 있었답니다."

문득 생각이 난 듯, 선생님은 그런 이야기를 했습니다.

"⋯⋯네에. 그러신가요."

"흥미 없어 보이네요."

"아뇨 아뇨, 흥미진진합니다."

"그런 것치고는 반응이 약한 것 같은데요."

"어떻게 반응하면 좋을지 몰라 당황했을 뿐입니다."

이 사람은 갑자기 무슨 말을 하는 거야? 라고 생각한 것은 비밀입니다.

"그래서, 소설을 썼었다, 라는 건 도중에 그만뒀다는 뜻인가요?"

"아뇨, 조금 달라요. 도중에 그만뒀다기보다는 그만둘 수밖에 없게 되었다고 말하는 편이 옳겠네요."

"네? 무슨 말씀이죠?"

"다른 사람들에게 보여주는 일 없이 취미로 쓰던 원고였는데, 원고용지가 백 장 정도 되었을 때 다시 읽어보니 정말이지 봐줄 수가 없는 지경이라 얼굴이 빨개지고 말았어요. 그날부터 쓸 마음이 생기지 않더라고요."

다시 읽어보니 등줄기가 근질거리고 오글거렸어요.

선생님은 어깨를 늘어뜨리며 이야기했습니다.

"그래서 그만둘 수밖에 없었다는 거군요."

"네. 『어머. 내 문장, 너무 엉터리인 거 아냐……?』하고 생각했어요. 이제 두 번 다시 이런 걸 쓸까 보냐, 하고 생각하면서 저는 그 원고를 가방 깊숙이 봉인해뒀었죠."

"아, 버리진 않았던 거군요."

"열심히 쓴 원고니까요. 어쩐지 버릴 마음은 들지 않더라고요."

"……이러니저러니 하면서도 마음에 들었던 거 아닌가요?"

"뭐, 그럴 수도 있겠네요. 결국 그 못 봐주겠는 과거도 제 일부니까요. 어쩐지 버릴 마음은 들지 않았어요. 그 당시에는."

"흐음."

저는 고개를 끄덕였습니다.

그러자 선생님은 더욱 어깨를 늘어뜨리며 깊은 한숨을 내쉬고 말을 이었습니다.

"물론, 저는 그 소설을 누구에게도 보여줄 마음이 없었답니다. 저만의 추억이니까요—— 그런데 그 후에 안 좋은 우연이 벌어지고 말았어요."

"어떤 우연이죠?"

"어떤 나라를 방문했을 때였어요. 제가 갖고 있던 가방을 본 상인이 이런 말을 꺼냈죠——."

거기, 당신! 그 가방, 혹시 전설의 여행자의 가방 아닌가? 틀림없어! 그건 분명 전설의 여행자가 과거에 썼던 가방이야! 어이, 그걸 나한테 팔아줘! 부탁이야!

──그런 말을 들었다고 합니다.

대체 무슨 소리를 하는 건가? 하고 과거의 프랑 선생님은 고개를 갸웃거린 모양입니다. 그 가방은 프랑 선생님이 근방의 전당포에서 산 싸구려 가방이었습니다. 전설의 여행자 같은 건 전혀 모릅니다. 물론 그런 물건이라고 알고 산 것도 아닙니다.

"뭐, 물건의 가치는 사람에 따라 달라진다는 거겠죠. 그 상인은 가방을 손에 넣기 위해 믿을 수 없는 금액을 제시했습니다. 저는 무척 놀랐죠. 새로운 수법의 사기인가? 하고 의심했을 정도입니다."

"흐음……."

어쩐지 이야기의 방향이 보이기 시작한 듯한 기분입니다.

"그래서 말이죠, 저는 그 당시에 돈이 무척 부족한 상황이라…… 두 말 없이 그 가방을 넘겨줬습니다. 가방 안의 물건들을 빼내고, 그 자리에서 바로 새로운 싸구려 가방을 사서 물건들을 채워 넣었죠. 낡은 가방은 상인에게 넘겨줬어요. 물론, 큰돈을 받은 다음에요."

"…………."

"자신이 쓴 글이라는 건 마약 같은 거라서 말이죠, 아주 가끔씩 다시 읽고 싶어지는 경우가 있어요. 가방을 넘겨준 이후에, 저는 새 가방을 뒤져서 봐주기 어려운 문장이 즐비한 제 소설을 찾았죠. 그때, 무서운 사실을 깨달았습니다."

"…………."

설마.

"······소설이, 없었던 건가요?"

"······························깜짝 놀랐어요. 저, 그 낡은 가방에 원고용지를 넣어둔 채 그대로 넘겼던 거예요."

"으아아."

"바로 상인을 찾아갔지만, 제가 가방을 판 지 이미 일주일이나 지난 상황이었거든요. 상인은 이미 한참 전에 다른 나라로 가버렸더군요. 그 후로도 상인을 계속 찾았지만, 결국 그 상인은커녕 가방조차 발견하지 못했죠."

거기까지 말한 프랑 선생님은 두 손으로 얼굴을 덮었습니다.

"······때때로, 저는 그런 생각을 한답니다. 그 원고용지가 누군가의 손에 들어가서 누군가가 읽었다면 어쩌지. 웃음거리가 되면 어쩌지······."

"선생님······."

귀까지 새빨개졌습니다. 괜찮으신가요?

"여행을 하던 무렵을 떠올리면, 원고용지를 잃어버린 걸 떠올리면, 그때마다 뭐라 말할 수 없이 부끄러운 기분이 되고 말아요. 등줄기가 근질거리죠. 아아, 어쩌면 좋을까요······."

"············."

특별히 건넬 말이 없었기에 저는 잠자코 있었습니다.

잠시의 침묵 후, 손을 치운 선생님은 태연한 표정으로 말했습니다.

"뭐 그런 느낌의 일이 있었다는 게 지금 막 생각났어요. 부끄러운 기억이지만, 지금에 와서는 그것도 추억. 좋은 여행담이죠."

"……네에. 그러신가요."

"흥미 없어 보이네요."

"아뇨 아뇨, 흥미진진합니다."

그런데.

"결국 무슨 말을 하고 싶으신 건가요?"

"그야 하나밖에 더 있나요?"

선생님은 말했습니다.

"앞으로 여행을 계속하는 동안, 여러 가지 일들이 있을 겁니다."

그리고 한 호흡을 쉰 다음, 선생님은 똑바로 저를 응시했습니다.

"또 다시 저와 만나게 된다면, 부디 즐거운 추억 이야기를——여행 이야기를 들려주세요, 라는 말이에요."

선생님은 다정하게 미소 짓고 있었습니다.

○

선생님과 나누었던 그 대화를 떠올린 것은 바로 그때였습니다.

"…………."

어떤 나라에서 우연히 서점에 들렀습니다.

"『프랑의 모험담』이라니……."

익숙한 이름이 적힌 책이 놓여 있었습니다. 참고로 저자도 프랑. 엄청나게 익숙한 이름입니다.

…………

저는 바로 그 자리에서 읽기 시작했습니다. 매너 없는 짓일지도 모르지만, 그 정도로 내용이 신경 쓰였습니다.

책 내용은 지극히 단순했습니다. 마녀 프랑이 여러 나라를 둘러보며 나아갈 뿐인 소설이었습니다. 어쩐지 주인공의 성격이 제 스승님과 똑같습니다.

"마녀님! 서서 읽지 말고 사라고!"

잠시 책을 읽었을 때, 점원에게 들키고 말았습니다. 점원은 책에 소복하게 쌓인 먼지를 천 쪼가리가 달린 봉으로 두드리며 제 옆으로 다가왔습니다.

"……으응? 오오, 『프랑의 모험담』을 고르다니, 마녀님 센스 있잖아."

그리고 그런 말을 했습니다.

"유명한가요?"

"그야 물론이지. 이 나라에서 그 책을 모르는 사람은 없어. 훌륭한 베스트셀러 소설이야."

"그렇게 재미있나요?"

이 책을 읽고 있으면 등줄기가 근질거리기 시작하는데요.

하지만 아무래도 이 나라의 많은 사람들은 저와는 전혀 다른 감상을 갖고 있는 모양입니다. 점원은 제 질문에 몇 번이고 고개를 끄덕이더니 대답해주었습니다.

"그야 당연하지! 재미있다고! 마녀님은 못 보던 얼굴인데, 여행자인가? 이 나라를 관광해봐. 이 나라는 『프랑의 모험담』 관련 상품이 가득하거든."

"……흐음."

"그런데, 그거 살 건가?"

저는 말했습니다.

"세 권 주세요. 보존용과 포교용과 감상용으로."

방금 산 세 권의 책을 안고 나라 안을 둘러보았습니다만, 분명히 서점 점원이 말한 대로였습니다.

온 마을이 마녀 프랑 상품으로 넘쳐났습니다.

어딘가 제 스승님과 닮은 동상이 세워져 있고, 그 앞에『전설의 여행자, 마녀 프랑의 동상』이라고 쓰여 있거나.

레스토랑에는『전설의 여행자 마녀 프랑이 사랑한 레스토랑』이라는 거짓말 같은 간판이 세워져 있거나.

숙소에 이르러서는『전설의 여행자 마녀 프랑이 머물렀던 숙소』라는 곳이 몇 군데나 있거나. 숙소를 몇 번이나 옮기셨던 건가요? 프랑 선생님.

"…………."

그나저나 전설의 여행자라는 건 대체 어찌 된 거죠?

길을 가는 사람들에게 물어보니, 재미있는 사실이 밝혀졌습니다.

"어? 어째서 마녀 프랑이 인기 있냐고?"

"10년 정도 전에 말이지, 우리나라 국왕이 전설의 여행자가 사용했다고 하는 가방을 상인에게서 샀거든."

"그 가방 안을 살펴보니 원고용지가 들어 있었는데, 글쎄 그게 전설의 여행자가 쓴 소설이었다지 뭐야."

"국왕은 그 원고를 읽고 감동했대. 그래서 그걸 전설의 여행자가 쓴 책으로서 출판하게 된 거야."

"우리도 그걸 읽었는데, 그게 어찌나 재미있던지——— 이제 이 나라에서 마녀 프랑을 모르는 사람은 없어."

그렇다고 합니다.

....

"저기, 그 전설의 여행자라는 건 마녀 프랑을 말하는 건가요?"

저는 말을 걸었던 모든 사람들에게 똑같은 질문을 해보았습니다만, 모두가 같은 답을 돌려주었습니다.

"물론!"

이라고.

아마도 상인이 생각했던 전설의 여행자라는 건, 이 나라의 사람들이 생각하는 전설의 여행자와 전혀 다른 사람일 텐데요———.

실제로 『프랑의 모험담』은 그렇게 가치가 있는 것도 아닌데 말이죠———.

뭐, 일부러 부정하지 않아도 괜찮겠죠.

제 선생님이 말씀하시길, 물건의 가치는 사람에 따라 다르다고 하니까요.

"……그나저나 좋은 물건을 샀네요."

저는 마녀 프랑이 사랑했다고 하는 숙소의 한 방에 머물며 책을 펼쳤습니다.

프랑 선생님과 다시 만났을 때.

아주아주 재미있는 여행담을 들려드릴 수 있을 거라는 예감에 제 입가가 풀어지는 것이 느껴졌습니다.

제11장

어느 평화로운 날.

특별할 것 없는 평범한 마을에 머물고 있던 저는, 큰길가에 있는 찻집 테라스 석에 앉아 쓸데없이 남아도는 여유로운 시간을 보내고 있었습니다.

"⋯⋯후우."

카페오레를 한 모금 마시고 컵을 내려놓으며 한숨을 쉬었습니다.

오늘은 마녀다운 복장을 하고 있지 않습니다. 여행을 쉬고, 마녀도 쉽니다.

감색 스웨터에 하얀 플레어스커트라는, 비교적 수수한 차림으로 거리에 녹아들어 있습니다.

"⋯⋯⋯⋯."

저는 신문을 펼쳤습니다.

이 나라는 아무래도 무척이나 평화가 흘러넘치는 모양입니다.
『할아버지, 틀니 분실하다』『여성용 속옷을 뒤집어쓴 변태 주의!』『일을 기피하는 젊은이들 문제 심각』『농땡이 습관을 고칠 방법은 무엇인가!』

이런 일들이 기사가 될 정도니까요. 이겨야 할 다툼도 없고, 이야기해야 할 화제도 없는 거겠지요.

뭐, 요컨대 너무 평화로워서 지루하다는 겁니다. 휴가를 보내기에는 최적이라고 하겠습니다.

저는 다시 컵을 향해 손을 뻗었습니다.

"……어라?"

그런데 직후에 그 컵은 테이블째로 제 시야에서 사라졌습니다.

그렇다기보다 날아갔습니다.

부웅 하는 호쾌한 소리와 함께 가게 안에서 날아온 무언가에 부딪혀 사라져버렸습니다.

"……에엑."

날려간 카페오레의 행방을 쫓아보니, 잔해처럼 쌓인 테이블과 의자들 위에 쓰러진 피투성이의 청년 위에 쏟아져 있었습니다.

아아, 나의 카페오레여. 죽어버리다니 한심하구나.

"일을 농땡이 피우고 여자와 놀다니 배짱 한번 좋군그래! 일을 얕보지 말라고!"

점내에서 나타난 질이 나빠 보이는 남자는 피투성이가 된 청년의 멱살을 잡더니 그대로 들어 올려 흔들어댔습니다.

청년은 피를 흘리며 애원했습니다.

"부, 부탁드립니다……! 제발 봐주세요! 그녀와 사귄 지 한 달 기념 데이트입니다!"

"안 돼. 용서 못 해. 일을 농땡이 피운 녀석은 예외 없이 심판하는 것이 이 나라의 규칙이니까."

그리고 남자는 걷기 시작했습니다.

"히이이이이익! 그, 그만둬……!"

발버둥치는 청년을 질질 끌며, 테라스 석에서 큰길 쪽으로 향합니다.

"…………."

어라라? 제 카페오레의 죽음에 대한 사과를 받지 못했는데요?

오늘은 여행자 같은 일도 마녀 같은 일도 할 생각이 없지만, 제가 산 것을 엉망으로 만들고도 태평한 남자를 그냥 내버려 둘 마음도 없습니다.

저는 신문을 접고 자리에서 일어났습니다.

그리고 근처에 굴러다니던 돌을 주워 들었습니다.

"에잇."

휙 내던졌습니다. 손바닥 크기의 돌멩이는 질이 나빠 보이는 남자의 뒤통수를 노리고 날아갔습니다.

그리고 멋지게 직격.

"아팟!"

남자는 호들갑스럽게 비틀거리더니 귀신 같은 형상으로 뒤를 돌아보았습니다.

"어이, 누구야? 지금 나한테 돌을 던진 놈이이이이이이이!"

그건 누구인가.

"접니다."

그러자 질 나쁜 남자는 너덜너덜해진 남자를 여전히 질질 끌면서 터벅터벅 되돌아왔습니다.

"호오? 나한테 싸움을 걸다니, 배짱 한번——으응?"

도중에 기세를 잃고 자리에 멈춰 섰습니다.

"…………?"

남자의 이해할 수 없는 행동에 고개를 갸웃거리는 저.

남자는 한동안 그대로 저를 바라본 채 움직이지 않았습니다.

그리고 바람이 불고 누군가가 카페에 펼쳐진 참상에 비명을 지른 후, 그의 의식이 돌아왔습니다.

"……앗. 이런. 넋을 잃었었어."

맞은 자리가 안 좋았는지, 그는 약간 동요했습니다.

"이 자식, 좀 귀엽다고 해서 제멋대로 굴지 말라고! 내가 누군지 알아? 어엉?"

"모릅니다. 누굽니까?"

"………."

"누굽니까?"

다시 한 번 말씀드렸습니다.

질 나쁜 남자는 부자연스럽게 기침을 하고 말을 이었습니다.

"……나는 게으름 조사국의 로그레드다. 내 일을 방해한 죄는 크다고."

"그렇습니까. 친절한 설명 감사드립니다. ……하지만 제 카페오레를 못 쓰게 만든 죄는 얼마나 큰지 아시는지요?"

"카페오레라고?"

"네."

그런데, 게으름 조사국이란 건 뭘까요? 신경이 쓰입니다.

"당신이 날뛴 탓에 그 청년의 옷이 제 카페오레를 마셔버렸잖습니까. 책임지시죠."

"………."

로그레드라는 남자는 청년과 저를 몇 번이고 번갈아봤습니다.

"그런 건 몰라. 이 녀석한테 변상하게 하면 될 거 아냐?"

남자는 그리 말하고 침을 뱉었습니다. 더러워라.

"아뇨. 애초에 당신이 날뛰지 않았다면 이런 참상이 벌어지지 않았을 겁니다."

"나를 날뛰게 한 녀석이 나빠——."

"제멋대로 날뛴 당신이 나쁩니다."

"…………."

"그런고로, 확실하게 책임을 져주셔야겠습니다."

제가 노려보자 그는 엷은 웃음을 지으며 말했습니다.

"……뭐 좋아. 돈을 내주지. 나는 게으름 조사국에서 일한 지 3년째라 벌이도 그럭저럭 되거든. 차 한 잔 정도 사줄 돈은 얼마든지 있다고."

어째서 갑자기 자신의 이야기를 시작한 것인지는 수수께끼입니다만, 안타깝게도 그의 제안은 제 생각과는 조금 달랐습니다.

"아뇨. 변상을 해달라는 게 아닙니다."

저는 고개를 저으며 부정해두었습니다.

그리고 한 가지 제안을 했습니다.

"그 게으름 조사국이라는 것에 관해서 조금 가르쳐주실 수 있겠습니까? 이번 건은 그걸로 없던 일로 해드리죠."

"……?"

대체 무슨 말을 하는 건지 모르겠다, 그런 심정이 남자의 얼굴에 드러났습니다.

"괜찮으시겠습니까?"

다짐을 받듯이 다시 한 번 확인을 하자 그는 당황스러워하면서도 고개를 끄덕여주었습니다.

교섭 성립입니다.

깨닫고 보니 지루하고 멋진 평화로운 휴가는 행방불명이 되어 있었습니다.

○

가게의 상태를 원래대로 되돌리고 그 김에 새로운 카페오레를 주문한 다음, 저는 테라스 자리에 앉았습니다.

맞은편에는 게으름 조사국의 로그레드 씨.

조금 전 질질 끌려가던 청년은 다른 조사관에게 연행해 가도록 했습니다.

그 게으름 조사국이라는 건 대체 어느 정도 규모의 조직인 걸까요?

"그렇군. 너는 여행자였던 건가. 그렇다면 내 일에 관해서 모르는 것도 무리는 아니지—— 그런데, 이름을 물어도 될까?"

"일레이나입니다."

"일레이나라. 좋은 이름이군—— 지금 시간은 있나? 일레이나."

갑자기 이름을 막 부르는 겁니까?

"시간은 많습니다."

"내일은?"

"아마도 한가하겠죠."

"그런가. 한가한가. ……내 일에 관해 알고 싶다고 했지? 그렇다면 견학을 해보겠어?"

"네? 딱히 그럴 필요는 없을 것 같습니다."

이야기를 듣는 것만으로 충분하리라 생각합니다.

"자자, 그런 말하지 말고. 우리 일을 알고 싶다면 나와 함께 행동해보는 편이 알기 쉬울 거야. 그도 그럴 게, 무척 성가신 일이거든."

"…………."

뭔가 꿍꿍이가 느껴지지만, 확실히 합리적일지도 모르겠다고 생각했습니다.

조금 재미있을 것 같기도 했고요.

……흐음.

"뭐 상관없습니다만…… 그 전에 일에 관해 제대로 알려주세요."

"아자! 물론이지!"

주먹을 번쩍 치켜든 후, 그는 게으름 조사국이라는 것에 관해서 자세히 설명해주었습니다.

그 이름대로 게으름에 관하여 조사하는, 이 나라의 독자적인 기관이라고 합니다. 회사와 가게에 소속된 종업원의 출근 상황을 관리하고, 그중에서 불성실한 자를 찾아내 벌하는 것을 목적으로 한다나 뭐라나.

지목된 사람들은 빠짐없이 직장에서 가혹한 처벌을 받게 된다고 합니다.

그렇게 함으로써 게으름 피우는 젊은이들에게 브레이크를 걸 수 있지 않을까, 하는 어른들의 생각에서 비롯되었다고 합니다. 확실히 신문에도 『일을 기피하는 젊은이들 문제 심각』 같은 농땡이에 관한 기사가 실려 있기도 했으니, 그 정도로 이 나라의 백성들은 일을 대하는 자세가 좋지 않다는 뜻이겠죠. 평화에 물든 탓일까요?

"——뭐, 그런고로 우리가 활약함으로써 일을 땡땡이치는 녀석이 없어진다는 거지."

"호오. 즉 일에 대한 자세를 바르게 하기 위해 나라에서 보낸 자객 같은 거로군요."

"간단히 말하면 그렇게 되지."

"흐음흐음."

"참고로 나라라는 뒷배가 있으니 아무리 크게 날뛰어도 혼날 일이 없어. 나는 태어나서 지금까지 싸움에서 진 적이 없거든. 이 일은 천직이라고 할 수 있지. 뭘 하든 내가 하는 일이 정의야."

그러니까 어째서 갑자기 본인 얘기를 시작하는 겁니까?

어이없어하는 저를 내버려 두고, 로그레드 씨는 카페오레를 전부 마셔버렸습니다.

"자—— 그럼 슬슬 가볼까."

"어디로 말인가요?"

그는 훗 하고 웃더니 한참을 젠체한 후,

"그야 물론, 내가 일하는 모습을 보러 가는 거지."

라고 말씀하셨습니다.

반응하는 게 귀찮았기 때문에 일단 따뜻한 카페오레를 한 모금 마셨습니다.

○

그 날 오후부터 옆에서 그의 일을 지켜봤습니다.

우선 맨 처음에 간 곳은 어느 가구점.

그곳의 아저씨는 목재 냄새 가득한 가게 안에서 책장을 조립하며 이야기해주었습니다.

"그렇다니까, 조사원님. 곤란한 상황이야. 이번 주는 그 녀석 여동생이 죽었다고 하더라고."

글쎄, 가구점의 아저씨 아래에 제자로 들어온 지 3개월 된 신입 청년이 일을 하러 오지 않게 되었다고 합니다.

"이번 주는? 이전에도 그런 일이 있었던 건가요?"

조사원은 아니지만, 조금 신경이 쓰였기 때문에 옆에서 끼어들었습니다.

아저씨는 고개를 끄덕였습니다.

"그래. 지난주에는 아버지가 돌아가셨지."

"호오."

"참고로 지지난 주에는 어머니가 돌아가셨고."

"…………."

"그리고 지지지난 주는 할아버지가 돌아가셨어."

"…………."

"그리고 지지지지———."

"아, 그만 됐습니다."

어디까지 올라갈지 알 수 없어서 이야기를 끊었습니다.

아무튼 더할 나위 없이 의심쩍은 상황이라는 것은 알겠습니다.

그 후, 로그레드 씨가 점장에게 사정을 이것저것 묻고 가게를 나왔습니다.

"하지만 무척 재미있는 상황이로군요. 그 신입 청년이란 사람은 일주일에 한 번씩 친족이 죽는 저주라도 걸린 걸까요?"

"그래서 우리가 주목한 거야. 아무튼 일단은 진위를 확인해야 겠지만——— 거의 확실한 농땡이겠지."

"그렇겠죠."

그 후, 청년의 집으로 향한 우리들은 근처에서 들새를 멍하니 바라보고 있는 청년을 발견했습니다. 로그레드 씨가 즉시 체포했습니다.

참고로 이야기를 들어보니, 돌아가신 친족은 단 한 명도 없었습니다. 부모님도 조부모님도 아주 건강하게 살아계셨습니다. 그리고 그는 외아들이었습니다. 여동생 같은 건 처음부터 존재하지 않았던 겁니다. 그렇게까지 할 정도로 일을 하기 싫었던 겁니까?

일을 기피하는 젊은이들의 문제가 참으로 심각하군요…….

그 후로 며칠에 걸쳐 로그레드 씨의 일을 견학했습니다.

일에서 도망치는 젊은이들의 변명은 정말이지 들어주기 힘든 지경이었습니다. 이젠 눈뜨고 못 봐주겠습니다. 대체 무엇이 그들을 그렇게까지 만든 것일까요?

그 다음에 찾아간 사람은 도서관에서 일하는 남성. 일주일 정도 전부터 연락이 끊겼기 때문에 직접 찾아가야 하는 상황이었습니다.

"일주일 정도 전인가요? 아, 그날은 비가 내려서 쉬었습니다. 그 이후로도 이러저러해서 쉬었습니다."

호출에 응한 남성은 태연하게 그런 말을 해주셨습니다.

남성의 모습에 짜증을 내면서 로그레드 씨는 추궁했습니다.

"그럼 오늘은 갈 수 있겠지? 어엉?"

"네, 물론입…… 아, 죄송합니다. 역시 바람이 세서 그만두겠습니다."

"어이."

물론 연행되었습니다.

다음에 만난 것은 여관에서 일하는 여성. 사흘 전부터 연락이 되지 않았다고 합니다.

"아니에요. 사흘 동안 땡땡이를 친 게 아니에요. 사흘 동안 계속해서 사람들을 돕느라 일하고 싶어도 일할 수가 없었던 거예요."

"그렇다면 오늘 쉴 이유는 없겠지?"

"아뇨, 오늘도 사람을 도울 예정이라서요."

"…………."

직장 사람들을 도울 생각은 없는 겁니까?

그리고 세 명째는 과일가게에서 일하는 형씨. 몇 개월 전부터 자주 쉬는 경향이 있었지만, 최근에 이르러서는 일주일간 연속 결근을 달성.

그런 그의 변명은 이러합니다.

"일하기 싫어서 쉬었습니다."

"…………." "…………."

그만두지 그래요?

그렇게.

이러한 흐름으로 게으름 조사국의 일은 돌아가고 있는 모양이었습니다.

그야말로 힘들 것 같은 로그레드 씨의 일을 견학했습니다만, 최근 일을 쉬는 경향이 있는 교사를 감시한다는 말을 꺼냈을 때 저는 행동을 함께하는 걸 그만두었습니다.

이제 그만 됐다 싶었습니다.

이대로는 언제까지고 구속되어버릴 것 같은 느낌이 들었기 때문입니다.

솔직히 고백하자면, 휴가 중에 끌려 다니는 일에 질렸을 뿐입니다만.

○

그로부터 며칠 후의 일입니다.

특별할 것 없는 평범한 마을에 머물고 있던 저는, 큰길가에 있는 찻집 테라스 석에 앉아 쓸데없이 남아도는 여유로운 시간을 보내고 있었습니다. 어떤 나라의 서점에서 세 권 샀던 책을 읽으면서. 김이 오르는 카페오레를 불어가며 마셨습니다.

하지만 저 혼자 보내는 평화로운 시간은 바로 끝나버린 모양입니다.

"여어, 이런 데 있었나."

제 맞은편 자리에 로그레드 씨가 멋대로 앉았습니다.

"안녕하세요."

그의 일을 견학하기를 그만둔 후에도 그는 몇 번이고 저에게 권유를 하러 오고 있습니다. 좀 끈질기군요.

"오늘은 안 오는 건가?"

"네. 이제 됐습니다."

"우우."

그는 신음하고, 불만스레 미간을 찌푸렸습니다.

"……그럼, 일레이나 지금 한가해?"

그러더니 그렇게 물었습니다.

"한가합니다만."

"그런가, 한가한가."

"네."

"한가한 건가?"

"그렇게 말하고 있습니다만."

한가해서 책을 읽고 있습니다. 그리고 책을 읽고 있기 때문에 다른 일에 말려들 예정은 없습니다.

그가 데이트 신청이라도 한다면, 단호하게 거절해줄 셈이었습니다. 하지만.

"저기 그러면 지금부터 나랑 어디 놀러 가──."

말은 도중에 끊어졌습니다.

쾅과광 하는 굉음과 함께 그의 말은 지워지고 말았습니다. 놀라 책에서 고개를 들어보니, 그의 모습이 보이지 않았습니다.

아니, 테이블째로 제 시야에서 그대로 몽땅 사라졌습니다.

그렇다기보다 날아갔습니다.

힐끗 시선을 돌려보니, 잔해처럼 쌓인 테이블과 의자들 위에 피투성이가 되어 쓰러진 로그레드 씨의 모습이 보였습니다.

참고로 그 위에 카페오레가 흩뿌려져 있습니다.

아아, 나의 카페오레여. 또 죽어버리다니 한심하구나.

"이 자시이익! 게으름 조사국의 일원이면서 일을 땡땡이치고 여자와 놀다니 배짱 한번 좋구나! 오늘은 고열로 쉬는 게 아니었냐! 어!"

한탄하는 제 옆에서 누군가가 로그레드 씨에게 비난을 퍼부었습니다.

"아, 아냐! 지금부터 확실히 병원에 갈 예정이었다고! 일을 땡땡이 친 게 아냐!"

어라? 어디선가 들었던 듯한 대화입니다.

"이 자식아, 거짓말하지 마! 여자 친구랑 사이좋게 카페에서 브런치를 먹은 뒤에 병원 데이트를 하는 남자가 세상 어디 있다는 거야?!"

"아, 여자 친구가 아닙니다."

오해입니다.

"······여자 친구도 아닌 친구와 카페에서 브런치를 먹은 뒤——."

"친구도 아닙니다."

"············."

"그냥 아는 사이입니다."

"그냥 아는 사람이랑 카페에서 브런치를 먹은 뒤에 병원에 가는 남자가 세상 어디 있다는 거야?"

그리고 그 덩치 큰 남자는 로그레드의 멱살을 잡았습니다.

"그런 연유로 너를 끌고 가겠다. 알겠냐?"

질질 끌고 갑니다.

"제, 젠장······! 놔! 이거 놔아아아!"

테라스 석에서 큰길 쪽으로.

"············."

어라라? 두 번이나 죽어버린 제 카페오레에 대한 사죄를 듣지 못했습니다만.

저는 책갈피를 끼우고 책을 덮은 후, 자리에서 일어났습니다.

그리고 근처에 굴러다니던 돌을 주워 들었습니다.

"에잇."

휙 내던졌습니다. 손바닥 크기의 돌멩이는 덩치 큰 남자의 뒤통수를 향해 날아갔습니다.

그리고 멋지게 직격.

"으아아아!"

덩치 큰 남자는 호들갑스럽게 비틀거리더니 귀신 같은 형상으로 뒤를 돌아보았습니다.

"어이, 누구야? 지금 나한테 돌을 던진 놈이이이이이이이이!"

그건 역시.

"접니다만?"

그러자 덩치 큰 남자는 로그레드 씨를 질질 끌면서 터벅터벅 돌아왔습니다.

"호오? 나한테 싸움을 걸다니, 배짱 한번—— 으응?"

도중에 기세를 잃고 자리에 멈춰 섰습니다.

"…………?"

남자의 이해할 수 없는 행동에 고개를 갸웃거리는 저.

남자는 한동안 그대로 저를 바라본 채 움직이지 않았습니다.

그리고 바람이 불고 누군가가 카페에 펼쳐진 참상에 "또냐!" 하고 탄식을 뱉은 후, 그의 의식은 돌아왔습니다.

로그레드 씨 때와 약간 다른 방향으로.

아니, 어쩌면 크게 다르지 않을지도 모르겠습니다.

"무슨—— 이 무슨 가련한……!"

○

일을 기피하는 젊은이들에게 브레이크를 걸기 위해 국가에서 창설한 게으름 조사국. 그러나 제가 그 나라를 떠날 무렵에는 일시적으로 활동이 정지되었습니다.

대체 무슨 일이 일어난 것인가. 들은 이야기에 따르면, 글쎄 조사관(주로 남성)이 차례차례 농땡이를 치기 시작한 탓에 단속이 필요해졌다던가요?

미라를 찾으러 갔다가 미라가 되어버린 것과 같은 참상은 이겨야 할 다툼도 없고, 이야기해야 할 화제도 없던 이 나라의 사람들 사이에서 큰 소란이 되었고, 게으름 조사국 전체가 큰 비난을 받게 되었다고 합니다.

참고로 자신의 입장을 잊고 농땡이를 피우기 시작하여 엄중 처벌을 받은 남성 조사관들 말입니다만, 그들은 이번 건에 관해서,

"가련한 여자아이에게 홀렸다. 후회는 하지 않아."

라는, 무슨 소린지 알 수 없는 진술을 했다고 합니다.

그것참, 아름다움은 죄로군요.

아무튼 좀 더 현명한 방법으로 농땡이 습관을 고칠 수 있게 되면 좋겠습니다. 조사국이 활동을 정지한 사이에, 어른들끼리 냉정하게 이야기를 나누기를 바랍니다.

그렇지 않으면 이번에는 악의를 가진 마녀의 꾐에 넘어가게 될지도 모르니까요.

가느다란 아침 햇빛을 느끼며 저는 평원을 날고 있었습니다.

물결치는 지형을 따라서 풀꽃들 위를 지나쳐가며.

바람은 살짝 따뜻했고, 빗자루에 탄 저를 감싸듯 흘러갔습니다. 그건 정말이지 기분 좋아서 그만 잠들어 버릴 것만 같을 정도였습니다.

저 멀리로 하나의 나라가 보였습니다.

그 존재를 안 후로, 언젠가는 가보고 싶다고 바랐던 곳입니다. 그곳이 바로 앞에 보이고 있습니다.

높은 벽으로 둘러싸인 자그마한 나라. 여기에서는 그 안까지는 확실하게 보이지 않습니다.

하지만 무척 즐거울 것 같은 예감은 들었습니다.

일단 다른 나라와는 달리 나라를 둘러싼 벽에 장식이 되어 있습니다.

아니, 장식이라기보다는 그저 커다랗게 글이 쓰여 있을 뿐입니다만.

"……호오."

이렇게 쓰여 있었습니다.

『이 나라는 죽은 자들에 의해 점거되었다. 들어가선 안 된다.』

그것참, 분위기 넘치는군요.

문 앞까지 왔습니다만, 문은 그대로 닫힌 채였습니다. 손님이

225

왔는데 반응이 없는 겁니까? 곤란하군요. 들어갈 수가 없지 않습니까.

고개를 들어 올려다보아야 할 정도로 커다란 문은 두드려보아도 별다른 소리를 내지 않았고, 그저 콩 하는 약한 소리를 울릴 뿐이었습니다.

…………

아, 그렇군요. 그런 연출인 거지요? 죽은 자에게 나라를 점거당했다――라는 설정이니까, 커다란 문을 열 수 없다. 그런 거죠?

여기 말고도 출입구가 있을 겁니다. 저는 문 근처를 이리저리 살펴보았습니다.

"응……?"

그리고 너무 쉽게 발견하고 말았습니다.

커다란 문 옆에는 자그마한 문이 하나 붙어 있었습니다. 딱 민가에 있을 법한, 아주 일반적인 크기의 문입니다.

"…………"

거기에 종이가 붙어 있다는 사실을 깨달은 것은 문을 열기 직전이었습니다.

『이곳은 이미 죽은 자들에게 빼앗겨버렸다. 제발 들어가지 말기를.』

그런 내용이 지저분한 글씨로 쓰여 있었고, 그 아래에.

『하지만 우리 이외에도 아직 살아 있는 사람이 있을지도 모른다. 용기 있는 강한 자가 있다면, 이 나라에 들어가 안에 있는 사람들을 구해주기를.』

그렇게 덧붙여져 있었습니다.

덤으로 『OPEN』이라는 간판도 문손잡이에 걸려 있었습니다.

"호오."

그것참, 세심하군요. 대단히 꼼꼼하게 공을 들였습니다.

저는 주저하지 않고 문을 열었습니다.

용기 있는 강한 자인지라.

○

그곳은 죽은 자의 낙원이라는 이름을 가진 이상한 나라.

무려 구울이라는 마물(을 흉내 내 만든 것)을 구경거리로 삼아 관광객이 즐길 수 있도록 한 멋지고 기묘한 나라라고 합니다. 이 근처에서는 그럭저럭 유명한 모양인지, 제가 "추천할 만한 나라가 있습니까?"라고 물으면 셋 중 하나는 이 나라의 이름을 댈 정도였습니다.

너무나도 재미있어 보이는 나라였기 때문에 굳이 자세한 이야기를 듣지 않고 여기까지 와보았습니다만, 어쩐지 무척 재미있어 보이는 분위기가 흘러넘치고 있습니다.

문을 통과하는 시점부터 이미 관광객을 즐겁게 해주는 장치를 해둔 데다, 문 너머에는 더욱 재미있어 보이는 광경이 펼쳐져 있었습니다.

건물은 대부분이 반파되어 있었고, 담쟁이덩굴이 뒤덮고 있습니다. 문에서부터 뻗어 있는 큰길에는 쓰러진 건물의 잔해 같은 것들이 겹겹이 쌓여 있었고, 그 틈에서는 잡초가 고개를 내밀고 있었습니다.

꽤 오래전부터 이 상태였던 모양입니다.

"……호오."

문 너머는 그렇게 곧바로 한껏 멸망한 모습을 하고 있었습니다. 그것참, 뭐라 말할 수 없는 좋은 분위기입니다. 지금 당장에라도 구울이 나타날 것만 같습니다. 나라 하나를 통째로 유원지로 만들어버린 그 행동력에는 두 손 다 들었습니다.

저는 빗자루에 오른 채 나라 안을 천천히 떠다녔습니다.

아마도 일부러 이런 상태로 해둔 거겠지요. 함몰된 길에 생긴 커다란 물웅덩이 위를 지나쳐가면서, 저는 여기저기로 시선을 돌리며 감탄했습니다.

바로 그때였습니다.

『아아아아……!』

갑자기, 무언가가 신음 소리를 내며 길 끝에서 튀어나왔습니다.

"으아앗!"

멈추는 것도 피하는 것도 여의치 않았고, 퍼억 하는 둔탁한 소리를 내며 제 빗자루는 갑자기 멈춰 섰습니다. 깔끔하게 격돌해버린 모양입니다.

빗자루에서 떨어져나간 저는 공중을 낙하하여 그대로 물웅덩이 위로 떨어졌습니다. 무릎부터 그 아래가 푹 젖어버렸습니다. 너무해. 최악입니다.

저는 화가 났습니다. 아주 화가 났습니다.

"저기요. 갑자기 뛰어나오면 위험———."

하지만 돌아본 그곳에는 훨씬 너무하고 최악인 것이, 제 빗자루의 자루에 깊게 꿰뚫려 있었습니다.

"……으아."

제 눈앞——— 물웅덩이 위에 떨어진 빗자루. 그 끝에 인간 같은 무언가.

남성의 관자놀이를 제 빗자루가 꿰뚫고 있었습니다. 양손에 커다란 검을 쥔 데다, 어째선지 상반신 알몸(근육 우락부락)이라는 여러 가지로 위험한 차림을 한 남성이 물웅덩이 위에 엎어져 있었습니다.

죽었습니다. 빗자루에 꿰뚫린 채.

"……저기."

저는 머뭇머뭇, 그 사람에게 다가가 어깨를 흔들었습니다.

그러자.

『우…….』

명백하게 썩어문드러진 얼굴을 한 인간 같은 무언가가 저를 향해 무언가 말을 하고 있었습니다. 한쪽 눈이 뻥 뚫려 있고, 입에서는 침이 흐르고 있었습니다.

뭐야, 구울인가.

"괜찮은가요?"

『아…….』

괜찮은 모양입니다.

그럼 다시 길을 서두르도록 하죠.

저는 구울의 어깨를 밟고, 빗자루를 뽑으려 해보았습니다. 이대로는 이동할 수 없으니까요.

『아아…….』

하지만 뽑히지 않습니다. 빗자루를 위아래로 흔들자 구울의 머리도 함께 흔들리며 첨벙첨벙, 물웅덩이에 파문을 만들었습니다.

"으으으으……!"

더 힘을 주자 움직이기 시작했습니다.

그리고 드디어 퐁 하고 빗자루는 제 힘에 응답해주었습니다. 드디어 빠졌다!

『……으아.』

아니, 빠지지 않았습니다.

빗자루의 자루 끝에는 변함없이 구울의 머리가 붙어 있습니다.

아무래도 빠진 건 그의 머리였던 모양입니다. 발치를 내려다보니 머리가 떨어진 그의 몸통이 움찔움찔 경련하고 있었습니다.

……,…….

아, 큰일이다.

나라의 소유물을 시작부터 망가뜨리고 말았습니다. 마법으로 원래대로 돌려놓으려 해도, 빗자루에 꿰뚫린 채라면 의미가 없습니다. 하지만 직접 뽑는 것도 좀 그렇습니다. 어쩐지 손대고 싶지 않은지라.

"…………."

일단 사람을 찾아서 사과하도록 할까요…….

아무래도 구울의 머리가 달린 빗자루를 그대로 들고 걸을 마음은 들지 않았습니다. 그래서 저는 일단 그 근처에서 주운 천으로 구울을 감싸고 빗자루에 올랐습니다.

참고로 천으로 감싸기만 한 상태로는 『아—』, 『우—』 하는 소리가 시끄러웠기 때문에, 지금은 입에 돌을 가득 넣어두었습니다. 적당한 무게감이 빗자루 끝에 몰려 있습니다.

"저기, 아무도 안 계신가요?"

곤란하게도 이 나라는 분위기가 넘치는 나라. 제가 소리를 외치며 날아다녀도, 아무도 도와주러 오지 않았습니다.

『아······.』 『우······.』 『오······.』

게다가 구울에게조차 무시당하고 있는 상황입니다. 빗자루로 날고 있는 저를 올려다보는 구울들은 울부짖을 뿐, 쫓아오려 하지는 않았습니다.

"······으으."

제가 산 사람과 만난 것은 그 후로 조금 더 하늘을 난 다음이었습니다.

"······아! 어이, 저기 봐! 마녀다! 마녀가 왔어!" "어이! 살려줘!"

아주 커다란 집의 창문에서 두 사람이 저를 향해 손을 흔들어주었습니다. 다행이다. 드디어 살아 있는 사람과 만났습니다.

드디어 빗자루 끝에 달린 구울과도 작별할 수 있게 되었습니다!

설레는 마음으로 저는 빗자루의 고도를 살짝 올려서 두 사람이 있는 곳으로 나아갔습니다.

"…………."

그리고 커다란 집의 정원을 내려다보았습니다.

"정말로 말도 안 될 만큼 의욕적이네요."

눈 아래 펼쳐진 광경을 바라보며 저는 중얼거렸습니다.

제 바로 아래에는 수많은 구울 무리가 우글우글 몰려들어 있었습니다. 그 수는 약 백 정도. 『우』라느니 『아』라느니 하는 불쾌한 대합창을 하고 있습니다.

"…………."

어쩐지 하나 망가뜨린 정도는 용서해줄 것만 같은 느낌이 들기 시작했습니다.

○

멀리서 바라볼 때는 잘 알 수 없었지만, 건물 안에 들어가자 알 수 없는 감각이 저를 덮쳤습니다.

창문에서 몸을 내밀고 있던 두 사람은 무척이나 기묘한 2인조였던 것입니다.

"살았어. 역시 마녀. 우리가 있는 걸 눈치채다니, 제법이잖아."

한쪽은 헝클어진 갈색 머리카락을 가진 안경을 쓴 여성. 이 정도의 정보로는 그냥 평범하게 느껴지겠지만, 어째선지 그녀는 무척이나 커다란 검을 허리에 차고 있었습니다. 완전 멋집니다.

"하지만 잘 와줬어! 이 건물에서 농성을 해온 지가 벌써 일주일이야. 이젠 비축해둔 식량도 위험했거든! 고마워!"

다른 한쪽은 갑옷을 입은 남성. 이쪽도 완전 멋집니다. 하지만 냄새 나. 저는 반걸음 물러났습니다.

"당신들은 이 나라에서 일하는 사람들인가요?"

그렇게 묻자 여성이 고개를 끄덕이며 한탄했습니다.

"정확하게는 일했던, 이지. 이제 이 나라는 나라로서 기능하지 못하고 있어. 보는 대로, 구울로 가득한 상태야."

아니, 그런 설정 같은 건 됐습니다.

"하지만, 당신들이 이 나라 사람이라고 한다면 이야기는 빠르겠네요. 실은, 당신들에게 사과———."

"그런데 마녀님! 이름을 물어도 괜찮을까?"

갑옷 씨가 끼어들었습니다. 으아, 냄새 나.

"아, 재의 마녀 일레이나라고 합니다. 잘 부탁해요. 저기 가까이 오지 말아주실래요?"

"그렇구나! 잘 부탁해! 참고로 나는 앤서니. 이쪽은 동료인 안나."

쓸데없이 기운 넘치는 갑옷 씨의 말을 흘려 넘기며,

"그런데 이 나라, 구울이 꽤나 많네요. 대체 몇 구나 있는 건가요?"

저는 빙 에둘러 말을 꺼냈습니다. 사과를 하기 위해 가볍게 잽을 날려보는 형태입니다.

"밖에 있는 녀석들이라면 전부 진짜야. 만들어진 구울은 이제 움직이지 않아."

갈색 머리카락에 안경을 낀 여성, 안나 씨가 말했습니다.

"저기, 그런 설정 같은 건 일단 제쳐두고, 대체 얼마나 있는 겁니까?"

"……뭐, 만든 수만이라면 50구 정도야."

"네? 정말로 50구뿐인가요? 밖에 있는 구울, 눈으로 대강 보기에도 100은 넘을 것 같은데요."

"그건 진짜야."

"그런 설정이란 거죠?"

"그게 아니라, 정말로 진짜 구울이라고. 예전에는 조잡하게 만들어진 걸로 했었는데, 최근 들어서 『리얼리티가 중요하다!』라는 말을 하면서 진짜 구울을 쓴 바보가 있었어. 그 녀석 탓에 구울이 국내에서 번식해버린 거야. 그 결과가 이거고."

"…………."

어째서일까요? 거짓말이라고 생각하고 싶은데, 어째선지 그녀가 거짓말을 하는 것처럼은 느껴지지 않았습니다.

"저기, 그런 설정, 이란 거죠……?"

"사실인데."

"…………에이, 왜 그러실까."

농담도 참.

그런 설정인 거죠? ……그렇죠?

"안타깝게도, 분명한 사실이야. 뭐하면 지금부터 밖에 있는 구울에게 물려볼래? 저 녀석들이 만들어진 게 아니라는 걸 몸으로 직접 깨달을 수 있을 거야."

"…………."

"그리고 몇 번이고 말했지만, 농담이 아니야."

"…………."

"우리들의 나라는 구울에 의해 멸망당했어."

가벼운 미소를 지어 보이며 안나 씨는 별것 아니라는 듯이 말했습니다.

믿을 수 없었습니다.

거리에 넘쳐나는 구울이 진짜라고요? 정말입니까?

일단 빗자루를 던져 버렸습니다.

○

그렇군요. 이 나라가 현재 처한 사정이란 것은 그다지 복잡하지는 않았습니다.

간단명료하게 말하자면, 이런 느낌.

지금으로부터 일주일 하고도 조금 전. 이 나라에 살던 한 마법사가 말했습니다.

"어째서 이 나라는 이런 가짜를 써서 장사를 하고 있는 거야? 진짜를 써. 진짜는 좋다고."

하지만 진짜를 썼다간 큰 참사가 벌어지는 것은 아닌가. 아니 애초에 구울을 잡는 법 같은 것도 모르고. 등등, 입을 모아 불만을 내뱉는 백성들에게 마법사 남자는 "걱정하지 마. 내가 엄청난 기술을 써서 진짜 구울을 복종시킬 테니까"라며 웃어 보였습니다.

그리고 다음 날. 남자는 구울을 몇 마리 데려왔습니다.

"자, 이것 봐! 이게 진짜 구울이다!"

백성들은 크게 기뻐했습니다.

"대단하다! 역시 마법사님이야!" "그렇구나…… 진짜 구울은 이렇게나 기괴한 모습인 거구나……." "확실히 우리 나라의 구울은 가짜였어." "진짜 구울을 쓰는 편이 분위기가 살 것 같아." "이의 없음."

환희하며 들끓는 백성들을 보며 남자는 크게 고개를 끄덕이고 말했습니다. 자신의 생각대로 되어 우쭐했습니다.

남자는 구울의 입에 양손을 처넣어 억지로 벌리며 말했습니다.

"참고로 이 구울 녀석들은 이빨을 전부 뽑아두었다. 구울은 살아 있는 사람을 물어서 감염시키잖아? 이렇게 하면 감염 따위 되지 않아! 즉, 구울에게 습격당할 걱정 없이, 진짜 구울을 쓸 수 있게 되는 거지! 게다가 구울은 밥을 주지 않아도 쭉 살아갈 수 있어! 그러니까 유지비는 들지 않아! 어때? 이렇게 좋은 얘기는 없을걸?"

백성들은 역시 크게 기뻐했습니다.

"대단하다! 역시 마법사님이야!" 이하, 앞과 같은 느낌으로 환성이 울려 퍼졌습니다.

물론 남자는 더욱 의기양양해졌습니다.

구울에게 팔을 내밀고, 거기에 더해 자신의 목을 물게 하며 큰 웃음을 터뜨렸습니다.

"봐! 무슨 짓을 당해도 의미 없다고! 상처 없음! 어때? 완벽하잖아?! 하하하하하하핫!"

그리고.

『아…….』『우…….』『오…….』

이 나라는 구울투성이가 되었습니다. 끝.

대체 무슨 일이 벌어진 것인가 하면, 즉 마법사 남자에게 이빨을 박아 넣지 못하는 것으로 보였던 구울의 물어뜯기가, 의외로 효과가 있었다고 합니다. 점막만으로도 충분하고도 남을 정도.

제아무리 완벽해 보여도, 계획에 허점은 반드시 따라붙는 법이지――라고 안나 씨는 이야기를 마무리했습니다.

"……즉 등장인물 전원이 바보라고 이해하면 되겠습니까?"

이제 그런 느낌의 감상밖에 들지 않습니다.

"그 해석에는 잘못된 부분이 있어. 왜냐하면 나는 바보가 아니거든."

안나 씨가 그렇게 말했습니다.

"……뭐 그건 어찌 되든 상관없습니다만. 즉 폭발적으로 퍼져간 구울 감염에서 겨우겨우 살아남은 마지막 두 사람이라는 건가요?"

"그 해석에도 잘못된 부분이 있어. 살아남은 건 우리뿐만이 아니야."

"그 말씀은?"

제가 고개를 갸웃거리자 안나 씨는 설명을 해주었습니다.

"뭐, 확인된 것만 해도 지금 현재 백 명 단위로 살아남은 녀석들이 존재해. 창문에서 한번 봐봐. 여기에서라면 살아 있는 녀석들이 남긴 메시지가 보일거야."

그리고 제 등 뒤에 있는 깨진 창문을 가리켰습니다.

돌아보자 맑게 갠 하늘이 펼쳐져 있었습니다. 와아, 날씨 좋다.

"……흐음."

창문을 통해 스러져버린 마을을 바라보니, 과연 그녀가 말하고자 하는 바가 이해되었습니다.

마을을 날아다니던 때는 눈치채지 못했었지만, 길 곳곳에『살려줘!』『살아 있어요』『아이가 있습니다. 구조해주세요』등등의 글이 적힌 간판이 내걸려 있었습니다.

"마법사 남자가 진짜 구울을 데려왔던 날은, 평범하게 손님도 들어와 있었어. 즉, 그날 방문했던 손님들도 구울이 됐다는 뜻이지."

"그렇군요."

"아직 생존자가 있는 동안에, 어떻게든 간판이 걸린 곳을 전부 방문해서 사람들을 도와주고 싶은데……."

"……무척 어려운 일일 것 같군요."

저는 시선을 내렸습니다.

엄청난 수의 구울들과 눈이 마주쳤습니다. 우와아.

진절머리를 내며 바로 아래 있는 구울들과 서로 노려보고 있는 저를 향해 안나 씨는 빙긋 웃어 보였습니다.

"아니, 저 구울 놈들을 돌파하는 건 간단해."

"저 정도 수를 말인가요? 어떻게 말이죠?"

고개를 갸웃거리고 있을 때, 잘그락잘그락 하는 잡음이 우리 사이에 끼어들었습니다. ……갑옷 씨가 왔다는 의미입니다.

"우리는 말이지, 아직 이 나라가 제대로 기능하고 있을 무렵에는 구울의 생태를 연구하던 학자였어. 참고로 안나는 그중에서도 꽤 높은 위치라서, 구울 장인이라는 이명을 갖고 있을 정도였지."

"어찌 되는 상관없습니다만, 당신은 어째서 갑옷 같은 걸 입고 있는 건가요?"

"멋있잖아?"

"대단합니다." 냄새가.

"그렇지? 그래서 안나 말인데――."

갑옷 씨의 말에 따르면, 이전까지 이 나라에서 유통했던 가짜 구울을 제작했던 인물이 바로 안나 씨였다고 합니다. 구울의 습성 따위를 일단 전부 알고 있다고도 하는군요.

안나 씨는 별것 아니라는 듯 "흥" 하고 코웃음을 쳤습니다.

"뭐, 건물 바로 아래를 가득 메울 정도의 샘플이 있으면, 구울 대책 같은 건 간단하게 만들어낼 수 있거든. 그런고로, 이런 걸 만들어봤지."

그렇게 말하면서 자그마한 병 하나를 저를 향해 내밀었습니다.

"……그건 뭔가요?"

분무기가 달린 병 안에는 검붉은 액체가 찰랑찰랑하게 채워져 있었습니다. 어쩐지 더러운 느낌입니다. 겉보기에도 냄새가 날 것 같습니다.

"이건 구울 퇴치 향수야. 저 녀석들은 절대 서로를 먹지 않거든. 그래서 동료와 같은 냄새가 나면 혹시 구울을 피할 수 있지 않을까 생각했지. 코도 그다지 좋지 않으니까, 세세하게 구분하지 못할 거야. 그런 생각의 결과 만들어진 게 이 향수지. 이걸 쓰면 냄새가 나는 동안은 구울에게 습격당하지 않게 돼. 완벽하지."

"……호오, 그거 대단하군요."

"즉, 일확천금의 기회인 거지. ……후후후."

"…………."

상인 혼의 억척스러움과 뻔뻔함은 나라가 멸망해도 사라지지 않는군요. 처음 알았습니다.

그녀가 마법사 남자라는 이와 같은 부류의 인간이 아니길 바랄 뿐입니다.

"이런, 뭐야. 설마 믿지 않는 거야? 안심해. 효과는 이미 증명되었어. 향수를 뿌린 상태로 우리 둘이 나란히 거리를 돌아다녀 봤는데, 구울 놈들은 우리를 눈치채지 못했어. 나는 마법사 남자 같은 실수는 안 해."

………….

"그렇다면 그대로 마을 곳곳에 숨어 있는 사람들을 구하러 갔으면 되는 거 아닌가요?"

"그럴 수 없는 이유가 하나 있어. 거리에 나갔을 때, 성가신 사실을 알아냈거든."

향수병을 쥔 채 낙담한 모습으로 그렇게 말한 안나 씨의 다음 말을 갑옷 씨가 이어받았습니다.

"이 나라에 구울을 들여온 마법사 구울이 말이지, 말도 안 되게 강해."

"……무슨 말씀인지?"

"아무래도 예상하지 못했던 변이가 일어난 모양인지, 그 남자 구울은 다른 구울들보다 훨씬 강해. 덤으로 향수도 듣지 않아. 구울 무리 속에 숨어도 냄새를 찾아내서 쫓아오더라고. 제기랄!"

발을 구르는 갑옷 씨. 시끄러워라.

"젠장…… 적어도 그 마법사 남자만 어떻게 할 수 있으면……! 그 녀석만 없으면……! 우리는 사람들을 구하러 갈 수 있는데……!"

슬쩍슬쩍 제 반응을 살피는 안나 씨. 약아빠졌군요.

………….

어라? 혹시, 저 이용당하는 건가요?

안 좋은 예감을 재빠르게 포착한 저를 무시하고, 안나 씨는 말을 계속했습니다.

"그 마법사 구울은 체격이 우락부락하고, 어째선지 상반신 알몸에 덤으로 양손에 검을 쥐고 있는 구울 같지 않은 강적이야. 우리들도 흉내를 내서 검을 들어봤지만, 이길 가망성은 없었어. 적어도 멀리서 저격할 수 있는 녀석이 있으면 말이지. 압승일 텐데 말이지. 사람들을 도우러 갈 수 있을 텐데 말이지."

안 좋은 예감이 적중했습니다. 그리고 동시에.

"……음?"

이상한 우연이 일어났습니다.

어라?

으으음?

체격이 우락부락? 상반신 알몸? 양손에 검?

어디선가 본 적 있는 외모입니다. 구체적으로 말하자면, 입국 직후쯤에.

"……저기."

저는 총총총 달려가 조금 전 던져버렸던 빗자루를 주워 들었습니다. 그리고 빗자루 끝에 달린 둥그런 모양의 천을 벗겼습니다.

"혹시, 마법사 남자란 게 이런 얼굴인가요?"

천에서 풀려난 구울……의 머리는 입에 가득한 돌멩이를 토해내며『으아……』하고 두 사람을 향해 인사를 했습니다.

"…………." "…………."

두 사람은 입을 다물고 서로를 바라보았습니다.

그리고 짝! 하고 기분 좋은 소리를 내며 한쪽 손으로 하이파이브를 했습니다.

"너 정말 최고다."

"자주 듣습니다."

안나 씨의 말에 저는 그렇게 대답했습니다.

참고로 말하자면 장거리가 아니라 제로 거리에서 해치웠습니다.

○

출발 직전에 안나 씨는 자신과 갑옷 씨에게 향수를 칙칙 뿌렸습니다.

"알겠어? 작전은 이래. 우선 향수를 뿌린 우리가 마을로 나간다. 마녀님은 하늘 위에서 지시를 내려준다. 거기서는 구조를 기다리고 있을 법한 집의 위치가 잘 보이겠지?"

그렇다고 합니다.

구울 퇴치 향수의 냄새로 말할 것 같으면 그건 정말 어마무시하다고 말할 수 있을 정도로, 토사물을 흩뿌리게 되는 건 아닐까 싶을 만큼 고약했습니다.

"우웨에에에에에에에에에에에엑…….."

참고로 갑옷 씨는 실제로 토사물을 흩뿌렸고 발치가 질척질척했습니다. 으아아.

"그럼 마녀 씨. 다음은 당신 차례야."

"아, 죄송합니다. 저는 이게 있으니까 괜찮습니다."

저는 빗자루에 달린 구울을 내보이며 안나 씨의 말을 거절했습니다.

그런 어중간한 느낌으로 구조 활동을 시작했습니다.

"저 모퉁이를 돌면『살려줘!』라고 쓰인 집이 보입니다. 그리고 그 길에는 구울이 다섯 구."

저는 지시를 내렸고.

"알았어."

두 사람은 고개를 끄덕이며 길을 나아갔습니다.

놀랍게도 정말로 향수의 효과가 있었는지, 구울들은 두 사람을 전혀 눈치채지 못했고, 그저 스쳐 지나가는 두 사람을『아……』

하고 지나쳐 보낼 뿐이었습니다.

그래서 두 사람은 어렵지 않게 숨어 있던 주민들을 구할 수 있었습니다.

"고마워! 설마 구하러 와줄 거라고는 생각 못 했어!" "당신들 냄새 나는데."

숨어 있던 커플이었습니다.

서로를 끌어안는 두 사람을 향해 안나 씨는 가차 없이 향수를 뿌렸습니다. 커플은 토했습니다.

구조 활동은 그런 느낌으로 계속되었습니다.

제가 하늘에서 지시를 내리고 무시무시한 냄새가 나는 사람들을 이끌며, 구조를 했습니다.

하지만 구해낸 사람들로 말할 것 같으면—— 아니, 지금에 이르기까지 살아남아 있던 사람들로 말할 것 같으면 하나 같이 구제불능인 습성을 가진 사람들뿐이었습니다.

예를 들면,

"헤헤…… 이게 마지막 한 병인가…… 헤헤헤……."

하는 느낌으로 술에 절어 있는 사람이거나.

"크윽…… 이 구울 놈들은 내가 해치운다! 너희들은 어서 가!"

라는 말을 갑자기 꺼내는 이상한 사람. 아니, 저희가 구조하러 온 건데 무슨 소립니까?

"구울 같은 건 상대가 안 되지, 솔직히." "완전 쉽지. 움직임 굼뜨잖아." "구울한테 쪼는 녀석은 진짜 겁쟁이라고." "예에!"

예에 예에 하고 시끄러운 경박한 젊은이 집단도 발견했습니다.

왜 살아 있는 건지 너무 신기합니다.

"없어졌어! 나의 마돈나가 어제부터 행방불명이야! 마돈나아아아아!"

그리고 사라진 개를 찾는 돈 많아 보이는 아줌마도 있었습니다. 이런 사람들은 있어봤자 아무런 도움이 안 되는 데다, 절대로 뭔가 쓸데없는 짓을 벌일 게 틀림없습니다. 그래서 저는 그들을 데려가는 걸 반대했습니다만, 결국 따라왔습니다.

"싫어, 나, 무서웡. 이제 구울 같은 건 싫엉."

그 외에도 목소리를 듣는 것만으로도 귀가 썩어버릴 정도로 콧소리를 내는 여성 등도 있었습니다. 물론 구하고 말았습니다. 거기에 더해 향수를 뿌렸더니 토사물 범벅이 되었습니다. 꼴좋습니다.

"…………."

그렇게.

어느 틈엔가 우리가 구해낸 사람들의 수는 수십 명을 넘었습니다.

어째서인가요? 보통은 벌써 죽었어도 이상하지 않은 이상한 사람들이 노린 것처럼 살아 있는 듯한 느낌입니다.

물론, 구조 활동에 전부 빠짐없이 성공한 것은 아닙니다. 우리가 구하러 갔을 때는 이미 늦은 사람들도 있었습니다.

"어이! 도와주러…… 왔……."

『아아아아…….』『우우…….』

기세 좋게 문을 연 안나 씨를 정중하게 맞이해준 것은 이미 구울이 된 사람들. 약 열 명 정도.

"……쳇. 꽝인가."

뭔가가 마음에 들지 않았는지 안나 씨는 짜증스럽게 혀를 찼습니다.

그녀와 사람들이 이상해진 것은 그 무렵부터였습니다.

"……또 꽝인가."

구울이 된 주민을 발견할 때마다, 구조한 인원이 늘어날 때마다 그들의 태도는 거만해졌습니다.

"어이 어이. 이미 구울이 되었잖아. 일단 사냥해둘까."

결국에는 구조하러 간 집에 구울이 있으면 그들을 베기 시작했습니다.

그리고.

"으야아아아아아아압. 구울이다아아아아아아아아아아아! 잡아! 한 마리도 놓치지 마!"

최종적으로는 폭주하기 시작했습니다.

"…………."

이제 어느 쪽이 구울인지 알 수 없게 되었습니다.

일단 구울을 사냥하는 사람 퇴치 향수라도 있었으면 좋겠다고, 저는 생각했습니다.

○

살아남은 수십 명은 문 앞에 모였습니다.

©Azure

잔해 위에 선 안나 씨가 그들을 내려다봅니다.

"이 문을 빠져나가면 바깥 세계로 돌아갈 수 있다. 도망치고 싶은 녀석은, 지금 당장 도망치면 된다."

안나 씨의 옆에 선 갑옷 씨는 그녀의 말을 이어받았습니다.

"우리는 이대로 이곳에 남아 부흥을 해나갈 생각이다. 우리의 고향을 이대로 구울의 근거지로 내버려 둘 수는 없으니까. 테마파크로 되살릴 생각이다."

"혹시라도 너희들 중에 우리와 함께 이 나라를 다시 만들어 나아가고 싶은 녀석이 있다면, 부디 힘을 빌려주길 바란다. 우리와 함께 최고의 테마파크를 만들어보지 않겠는가? 협력하고자 하는 자는 손을 들어주길 바란다."

주변은 순간 고요해졌습니다.

인간이 아닌 생물이 배회하며, 사람들 사이를 빠져나가면서 『우아……』하고 신음하는 가운데, 마침내 한 남자가 손을 들었습니다.

"저, 저기…… 당신들을 위해서 일하면 그 향수도 주는 건가?"

누군가 했더니, 술에 절어 있는 남자였습니다.

안나 씨는 바로 고개를 끄덕였습니다.

"물론이다."

"그럼 할게! 헤헤…… 이제 그 향수 냄새가 익숙해져서 말이야…… 없으면 안 될 것 같아…… 헤헤헤…….."

뭔가 위험한 사람이 되어 있습니다. 원래 위험한 사람이었을지도 모르지만.

그를 시작으로 하나둘 안나 씨의 제안에 찬동하는 사람들이 나타났습니다.

"나도 할게! 아직 마돈나를 찾지 못했으니까!"

개를 찾는 부자 같은 아줌마라든가.

"나도 갈겡."

콧소리를 내는 여성이라든가.

"예에!"

그리고 경박한 젊은이 집단도 찬동하고 나섰습니다. 아마도 그들은 딱히 아무런 생각도 없을 겁니다. 그 자리의 분위기에 모든 걸 맡겨버린 게 틀림없습니다.

결국.

그 자리에 있던 모든 사람이 손을 들었고, 안나 씨의 제안을 수락했습니다.

"해냈어, 안나! 이 정도의 수가 있으면 분명 이 나라는 원래대로 돌아갈 수 있을 거야!"

그 상황에 갑옷 씨는 무척 기뻐했습니다.

"후후후…… 이걸로 부흥에 성공해서 나라를 되살리면, 나는 억만 장자…… 후후후……."

안나 씨는 중얼중얼 이상한 말을 중얼거렸습니다.

……돈의 망자로군요.

그 나라를 나오기 직전에 안나 씨에게 부탁해 구울 머리를 빼냈습니다.

"결국, 이 나라에서 나가는 건 당신뿐이군."

안나 씨는 맨손으로 구울 머리를 빼내서 내던졌습니다.

지면에 떨어진 머리는 경박한 젊은이 집단 앞에 떨어졌고, 그들은 예이 예이 소리치며 그 머리를 마구 찼습니다.

으아아.

"오늘 안으로 나가기로 한 게 정답이었던 것 같네요."

"괜찮으면 한 달 정도 후에 다시 와줄래? 분명 우리나라는 원래대로——— 아니, 이전보다 더 좋은 나라가 되어 있을 거야."

"…………."

저는 침묵으로 답한 후, 그녀의 등 뒤로 시선을 돌렸습니다.

깨닫고 보니 살아남은 자들 전원이 참가해 머리를 차고 있습니다. 저는 이제 그 모습을 바라보는 걸 그만두기로 했습니다.

"뭐, 마음이 내키면 다시 올지도 모르죠."

결국 오겠다는 것도 오지 않겠다는 것도 아닌 두루뭉술한 대답을 해둔 채, 저는 그 나라를 나왔습니다.

하지만 뭐, 결국은 다시 와보게 되겠지요.

오래 전부터 기대했었던 이 나라에, 저는 아직 입국조차 하지 못했으니까요.

○

한 달 후.

저는 같은 길을 따라 같은 글자가 벽에 새겨진 나라로 향한 다음『OPEN』이라는 팻말이 걸려 있는 문을 열었습니다.

그리고 마찬가지로 빗자루에 올라 나라 안을 떠돌았습니다만.

이건 대체 어찌 된 일일까요?

『아아…….』『우아아아아…….』『예……이.』『아바아…….』『우에에에…….』

……어찌 된 걸까요?

"엄청 망했잖아……."

엄청 망해 있었습니다.

정확하게 말하자면, 눈에 익은 분들이 빠짐없이 구울로 변해 있었습니다. 안나 씨라든가, 갑옷 씨(이름 까먹었습니다)라든가, 부자 같아 보이는 아줌마라든가, 예이 하던 사람들이라든가, 술 냄새 나던 아저씨라든가, 커플이라든가.

한 사람도 빠짐없이 구울이 되었습니다.

"저기…… 어째서?"

놀라 벌어진 입이 다물어지지 않았습니다. 제가 떠난 한 달 사이에 무슨 일이 있었던 겁니까.

『아아…….』『우에에에…….』『아아아아…….』『오에에…….』

놀란 상태로 잠시 그들의 모습을 관찰하고 있으려니, 안나 씨 구울이 예의 그 향수를 갑옷 씨에게 건네고, 대신에 갑옷 씨에게 한 권의 노트를 받았습니다.

커다란 글씨로『갑옷 일기』라고 쓰여 있는 노트였습니다.

저는 공중에서 바로 그 노트를 낚아챘습니다. 『아……』하고 슬픈 듯한 목소리를 내는 안나 씨 구울을 무시하고, 다시 하늘로 올라갔습니다.

일기를 읽어보면 한 달 사이에 무슨 일이 있었는지 정도는 알 수 있을지도 모른다고 생각했던 것입니다.

"…………."

그런 연유로.

저는 일기를 펼쳤습니다.

○월 ×일

오늘도 내 갑옷 상태는 최고다. 특히 이 반짝임이 멋지다. 구울 연구를 팽개치고 갑옷에 목숨을 걸고 싶다. 갑옷 러브. 갑옷, 사랑해.

"아. 이런 건 필요 없어."

페이지를 넘깁니다.

○월 ×일

오늘, 마녀님 덕분에 이 나라는 부흥의 첫 걸음을 내디딜 수 있게 되었다.

안나도 무척 기뻐했다.

오늘은 부흥을 미리 축하하는 연회를 열었다. 그리고 예의 마법사 남자의 머리는 공으로 쓰기에 최적이었다. 또, 개를 찾는 아줌마가 어딘가로 사라졌다. 뭐, 괜찮겠지.

○월 ×일

부흥을 위한 준비를 시작한 지 사흘이 지났다. 모두들 의욕이 넘친다. 안나는 연구에 몰두하고 있고, 나는 나대로 어트랙션 작성으로 바빴다. 다른 사람들도 자신이 할 수 있는 범위 내에서, 할 수 있는 일을 하고 있다. 아줌마는 여전히 행방불명이지만, 뭐 어찌 되든 상관없지.

○월 ×일

개를 찾으러 갔던 아줌마가 구울이 되어 돌아왔다. 아마도 향수가 바닥났던 거겠지.

○월 ×일

큰일이 생겼다.

어트랙션 준비 중에 젊은이 집단이 구울에게 물렸다. 인간 구울이 아니다. 개 구울이다. 게다가 목에 『마돈나』라는 이름표가 달려 있는 녀석이었다.

아무래도 개 구울에게 안나의 향수는 효과가 없는 모양이다. 구울의 냄새에 뒤섞인 인간 냄새를 알아낼 수 있는 것 같다.

부흥을 위해 함께 준비하던 동료들이 계속해서 물렸다. 안나도 당했다. 이제 남은 건 나뿐이다. 최악이다.

참고로 나는 갑옷을 입고 있던 덕분에 무사했다. 물려도 개의 송곳니로는 갑옷을 뚫을 수 없기 때문이다.

입고 있길 잘했다. 갑옷.

일단 내일 아침이 되면 도망치자. 오늘은 이제…… 졸려…….

○월 ×일
자다가 당했다. 설마 개 따위가 투구를 벗겨낼 수 있을 줄은 꿈에도 생각하지 못했다. 최악이다.

○월 ×일
……큰일 났다.

일기는 거기서 끝났습니다.

아무래도 그런 일이 있었던 모양입니다. 제아무리 완벽해 보여도, 계획에 허점은 반드시 따라붙는 법──이라는 건, 분명 안나 씨가 했던 말입니다.

그녀 안에서도 분명 구울 퇴치 향수를 만든다고 하는 계획은 완벽한 것이었을 테죠.

하지만, 그 계획은 예상치 못한 형태로 무너지고 만 모양입니다.

『아아아아…….』『예……이.』『우에에…….』『아아아아아…….』
『브아아아…….』

그럼,

구울이 된 안나 씨는 조금 전부터 무얼 하고 있는가 하면, 아무래도 구울들을 상대로 장사를 하고 있는 것 같습니다.

구울들에게서 노트, 썩은 고기, 의류 등을 받고 대신에 상자 가득 담겨 있는 예의 그 향수를 건네고 있습니다.

아무래도 구울 냄새가 나는 향수는 구울들에게 호평을 받고 있는지, 향수를 받아 든 구울들은 하나같이 그걸 자신에게 뿌리고서 『아아아아……』 황홀한 표정을 지으며 침을 흘리고 있습니다.

"…………."

상인 혼의 억척스러움과 뻔뻔함은 죽어도 사라지지 않는가 봅니다.

○

곧바로 저는 그 나라를 떠났습니다.

특별히 아무것도 하지 않고, 그저 그들의 말로를 바라본 후 나왔습니다. 쭉 기대했던 나라에 간다는 바람은 마지막까지 이뤄지지 않았지만, 대신에 무척이나 이상한 걸 볼 수 있었습니다.

앞으로 이 나라는 되살아난 죽은 자들의 나라로서 세계의 구석에서 조용히 움직여가겠지요.

그곳에 살아 있는 인간은 이제 필요 없습니다. 그들만의 낙원으로 존재할 겁니다.

그래서 저는 그들을 그들만의 세계에 머물 수 있게 해주기 위해——관여했던 자로서의 책임으로——커다란 문 옆에 있는 자그마한 문 앞에서 빙글 손바닥을 돌렸습니다.

간판을 『OPEN』에서 『CLOSED』로.

모래색 속살을 그대로 드러낸 야트막한 산이 이어져 있습니다.

황량한 산줄기에는 자그마한 나무와 식물들이 반점처럼 드문드문 한데 모여 자라고 있어, 부족하나마 색을 더해주고 있었습니다. 하지만 하늘이 잿빛으로 물든 탓인지 그것들도 전부 그림자 속으로 완전히 가라앉아 있습니다.

그런 쓸쓸한 광경 속을 한 소녀가 빗자루를 타고 날아가고 있었습니다. 검은 로브와 삼각 모자, 별을 본뜬 브로치라는 마녀다운 차림을 한 마녀는 문자 그대로 마녀이며 여행자이기도 했습니다.

구름과 같은 색깔을 한 그녀의 머리카락은 모래가 섞인 건조한 바람에 흔들렸고 유리색 눈동자는 나아가는 저 멀리를 향하고 있었습니다.

나라의 모습은 보이지 않습니다.

하지만 묘한 것이 시야 안에 들어왔습니다. 참상이라고도 할 수 있는 그 광경을 멍하니 바라보는 그녀는 대체 누구인가.

그렇습니다. 바로 저입니다.

"…………."

나아가야 할 방향에 있던 것은 사람 하나를 통째로 삼킬 수 있을 정도로 커다란, 여우를 닮은 생물——분명 큰 여우라 불리는 종류의 생물이었을 겁니다——의 시체에 몰려든 여러 남녀의 모습이었습니다.

257

쓰러져 있는 큰 여우의 등에 올라 모래색 털을 뜯어내거나, 털이 북슬북슬한 꼬리에 톱을 대고 있거나, 커다란 입을 억지로 벌려 이빨을 뽑는 등. 그들은 시체에서 뿜어져 나오는 검고 진득한 피에는 전혀 개의치 않고, 큰 여우 시체를 덮치고 있었습니다.

"오늘 사냥감은 크네"라든가, "이 정도나 되면 괜찮은 가격을 받을 수 있을 거야"라며 즐거운 듯 이야기를 나누면서.

그들의 표정은 성취감으로 가득해 보였습니다.

"…………."

저는 빗자루의 속도를 늦추어 그들 근처에 멈추었습니다. 어쩐지 그냥 지나쳐갈 마음이 들지 않았기 때문입니다.

게다가 확인해두고 싶은 것이 있었습니다.

빗자루에서 내리자, 발치에서 모래 먼지가 살짝 일었다가 사라졌습니다. 그들이 제 존재를 눈치챈 것도 마침 그 타이밍이었습니다.

"……?"

그들은 손을 멈추고 모두 이쪽으로 고개를 돌렸습니다. 그리고 곧 큰 여우 위에서 검을 움직이고 있던 남자가 입을 열었습니다.

"여어, 뭐지? 우리한테 뭔가 용건이 있나?"

그 말에서 적의나 경계심은 느껴지지 않았습니다. 조금 안심했습니다.

저는 그 자리에 있는 모두에게 들리도록 숨을 들이쉬고,

"저기, 길을 가르쳐주셨으면 하는데요."

하고 큰 소리로 말했습니다.

"그런가. 미아였나. 가출이라도 한 건가?"

"저, 여행자입니다."

"호오. 그래서, 미아인가?"

"……뭐."

인정하고 싶지는 않지만, 여기가 어디인지 전혀 알 수 없었습니다. 완만한 지형이라 멀리까지 탁 트여 있기는 해도 어디로 가야 할지 보이지 않습니다. 게다가 근처에 물이 그다지 많지 않은 곳이라 애초에 나라 수가 적었습니다. 생활하기 힘드니까요.

그래서 건조한 지대는 나라와 나라 사이의 거리가 아주 먼 것도 흔합니다.

며칠 동안 노숙을 하게 되는 일도 있습니다. 경우에 따라서는 방향 감각을 잃고 이상한 곳까지 날아가 버리는 일도 있지요.

그것만은 피하고 싶었기 때문에, 이렇게 한창 사냥 중에 방해를 하게 되었습니다.

큰 여우 위의 남자는,

"하핫! 그런가. 그런데 마녀님, 안타깝게도 우리도 이 근처는 잘 몰라. 타지 사람이거든."

이라며 저를 절망의 구렁텅이로 밀어 넣는 말을 뱉었습니다.

"하지만, 여기서 제일 가까운 나라라면 알고 있어. 가르쳐주지."

그리고 그런 말을 덧붙이며 웃어 보였습니다.

멋진 미소였지만 얼굴과 검과 옷이 전부 피범벅이었던 탓에 묘하게 무서운 광경으로 보였습니다.

히이익.

○

여기에서 가장 가까운 위치에 있는 나라에 관해 가르쳐준 것은 큰 여우의 입에 손을 처넣고 있던 언니입니다. 갈색 피부와 윤기 있는 검은 머리카락을 가진 아름다운 사람이었습니다.

"저기, 우선 우리가 있는 곳이 여기인데———."

저는 근처에 있던 적당한 바위 위에 지도를 펼쳐놓고, 그녀는 손가락으로 지도를 짚었습니다.

직전까지 시체 입에 손을 처넣고 있었기 때문인지, 그녀에게서는 엄청난 향기가 떠돌고 있었습니다. 파리가 꼬이고 있는데 괜찮습니까?

"그러니까 여기서 제일 가까운 건 이 나라야."

꾸욱꾸욱 손가락으로 지도를 누르는 그녀.

"아."

저는 입으로 숨을 쉬면서 다음을 재촉했습니다.

"당신 빗자루가 어느 정도의 속도인지는 모르겠지만, 마차로 가면 대체로 하루 정도려나?"

"호오."

그럼 몇 시간이면 도착하겠군요. 다행입니다.

"여기서 그 나라 사이에는 산도 없으니까, 똑바로 쭉 가면 도착할 수 있어. 이런 느낌으로."

쭈우우욱.

"헤에."

"……아까부터 호흡이 거친데, 괜찮아?"

"아, 신경 쓰지 마세요."

저는 고개를 끄덕이며 말을 이었습니다.

"그래서, 여기에서 어느 쪽으로 향해 가면 되나요?"

그녀는 지도와 주변을 몇 번인가 비교해 보았습니다.

"어디…… 아, 이쪽이야. 이쪽으로 나아가면 될 거야."

저 멀리를 가리키며 미소 띤 얼굴로 저를 바라보았습니다.

그렇게.

그런 느낌으로 제 미아 문제는 아주 간단하게 해결되었습니다.

"감사합니다. 덕분에 오늘 중으로 다음 나라에 도착할 수 있을 것 같아요."

"됐어, 뭘. 길을 가르쳐주는 정도는 별로 어려운 일도 아닌걸."

엄청난 냄새와 파리와 사람 좋은 분위기가 뒤섞인 혼돈의 그녀 뒤에서는 그녀의 동료들이 한창 작업을 하고 있는 중입니다.

가죽을 벗기고 나르고 그리고 꼬리를 잘라내고 있습니다.

"저 사람들은———이라고 할까, 당신들은 뭘 하고 있는 건가요?"

"응? 사냥인데?"

보면 몰라? 라고 말하고 싶은 분위기입니다.

"저거, 큰 여우 맞죠?"

"맞아. 본 적 있어?"

"일단 살아 있는 모습은 본 적 없습니다."

사람을 잡아먹을 정도의 맹수라는 이야기는 들은 적 있습니다.

"저 큰 여우 털이랑 이빨은 고가로 팔리거든. 그래서 우리는 이 땅에서 사냥을 하고 있는 거지."

"호오."

"그리고 번 돈을 가지고 돌아가서, 고향의 동료들을 도울 거야."

"······?"

뜻밖의 전개에 고개를 갸웃거리는 저에게 그녀는 사정을 이야기해주었습니다.

이야기에 따르면, 그녀 일행은 역병이 만연하는 고향을 구하기 위해서 여기까지 온 여행자라고 합니다.

큰 여우를 사냥한 다음 그 털과 이빨을 근처의 대국에 팔아서 역병을 치료할 약을 살 돈을 벌고 있다고 합니다.

이 근방에 뿌리를 내리고 있던 큰 여우 무리를 차례차례 사냥하는 그들의 활약은 주변 나라에 순식간에 퍼졌고, 깨닫고 보니 근방의 나라들이 이 일대의 큰 여우를 전부 없애달라는 임무를 맡기는 데에까지 이르렀다고 합니다.

아무튼 고향을 떠난 지 3개월 만에 상당한 금액을 벌었다고 그녀는 자랑스럽게 이야기했습니다.

그리고 벌어들인 돈을 써서 고향에서 괴로워하는 동료들을 구하고 싶다고도 했습니다.

그녀는 근처에 세워둔 마차에서 자루를 가져오더니 제 손 위에 놓았습니다. 묵직한 감촉이 손 위로 퍼졌습니다.

안에는 대량의 가루가 들어 있었습니다. 아마도 약일 테지요.

"이건 약이야."

예상대로였습니다.

"저기 마녀님, 길을 가르쳐준 답례……라는 건 아니지만, 여행을 하는 길이니까 가능하다면 부탁을 좀 하고 싶은데."

"무슨 부탁인가요?"

저는 고개를 갸웃거렸습니다.

"혹시 당신이 여행 도중에 우리 고향에 가게 된다면, 이걸 촌장님에게 전해주지 않겠어? 우리는 여기서 조금 더 사냥을 해야만 하거든."

"저 같은 여행자에게 맡겨도 괜찮은 건가요?"

"당신은 나쁜 사람이 아닌 것 같으니까."

"……사람이 너무 좋군요."

뭐, 딱히 슬쩍하지는 않겠지만. 저한테는 쓸 데도 없는 물건이니까요.

게다가 길을 가르쳐준 은혜도 있습니다.

"거기가 어디인지 가르쳐주시겠어요?"

저는 말했습니다.

그러자 그녀는 크게 감격했습니다.

"고마워! 정말로 큰 도움이 될 거야! 저기, 우리나라는——."

그녀는 다시 지도를 보기 시작했습니다.

그리고 몇 초 후.

그녀는 얼굴을 찡그리고 지도 위로 손가락을 움직였습니다.

"어라? 안 쓰여 있어. 이 근처일 텐데———."

빙글빙글.

그녀의 손가락이 가리킨 곳은 지도의 끝.

그곳은 한 번 방문한 적이 있는 장소였습니다.

………….

"죄송합니다. 저 그쪽으로는 가지 않아요. 이대로 제일 가까운 나라에 도착하면, 그 다음에는 당신들의 고향과 반대 방향으로 날아갈 생각이거든요."

저는 평정을 가장하며 말했습니다.

"그렇구나……."

"죄송합니다. 길을 가르쳐주셨는데."

"그건 딱히 신경 쓰지 않아도 돼——— 나야말로 미안. 너무 뻔뻔한 부탁이었지?"

"………….''

저는 낙담하는 그녀의 손에 약이 담긴 자루를 돌려주었습니다.

묵직한 무게감이 손에서 사라졌습니다.

"………….''

무슨 말을 해야 좋을지 망설였습니다.

"당신들이 무사히 고향으로 돌아갈 수 있기를, 기도할게요."

저는 그런 어리석은 말을 하고 말았습니다.

그런 별 문제 되지 않을 법한 말밖에 할 수 없었습니다.

"고마워. 상냥하네."

그녀는 슬픈 듯한 미소를 지었습니다.

그 표정에 제 마음은 무척이나 아파 왔습니다.

○

그녀가 가리킨 곳에는 한 번 갔던 적이 있습니다.

지금으로부터 약 2개월 정도 전에.

이 근방의 지도를 손에 넣기도 전에.

"…………."

그녀 일행의 고향 마을은 우연히 지도에 실려 있지 않았던 것이 아닙니다.

이미 그곳에 존재하지 않기 때문입니다.

2개월 전에 방문했을 때, 그 장소에 있던 것은 엄청난 수의 시체. 수많은 큰 여우와 수많은 병사, 민간인의 시체가 잔해 더미와 함께 쌓여 있었습니다. 눈을 뜬 채 쓰러져 움직이지 않는 사람과 몸을 뜯어 먹혀서 내장이 쏟아진 자, 이제 사람의 형상을 하고 있지 않은 어떤 덩어리까지, 셀 수 없을 정도의 시신이 굴러다니고 있었습니다.

눈을 가리고 싶어질 정도로 처참한 현장이었습니다.

그러나 그곳에는 살아 있는 자의 모습도 있었습니다. 마을이었던 곳에서, 그야말로 조금 전에 본 그들처럼 큰 여우들의 시체에 몰려 있었습니다.

대체 무슨 일이 있었던 것일까요.

큰 여우에 몰려들어 있던 남자들은 제게 가르쳐주었습니다.

"우리는 주변 나라에서 파병된 병사다. 큰 여우가 이 근처에 출몰했다는 이야기를 듣고, 보내졌지."

"우리가 눈치챘을 때는 이미 늦었어. 보는 대로 이 마을 사람들은 전멸했다."

"어디 사는 멍청이가 큰 여우들을 고향에서 몰아낸 모양이야——— 원래 큰 여우는 이런 곳에서 서식하는 생물이 아니라고."

"그 바보 놈들 덕분에 우리나라까지 피해를 입고 있어. 정말로 한탄스러운 일이지."

"상인들에게 들은 이야기인데, 큰 여우만 남획하는 녀석들이 있다는 모양이야. 아마 놈들이 이 참상의 원흉이겠지."

"피해는 이 정도로 그치지 않을 거야. 사막으로 쫓겨난 큰 여우들은 점점 이 근처를 집어삼키고 있어. 우리들의 나라가 습격을 당하는 것도 시간문제일지 몰라."

그리고 병사들 중 누군가가 저에게 애원했습니다.

"저기, 마녀님. 혹시 여행하는 도중에 큰 여우를 사냥하는 놈들을 발견하면 우리에게 알려주지 않겠어? 그 멍청한 놈들을 죽이지 않는 한은 분이 풀리지 않을 거야."

매달리듯이 부탁하는 병사의 말에 저는 고개를 끄덕였습니다.

그때는 아직, 그녀 일행에 관하여 알지 못했기 때문에.

○

모래 먼지를 흩날리며, 저는 계속해서 빗자루를 타고 날고 있습니다.

친절하게 가르쳐준 그 길을 따라 계속해 나아갔습니다. 곧 다음 나라가 보일 겁니다.

아무것도 없는 쓸쓸한 풍경은 지금도 계속되고 있고 나라가 있을 법한 기미는 전혀 없지만, 멸망이라도 하지 않은 한은 나아가는 그곳에 분명 산 사람이 있을 겁니다.

....

결국, 저는 어느 쪽의 바람도 이뤄줄 수 없었습니다. 큰 여우에게 마을을 습격당해 피해를 입고 있는 병사들의 바람도, 고향을 위해 위험한 동물을 사냥하고 있던 그녀 일행의 바람도, 그 어느 쪽도 저는 들어줄 수가 없었습니다.

너무나도 슬픈 이 상황에서, 잔혹한 현실에서, 눈을 돌려버렸습니다.

누구 한 사람 행복하지 않았고, 앞으로도 누구 한 사람 행복해질 수 없는 그 현실은, 너무나도 허무했습니다.

하지만 어찌할 방법이 없습니다.

아무리 발버둥 쳐도 그들이 나아가는 그 끝에는 절망만이 기다리고 있을 뿐입니다.

슬픈 일입니다.

"……미안해요."

누구에게랄 것 없이 중얼거린 그 한마디는 너무나도 맑은 하늘 아래, 모래투성이가 되어 사라졌습니다.

저는 울고 있었습니다.

아직 인적이 많은 낮 시간. 오래된 마을의 큰길을 빗자루로 달려 빠져나가며 울고 있었습니다. 마주 불어오는 바람이 눈동자에서 눈물방울을 흩날리게 했습니다.

"기다려!" "저 마녀를 놓치지 마! 잡아라!" "살려 보내지 마!"

등 뒤에서 쫓아오는 것은 이 나라의 병사들. 마법사의 모습도 있었고, 빗자루에 타고서 저를 잡으려 하고 있었습니다.

하지만 적은 그들만이 아니었습니다.

"나한테 맡겨!" "젠장……! 조금만 더 하면 잡을 수 있었는데!" "놓치지 마! 쫓아! 쫓아라!"

모든 사람들이 저를 빗자루에서 끌어 내리려 하며 옆에서, 앞에서 달려들었습니다.

조금 전까지 고양이를 예뻐해 주고 있던 사람과 이야기꽃을 피우던 사람들, 혹은 쇼핑을 하고 있던 사람들, 그중에는 가게에서 일부러 나온 사람들까지. 남녀노소를 가리지 않고 달려들었습니다.

그때마다 저는 피했습니다.

이제 이 나라의 모든 이들이 저를 적으로 여기고 있습니다. 나라를 붕괴시킬 악당이라고 생각하고 있습니다.

안타깝게도 그것은 사실입니다만.

"크읏…… 으으으……."

눈물을 훔치고 앞을 바라보았습니다. 저는 평소보다 훨씬 상태가 안 좋은 모양입니다. 빗자루의 궤도가 무척이나 불안정했고, 제대로 곧장 나아가지를 못했습니다. 긴장을 풀면 바로 바닥과 격돌할 것만 같습니다. 빗자루를 쥐고 있는 오른손에 힘을 싣고, 억지로 궤도를 돌렸습니다.

여기저기서 몰려드는 사람들을 끊임없이 피하며, 저는 그저 빗자루를 계속 날게 했습니다.

왼손에 안고 있는 **그녀**는 저의 난폭 운전에 불쾌감을 느끼는지, "기분이 안 좋구나……"라며 저에게만 들릴 정도의 목소리로 중얼거렸습니다.

"참아주세요…… 저도 괴로운 걸 참고 있다고요."

호흡이 제대로 되지 않았습니다. 입으로 숨을 쉴 때마다 무겁고 뜨거운 무언가를 삼키는 듯한 기분 나쁜 감각이 느껴졌습니다.

그녀는 파랗고 동그란 눈동자로 저를 바라보며,

"뭐, 힘내거라. 저기 봐라, 문이 보이기 시작했다."

라고 말하더니 기쁜 듯이 "야옹" 하고 울었습니다. 그리고 다음 순서라는 듯이 제게 **뺨**을 대고 비볐습니다.

저는 더욱 울었습니다. 기쁨의 눈물인지, 아니면 다른 무언가 때문에 울고 있는 것인지, 과연 어느 쪽일까요?

"고양이신 님을 돌려줘!"

그런 목소리가 등 뒤에서 울려 퍼졌습니다.

제게 안겨 있던 그녀—— 고양이는 그것을 거절하듯이 다시 한 번 "야옹" 하고 울었습니다.

○

시간을 조금 거슬러 올라가기로 하죠. 시곗바늘을 그대로 두 바퀴 정도. 혹은 태양과 달의 회전을 한 바퀴 정도.

즉, 어제 이 시간까지.

"호오. 신기한 풍습을 가진 나라라고요?"

"예."

여행 도중에 방문한 마을에서의 일입니다. 아무 생각 없이 어디 재미있는 나라 없을까요? 라는 질문을 했을 때, 마을 사람은 그 나라에 관하여 알려주었습니다.

"어떤 식으로 신기하다는 건가요?"

"그건 저로서는 알 수 없는 일입지요. 안타깝게도 이 마을에서 그 나라로 갔던 자는 아무도 돌아오지 않고 있습지요."

"아, 죄송해요. 평범하게 말씀해주실 수 있을까요?"

"…………어떻게 신기한지, 저는 모릅니다. 다만 신기한 나라라는 것만은 확실합니다."

"호오."

그것참.

묘한 이야기로군요.

이야기를 들어보니, 몇 년 전까지만 해도 이 마을은 '시골스럽지만 좋다!'라는 선전 문구로 관광객을 불러들이고, 또한 시골에 가면 자유롭고 조용하고 다툼도 없는 한가롭고 멋진 생활을 할 수 있다고 착각한 바보 같은 도시인들을 이주시키는 것으로 돈을 긁어모아서, 주변에 불만을 사고 있었다고 합니다.

하지만 최근 들어 근처에 이상한 나라가 생긴 탓에 완전히 사람들이 찾지 않게 되었다더군요.

그 나라의 방식을 흉내 내볼 생각으로 공작원을 보냈지만, 공작원마다 그쪽으로 전부 넘어가 버렸습니다. 초조해진 마을 사람들은 "그럼 일단 말투로 시골스러움을 어필해볼까?"라는 안이한 캐릭터 설정으로 내달렸고, 마을은 더욱 방향을 잃고 말았다고 합니다.

아무래도 그런 사정인 모양입니다.

....

대체 얼마나 재미있는 곳이기에.

"그래서, 그 나라는 어떻게 가면 되나요?"

제가 묻자, 마을 사람은 억지로 쓰고 있는 고풍스런 말투로 친절하고 공손하게 가르쳐주었습니다.

낮의 하늘 아래, 마을에서 빗자루를 타고 서쪽을 향해 날아갔습니다. 평원 지대를 지나가고, 자그마한 다리가 걸린 강을 가볍게 건너가자 다시 비슷한 평원이 나타났습니다.

어디까지고 펼쳐져 있는 녹색 경치 속에 가늘게 뻗은 침엽수들이 보이기 시작했고, 서서히 평원에서 숲으로 모습이 바뀌었을 무렵에 그 나라는 슬쩍 모습을 드러냈습니다.

커다란 성벽은 최근 만들어진 나라인 것치고는 색이 바랬고, 덩굴로 덮여 있어 주변에 자연스럽게 녹아들고 있었습니다.

점점 수가 늘어가는 나무들을 피해가며 다가가자, 굳게 닫힌 철제문이 보였습니다. 그곳만이 새로 만들어졌는지, 묘하게 새것 같았습니다. 그렇기에 조화로운 경관 속에서 어울리지 못하고 붕 뜬 모습이었습니다.

빗자루에서 내리고 나라의 입구 앞에 서자, 문에 달린 자그마한 창문이 열렸습니다. 병사의 은색 헬멧이 이쪽을 살피고 있습니다.

"누구냐?"

"여행자입니다. 마녀입니다. 일레이나라고 합니다."

"이 나라에는 무슨 용건이지?"

"여기에 멋진 나라가 있다고 들어서 와봤습니다. 괜찮다면 며칠 머물고 싶은데요."

병사는 가볍게 고개를 끄덕였습니다.

"……좋다. 하지만 이 나라에 들어가려면 질문에 답을 해야 한다."

그리고.

"고양이님은 좋아하나?"

그렇게, 예비 동작도 없이 갑자기 질문을 날렸습니다.

"저기, 고양이요……?"

"고양이가 아니다. 고양이님이다."

"……어디가 다른 거죠?"

"고양이님에게 경의를 표하고 있는지 어떤지의 차이다. 자, 어떠냐? 고양이님은 좋아하냐?"

"저기…… 뭐, 좋아…… 하려나요?"

사실은 만져본 적조차 없지만 말이죠――라고는 입이 찢어져도 말할 수 없었습니다. 뭐, 겉보기에는 귀엽다고 생각하고 싫어할 만한 이유는 없으니 딱히 상관없겠죠.

"……좋다. 들어가도 좋아. 고양이님을 좋아하는 악인은 없으니까."

"아, 네에……."

"하지만 나라 안에 들어가기 전에 소지품 검사를 하겠다. 옆에 있는 문으로 들어와라."

"아, 네에……."

그리고 저는 입국을 위한 수속을 가볍게 마치고 이 나라에 들어가게 되었습니다.

앞에 있을 터인 나라의 모습은 무엇 하나 예측하지 못했습니다. 그렇게나 영문을 알 수 없었던 것입니다.

○

사람들이 오가는 길거리는 무척이나 낡았습니다.

큰길에 면한 질서 정연하게 늘어선 벽돌로 만든 집은 모두 빛바랜 색이었고, 성벽과 마찬가지로 하나같이 덩굴에 휘감겨 있었습니다. 모든 집의 문마다 애쓰면 빠져나갈 수도 있을 법한 네모난 구멍이 뚫려 있는 것이 신경 쓰였습니다.

지면에 깔린 돌바닥도 이끼로 뒤덮여 있어, 마치 이 거리 자체가 오랫동안 방치되어 있었던 듯한 인상을 주었습니다.

"…………."

잠시 탐색해본 후, 저는 드디어 입국 때에 받은 질문의 의도를 깨달았습니다.

이 나라, 고양이로 넘쳐납니다.

시선을 조금 내리면 고양이투성이. 사람들 사이를 가르며 걷거나, 길 한가운데에서 햇볕을 쬐고 있거나, 풀을 갖고 장난치거나.

여기저기에 고양이의 모습이 보였습니다. 이상할 정도로.

애초에 고양이를 싫어했다면 입국과 동시에 지옥을 마주하는 꼴이 될 겁니다. 그래서 그런 질문을 던졌던 거겠죠.

노점에서 풍겨오는 훌륭한 밀가루 냄새에 이끌려가면서 그런 생각을 했습니다.

"아, 빵 주세요, 빵. 이거랑 저거랑 그거랑 요거."

빵 너머에서 인심 좋아 보이는 아저씨가 "알겠습니다"라며 고개를 끄덕였습니다. 제가 가리킨 것들을 하나씩 집게로 집어서 종이봉투에 집어넣고 제 쪽으로 내밀었습니다.

"동화 네 닢."

"네."

냈습니다. 빵을 받아 들었습니다. 만세.

그 직후였습니다.

"——아저씨, 저도 빵 주세요. 이거랑 저거랑 그거랑 요거."

어느 틈엔가 제 옆에 선 마녀님이 저와 똑같은 빵을 주문했습니다. 푸른색이 감도는 로브와 삼각 모자를 걸친, 성인 여성이었습니다.

그녀는 동화 네 닢과 종이봉투를 교환하고, 아저씨에게 인사를 한 다음 제 쪽을 향해 섰습니다. 짧고 단정하게 자른 하늘색 뒤쪽 머리카락이 가볍게 흩날렸습니다. 짧은 뒷머리와 달리 앞머리는 긴 탓에 저를 바라보는 눈동자는 하나뿐이었습니다.

"안녕하세요. 못 보던 얼굴인데, 혹시 여행자님?"

저는 빵 봉지에서 빵을 꺼내 한입 베어 물었습니다.

"네, 그런데요. 당신은?"

"마녀지. 그리고 이 나라의 백성이기도 하려나?"

"호오."

"아, 갑자기 말을 걸어서 미안. 이 나라에 마녀는 나 혼자거든. 마법사 자체가 별로 없는 곳이라, 신기해서 말을 걸어버렸네. 폐를 끼쳤으려나?"

"갑자기 말을 걸어서 놀랐습니다."

그녀는 쓴웃음을 지었습니다.

"미안해—— 저기, 그런데 이 나라는 이미 다 구경했어?"

빵을 베어 물면서 저는 고개를 저었습니다.

"지금 막 입국한 참입니다."

그러자.

"그렇군. 괜찮으면 가볍게 안내해줄까? 여기 꽤 이상한 나라라

서, 안내 없이 혼자 다니다가는 돈을 뜯기거나 구속되거나 할지
도 몰라."

그녀는 갑자기 그런 제안을 해 왔습니다.

………….

확실히 고양이로 넘쳐나는 이상한 풍습에 관해서 묻고 싶은 게
산더미처럼 많았습니다. 안내를 해주겠다고 한다면 더할 나위 없
이 잘된 일입니다.

딱 좋습니다.

"부디 꼭 좀 부탁드리겠습니다. 돈을 뜯어가지 않겠다고 약속
해준다면, 말이죠."

"아하하. 안내비 같은 걸 받거나 하지는 않을 테니 안심해줘.
나도 원래는 밖에서 온 사람이라, 이 나라에 갓 들어왔을 때는 고
생했거든. 이 나라는 독자적인 규칙 같은 게 있는데, 실수로 그걸
깨면 감옥에 끌려가기도 하거든."

"감옥이라니……."

처음 들었습니다만.

"응. 그러니까 그렇게 되지 않도록 내가 설명해줄게."

혹시 어쩌면 앞으로 이 나라에서 함께 살게 될지도 모르니
까──라며 그녀는 미소 지었습니다.

그때는 아직 그녀가 한 말의 의미를 잘 알지 못했습니다.

나란히 서서 빵을 먹어가며 우리는 마을을 걸어 다녔습니다.

"자기소개가 아직이었지? ──내 이름은 루시에. 청천(晴天)

의 마녀 루시에."

"일레이나입니다. 재의 마녀예요."

가볍게 고개를 숙이자 그녀는 "잘 부탁해, 일레이나 씨"라며 살짝 미소를 만들어 보였습니다.

저야말로.

"그럼, 안내하면서 이 나라에 관해 가르쳐줄게. 우선, 이 나라에는 반드시 지켜야 하는 규칙이 세 개 있어."

"호오."

"그렇다고 해도, 그중 두 개는 고양이님을 좋아하면 절대 어길 수 없는 간단한 것인데―― 우선 첫 번째. 『무슨 일이 있어도 고양이님에게 위해를 가해서는 안 된다』."

"어기면 어떻게 되나요?"

"응? 당연히 감옥행이지."

"너무 엄격하지 않은가요……?"

"고양이님에게 해를 입히는 사람인걸. 당연한 거 아냐? 그리고 두 번째는 첫 번째랑 약간 겹치는데…… 『끝없는 애정을 가지고 고양이님을 접해야만 한다』."

"무척이나 추상적이네요……. 참고로 어기면?"

"감옥."

"…………."

악법에도 정도가 있어야 하는 거 아닙니까?

"저기…… 구체적으로는 어떻게―― 에취!"

"응? 감기야? 괜찮아?"

"죄송합니다. 신경 쓰지 마세요── 그래서, 구체적으로 어떻게 접하면 되는 건가요?"

"뭐…… 평범하게 대하면 되려나?"

"평범하게 접하면 끝없는 애정을 쏟아부은 게 되는 건가요……?"

영문을 모르겠네, 입니다.

"그러네. 실제로 한번 보는 편이 이해하기 쉬울지도 몰라. 으음, 어디── 아! 저기, 저기를 봐봐."

당혹스러워하는 제 소매를 당기며 루시에 씨는 길 끝을 가리켰습니다.

거기에는 생선을 파는 수레와 수레에 놓인 생선들을 빤히 바라보는 한 마리의 삼색 고양이가 있었습니다.

삼색 고양이는 자세를 낮추고 주인에게 들키지 않도록 접근해서, 수레 바로 아래까지 왔을 때 쑥 몸을 뻗었습니다. 수레 위에 놓인 생선을 앞발로 솜씨 좋게 잡아 끌어당기더니 입에 물었습니다.

"아앗!"

하지만 생선을 훔치는 장면을 주인에게 들키고 말았습니다. 깜짝 놀란 삼색 고양이가 가게 주인과 마주 노려보았습니다.

우와, 화낼 것 같아.

그렇게 생각했습니다만.

"고양이님! 감사합니다! 부디 원하시는 만큼 가져가십시오!"

어째선지 가게 주인이 기뻐하고 있었습니다. 게다가 늘어놓았던 생선들을 손에 닿는 대로 내던지기까지. 곧바로 고양이가 몰려들어 뺏고 뺏기기를 시작해버렸습니다.

…………

뭐죠?

"저건 뭔가요?"

"사랑이야."

"대답이 안 되는데요……."

대화가 어긋나고 있는 기분이 들었습니다만. 혹시 이 나라도 말투를 바꾼 겁니까? 정말이지 안이하군요.

"아, 저기 봐! 저쪽이 알기 쉬울지도 모르겠다."

"…………."

재촉하는 대로, 저는 시선을 움직였습니다.

그리고 말문이 막혔습니다. 이쪽은 더욱 심각합니다.

"아앗! 고양이님! 고양이님! 감사드립니다! 고맙습니다!"

길 위에 대자로 쓰러져 있는 남자 하나. 황홀한 표정을 짓고 있습니다.

그의 위에는 한 마리의 고양이. 앉은 자세가 기분 좋은 듯 눈을 가늘게 뜨면서 앞발로 꾸욱꾸욱 남성의 배를 누르고 있습니다.

"저건 뭔가요?"

"사랑이야."

"…………."

이해를 넘어선 현실에서 억지로 눈을 돌렸습니다. 하지만 시선을 옮긴 곳에서도 역시 카오스 같은 참상이 펼쳐지고 있었던 것입니다.

"어머어머, 귀여워냐~ 냐냐!"

갓난아기를 재우는 것처럼 고양이를 안아 들고서, 듣기 싫은 목소리를 내는 아줌마가 있었습니다. 대체 그 말투는 뭔가요?

"저건?"

"물론 사랑."

"사랑이란 뭐였죠······?"

당황하면서 거리를 계속 걸었지만, 나아가면 나아갈수록——고양이의 모습이 늘어나면 늘어날수록, 인간은 타락해갔습니다.

길 한가운데에서 뒹구는 고양이를 일부러 피해 지나가는 사람들. 레스토랑에서 점심을 먹는 커플의 메인 디시를 빼앗아 가버린 악마 같은 고양이——와 그것을 기쁜 듯이 바라보는 피해자들. 파는 물건인 옷에 가차 없이 몰려들어 누더기로 만드는 사신(邪神) 같은 고양이——와 그 모습을 흐뭇하게 바라보는 점원과 손님.

횡행하는 고양이의 폭거를 멈추려는 사람은 없었습니다. 단 한 사람도 고양이에게 거스르지 않았고, 고양이들이 마음대로 하게 내버려 두었습니다.

"이게 끝없는 애정이란 거야."

약간 자랑하듯 루시에 씨는 말했습니다.

"놀란 모양인데, 이 나라 사람들은—— 아니, 여기에 오면 다들 저렇게 돼. 모두, 애정을 담아 고양이님을 접하게 되지."

"그냥 이성을 잃고 제멋대로 하게 내버려 두는 것으로만 보이는데요."

"뭐, 이 나라의 고양이님은 다른 지역과는 달리 특히 더 귀엽거든. 어리광을 받아줄 수밖에 없지. 일레이나 씨도 곧 알게 될 거야."

"아마 영원히 모를 것 같은데요……."

고양이를 가까이 해본 적이 없기 때문일까요?

"애초에 저로서는 다른 지역 고양이와의 차이조차 잘 모르겠어요."

"뭐? 다른 나라에서 본 고양이보다 수백 배 귀엽잖아? 나도 일 때문에 여기 왔었는데, 이곳 고양이님의 귀여움에 완전히 푹 빠져서 좀처럼 돌아갈 수가 없어."

"일?"

"음? 정찰."

"…………."

"내가 사는 마을에서, 이곳 문화를 잘 관찰하고 참고가 될 법한 부분을 정리해서 훔쳐 오라는 말을 듣고 왔거든."

어디선가 들어본 이야기로군요.

"…………정찰하러 온 것치고는 무척이나 여기에 익숙해진 것 같은데요."

"괜찮아! 조만간 돌아갈 예정이야! 그때까지는 이곳을 만끽하겠지만!"

"……목적을 잃어버리지 않았나요? 괜찮은가요?"

"잃은 걸로 보여?"

"제가 질문한 의도를 깨달아주세요."

"아, 아기 고양이님이다."

아무래도 그녀는 저와 대화를 나눌 의욕조차 잃어버린 모양입니다. 불안정한 발걸음으로 이쪽으로 걸어오는 아기 고양이를 발견하더니, 바로 몸을 숙이고 손을 뻗으며 "우쭈쭈쭈" 하는 소리를 내기 시작했습니다.

거기에 반응했는지 어떤지는 알 수 없지만, 아기 고양이는 분명히 그녀가 뻗은 손앞에 이르렀습니다.

그리고.

답삭, 물었습니다. 루시에 씨의 검지를 꽈악 잡고, 앙앙 깨물기 시작했습니다.

"앗⋯⋯."

한동안 루시에 씨는 그 모습을 멍하니 바라보더니,

"아아아아아아아아아아아앗! 귀여워어어어어어어어어어어!"

뭔가 기절할 것처럼 보입니다. 몸을 비틀며, 어미젖을 빨듯 손가락 끝을 무는 아기 고양이의 모습에 숨을 거칠게 몰아쉬었습니다.

너무 만끽하는 거 아닙니까? 괜찮은 건가요?

"앗⋯⋯아아아아아아! 하아아아아아아아아아아!"

"⋯⋯⋯⋯⋯."

틀린 것 같습니다.

그녀의 심각한 변화에 저는 질렸습니다.

조금 전까지 저와 평범하게 대화를 하던 사람이 뺨을 붉히며 아기 고양이에게 푹 빠진 모습은 뭐랄까, 무척이나 오글거려서 몸 여기저기를 손톱으로 쥐어뜯고 싶은 충동을 느끼게 했습니다.

이제 그만 돌아갈까, 그런 생각이 들었을 정도입니다.

○

"──에취!"

거리를 걷고 있으려니 재채기가 나왔습니다. 벌써 몇 번째일까요?

감기라도 걸린 걸까요? 조금 전부터 묘하게 몸이 무겁게 느껴집니다. 그러고 보니, 기분 탓인지 목 안쪽이 뜨거운 듯도……

일단 오늘 밤은 느긋하게 쉬기로 할까요.

"이 나라는, 설비가 잘 갖춰진 숙소가 있나요?"

아기 고양이의 가차 없는 공격을 받은 덕분에 아주 기분이 좋아진 루시에 씨는 제 물음에 답해주었습니다.

"그러니까…… 그러네, 내가 추천하는 곳은 저기려나? 고양이님과 농밀하게 뒤엉킬 수 있는 천국 같은 숙소야."

"제 질문 방식이 잘못된 모양이네요. 거주성이 뛰어난 숙소를 알려주세요."

"고양이님은?"

"필요 없습니다."

"…………."

불만스럽게 살짝 뺨을 부풀린 다음 그녀는 다른 건물을 가리켰습니다.

"그렇다면, 저 숙소가 좋을지도———."

그 이후의 일로 말할 것 같으면.

우리는 아주 평범하게 거리를 계속 걸었습니다. 괜찮은 숙소를 소개받고, 맛있는 레스토랑(다만 무조건 고양이 있음)을 몇 개나 가르쳐주거나 하면서.

오래된 거리를 이리저리 다니는 사이에, 어느샌가 해는 저물고 있었습니다. 하늘이 붉게 물들었습니다.

이제 슬슬 끝이려나? 관광 안내의 끝이 보이기 시작했을 때 아직 듣지 못한 규칙이 하나 남아 있다는 것을 떠올렸습니다.

"그러고 보니, 세 번째 규칙은 뭔가요?"

반드시 지켜야 하는 규칙은 세 개였죠?

"아, 미안. 잊고 있었네."

"가르쳐주세요. 안 그러면 숙소에서 마음 편히 쉴 수가 없어요."

감옥에서 밤을 보내는 건 싫습니다.

"아하하. 하지만 마지막 규칙은 애초에 조우하는 것 자체가 레어하니까, 딱히 문제 없을 거라고 생각해. 그러니까 세 번째는———."

그렇게, 그녀가 입을 열려던 때였습니다.

거리를 걷던 사람들이 술렁이기 시작했습니다. 동요가 물결처럼 퍼져갔고, 이어 감탄의 목소리가 여기저기서 터져 나왔습니다.

무슨 일이 일어난 것인지 주변을 살펴보니, 주민들은 한 사람도 빠짐없이 한 방향을 바라보고 있었습니다.

그리고.

"오오…… 고양이신 님이다! 고양이신 님이 오시다니!" "며칠 만이지?" "이 얼마나 아름다운 모습인지…….""멋져……!"

등등의 말을 쏟아내며, 한 사람의 예외도 없이 그 자리에서 무릎을 꿇었습니다.

루시에 씨도 예외 없이,

"아아…… 아름다워……!"

한숨 섞인 뜨거운 목소리로 그리 말하더니, 다른 사람들과 같은 자세를 취했습니다.

………….

……어째서?

그들이 고개를 숙이고 있는 방향에는 한 마리의 고양이가 있었습니다. 검고 윤기 있는 털과 푸른 눈동자를 가진 고양이였습니다.

"…………?"

하지만 다른 고양이와는 아무래도 분위기가 다릅니다.

우아한 발걸음으로 이쪽을 향해 걸어오는 그 고양이에게는 꼬리가 두 개 자라나 있었습니다. 보통 고양이에게는 없는 것입니다. 그리고 털이 아주 보들보들해 보였습니다. 안으면 기분 좋을 것 같습니다.

"루시에 씨. 저 고양이는 어째서 꼬리가 둘――."

"일레이나 씨! 뭐 하는 거야. 빨리 나처럼 똑같이 해!"

질문할 틈도 주지 않았습니다. 말을 걸자마자 루시에 씨는 내 로브를 잡아당겼습니다.

"⋯⋯⋯⋯."

똑같이라니?

똑같이 고양이에게 무릎을 꿇으라고요?

정말 싫은데⋯⋯.

하지만 그 말대로 하지 않으면 감옥에 처넣어질지도 모릅니다.

"⋯⋯으으."

어쩔 수 없습니다.

저는 떨떠름하게 땅에 한쪽 무릎을 꿇고, 그들을 따라 공손하게 고개를 숙였습니다.

대체 저는 이런 곳에서 뭘 하고 있는 걸까요?

"⋯⋯저기, 루시에 씨."

"조용히 해. 고양이신 님 앞이야. 실례를 범하지 않도록 해."

아니⋯⋯.

그런 말을 갑자기 한들. 억지를 부리는 데도 정도가 있다고 생각하지 않나요? 대체 무슨 짓을 하면 실례에 해당하는지도 모르는데요. 그보다 고양이신 님이란 건 대체.

불만을 내뱉고 싶은 기분과 당혹스러움을 목구멍 안쪽으로 삼키며, 진심으로 기분이 안 좋아졌습니다.

그때였습니다.

"야옹."

우는 소리가 들렸습니다. 꽤 가까이에서.

아니, 엄청나게 가까이에서.

"…………."

"야옹~."

꼬리가 두 개인 검은 고양이—— 고양이신 님이라는 고양이가 어느 틈엔가 제 눈앞에 있었습니다. 그 기품 있는 생김새의 고양이는 저를 똑바로 바라보고 있었습니다.

"냥."

그리고 두 개의 꼬리를 살랑살랑 흔드는가 싶더니 갑자기 달려들었습니다. 콱, 발톱을 세워서 제 로브에 달라붙었습니다.

"에엑……?"

당황했습니다. 이제 어떻게 하는 게 정답인가요?

주변의 모습을 살펴보았습니다.

"오오…….""고양이신 님이 직접 뛰어오르시다니…….""고양이신 님이 인정하신 거야."

등등, 여기저기에서 감탄의 목소리가 들려옵니다.

"부러워라……."

옆에 있는 루시에 씨의 중얼거림도 들렸습니다.

뭐가 뭔지 잘 모르겠지만, 나쁜 일은 아닌 모양입니다.

그러고 보니 이게 고양이와의 첫 접촉이로군요—— 아니, 꼬리가 두 개이기도 하고 고양이라고 불러도 괜찮은지는 미묘하지만.

"……으음."

저는 세우고 있던 무릎을 당겨 그 자리에 주저앉았습니다. 그리고 제게 달라붙어 있던 고양이를 안아 들었습니다. 고양이는 저에게 몸을 맡기고, 손안에 쏙 들어갔습니다.

머리를 가볍게 쓰다듬어주자 졸린 듯한 표정을 지으며 목을 울리기 시작했습니다. "더 쓰다듬어라"라고 말하는 것처럼 느껴졌습니다.

확실히 귀엽습니다.

이 나라 사람들이 고양이에 푹 빠진 것도 이해될 것만 같은 기분입니다. 그렇다고는 해도 이성을 잃을 마음은 들지 않지만요.

"무, 무슨 짓을……!" "이건……!" "믿을 수 없어……!"

제가 고양이신 님이라는 고양이를 쓰다듬으며 즐거워하고 있을 때, 또다시 주변에서 목소리가 터져 나왔습니다. 그리고 사람들은 자리에서 일어나더니 흔들거리며 천천히, 저와 고양이신 님을 둘러싸듯이 다가왔습니다.

무슨 일이죠?

고개를 갸웃거리고 있으려니, 옆에 있던 루시에 씨도 자리에서 일어나는 것이 시야 한쪽 구석에 비쳤습니다. 고개를 들자, 그녀는 무척이나 차가운 표정을 지으며 저를 내려다보고 있었습니다.

"……마, 말도 안 돼. 일레이나 씨…… 이 무슨 엄청난 짓을……!"

그녀는 잠꼬대 같은 말을 하더니 지팡이를 꺼냈습니다.

"……네? 저기……?"

그 순간 상황이 이상하다는 것을 깨달았습니다.

하지만 이미 늦었습니다.

"무례한 놈!" "고양이신 님을 쓰다듬다니!" "그 불결한 손을 고양이신 님에게서 얼른 떼!" "너…… 네가 무슨 짓을 했는지 아는 거야?"

주변 사람들 모두 무척이나 화가 났습니다.

"잠깐…… 저기, 잠시만요! 대체 무슨——."

뭐가 잘못된 건지 알 수 없어 약간 패닉에 빠진 저는 여기서 그만 두 손을 들어 올리고 말았습니다.

안고 있던 고양이신 님은 갑자기 내던져졌고, 제 무릎 위로 떨어졌습니다. 네 다리로 아름답게 착지했습니다. 세워진 발톱에 찔린 허벅지가 아팠습니다.

그리고 그 행동은 더욱 큰 파장을 불러 일으켰습니다.

"고양이신 님을 내던지다니! 무례한 데다, 고양이님을 좋아하는 자가 할 수 없는 행동이다! 극형이다! 길티!"

비명과도 같은 소리를 지른 것은 루시에 씨였습니다.

"루시에 씨, 부탁이에요. 제가 사정을 몰랐다고 설명해——."

"문답 무용이다!"

이런…… 이야기를 듣고 있지 않아…….

아니, 사정을 설명해주기는커녕 그녀는 지팡이로 제 손을 치며 마법을 펼치는 지경입니다. 들어 올린 채였던 양손은 보이지 않는 힘에 의해 꾹 당겨졌고, 그녀의 마법으로 만들어진 철제 수갑이 채워졌습니다. 정성스럽게도 양쪽 모두 손을 쥘 수 없도록 사슬로 손끝과 수갑을 이어둔 쓸데없는 서비스까지 되어 있습니다.

이래서는 지팡이를 쥘 수 없습니다.

"……저기."

다시 고개를 들어보니, 무척이나 화가 난 루시에 씨가 있었습니다. 수갑의 열쇠를 병사들에게 건네며 저를 노려봅니다.

"자, 모두들! 이 무례한 마녀를 감옥에 처넣자고!"

그녀는 외쳤고, 주변 사람들도 동조했습니다.

"저기…… 잠깐, 이야기를……."

"자, 일레이나 씨. 일어서. 일어서지 않으면 그대로 끌고 갈 거야!"

수갑을 꽉 잡아당기며 그녀는 나아갔습니다.

"저기……."

"정말이지……! 고양이님을 좋아하는 사람밖에 들어올 수 없을 텐데, 어떻게 이런 무례한 사람이 흘러 들어온 거야."

"…………."

아무래도 제 말은 그녀의 귀에 닿지 않는 것 같습니다.

하지만 그녀의 모습은 무척이나 이상했습니다. 저와 함께 마을을 둘러보며 다닐 때와는 전혀 다른 사람처럼 느껴졌습니다.

마치 냉정함이 결여된 것처럼. 이성을 잃은 것처럼.

보이지 않는 무언가에 조종당하는 것처럼.

"──드디어 찾았다."

루시에 씨에게 손을 잡혀 끌려가는 도중에, 어디선가 그런 목소리가 들려온 것만 같았습니다.

○

그 후로 얼마나 시간이 흘렀을까요?

저는 차가운 감옥 안에 있습니다.

눈에 들어오는 것은 회색의 지저분한 바닥과 벽, 그리고 녹슨 철창. 밖은 완전히 어둠에 가라앉아 있는지, 방에 딱 하나 열려 있는 자그마한 창문 밖에서 흐릿한 달빛과 벌레 울음소리가 흘러 들어 왔습니다.

하늘에는 분명 아름다운 달이 떠 있을 테죠―― 하지만 그것을 눈으로 직접 볼 수는 없었습니다.

앉은 자세 그대로 위를 올려다보아도 제 눈에 보이는 것은 벽에 꽂힌 말뚝과 거기에 이어진 제 수갑 정도입니다.

여기에 들어온 후로 쭉, 저는 벽에 매달려 움직이지 못하고 있습니다. 이제 손의 감각도 완전히 사라졌습니다.

"어째서 이런 일이……?"

불쑥 내뱉은 한마디는 공허하게 울리다 조용히 사라졌습니다.

대답해주는 사람 같은 건 물론 없습니다.

그렇다기보다, 주변에 사람이 아무도 없습니다. 한 사람도 없습니다. 저 이외에는 아무도 구속되어 있지 않은 감옥에 방치되어 있습니다. 이래도 되는 겁니까? 너무합니다.

"…………"

아니, 한탄하고 있어본들 의미 없습니다.

우선 이 상황에서 어떻게 벗어날지를 생각해보도록 하죠.

그런고로 현상 파악입니다.

손가락을 오므릴 수 없기 때문에 지팡이를 쥐는 것은 확실하게 불가능합니다. 몸이 벽에 구속되어 있기 때문에 빗자루를 꺼낸들 탈 수 있을 것 같지가 않습니다. 설령 탄다고 해도 분명 도중에 들킬 테고, 양손이 이래서는 아주 위험한 상황이 될 겁니다. 지팡이 무리. 빗자루 무리. 즉, 마법에 의지할 수 없습니다. 도움이 안 됩니다.

아, 막혔다.

우후후.

"…………어쩌지."

절망밖에 없었습니다.

돈으로 해결할 수 있으면 좋겠는데 말이죠. 어떨까요? 교섭에 달린 문제일까요?

그보다, 애초에.

둘러싸인 직후에 도망쳤으면 됐을 것을. 감옥에 처넣어지리라는 걸 예상했으면서도, 어째선지 그때의 저는 냉정하게 대처하지 못했습니다.

어째서일까요? 역시, 오늘의 저는 상태가 무척이나 안 좋은 모양입니다.

감기 때문일까요?

목도 아프고, 눈도 쓰리고, 재채기도 나오는 데다 몸이 어딘지 모르게 가렵습니다. 대체 어떻게 된 건지 모르겠습니다.

다만 열은 없는 것 같습니다.

냉정하게 행동하지 못했던 원인은 이 컨디션 난조 때문인 것만 같습니다.

뭐, 그걸 알았다고 해서 현재 상황을 타파할 수는 없지만요.

"……하아."

한숨을 한 번 쉬었습니다.

그때였습니다.

달빛이 가려졌습니다.

"——여어, 마녀님. 감옥 생활은 어떤가?"

한층 더 어두워진 감옥에 목소리가 울렸습니다. 차분한 여성의 목소리—— 어디선가 들어본 적 있는 것도 같고 아닌 것도 같은.

주변을 살펴보았지만 사람의 모습은 보이지 않습니다.

"여기다."

다시 목소리가 울리는가 했더니, 달빛이 돌아왔습니다. 위에서—— 창문에서 무언가가 떨어져 내린 것은 그와 거의 동시였습니다.

"야옹."

뛰어 내려온 그 고양이는 귀여운 울음소리를 내며 이쪽으로 다가왔습니다.

유쾌한 듯 두 개의 꼬리를 흔들며.

"당신은——."

"저녁에 보고 또 보네."

거기에는, 이 나라 사람들이 우러러 모시는 존재가 있었습니다.

고양이신 님이라는 존재가, 있었습니다.

게다가 말을 했습니다.

©Azure

…………

말할 수 있는 주제에 제 품 안에서 조용히 뒹굴거린 겁니까?

정말이지 약은 고양이로군요.

○

그 고양이는 저를 올려다보며 말했습니다.

"드디어 찾았다. 너 같은 인간을 기다리고 있었느니라."

그러더니,

"너, 이 몸과 교섭을 하지 않겠느냐?"

그렇게 말하며 고개를 갸웃거렸습니다.

이 상황에서, 말인가요?

"교섭이라고 한다면 적어도 저에게 득이 되는 이야기를 들을 수 있다는 거겠죠?"

"물론. 이 몸이 너를 여기서 꺼내주마. 그게 네게 이득인 점이다. 그리고 그 대신 이 몸의 요구를 하나 들어주면 되느니라."

"호오 호오. 뭘 원하죠?"

"이 몸을 이 나라에서 나가게 해다오."

"——에취! ……제 이득은 당신 요구의 부산물인가요?"

"하지만 널 여기서 구해낼 수 있는 건 이 몸밖에 없느니라."

"………."

"그리고 이 몸을 여기에서 구해낼 수 있는 것도 마찬가지로 너밖에 없느니라. 즉, 우리들의 이해는 일치하고 있다."

"…………."

뭐랄까, 이야기가 전혀 이해되지 않습니다.

"저기, 처음부터 설명해주시겠어요?"

"오오, 할 마음이 들었느냐?"

"사정에 따라서요."

저는 대답했습니다.

"아무것도 모르는 상황에서 이 나라의 제일 높으신 분을 밖으로 데려가다니, 그런 건 하고 싶지 않습니다."

이 이상 적을 늘리는 건 싫으니까요.

"……흐음."

고양이신 님은 아주 잠시 생각에 잠긴 듯 고개를 숙였습니다.

"그럼 바라는 대로 처음부터 이야기하지. 이 나라가 멸망하기 전의 역사는 길었다. 약 수백 년──."

"저와 관계있는 부분만 요약해서 들려주시면 감사하겠는데요."

"흐음…… 제멋대로구나."

그리고 고양이는 한숨을 한 번 쉬었습니다.

"그럼 이야기해주마── 뭐, 간단히 말하자면 이 몸 탓에 지금의 이 나라가 생겼다는 거다."

그리고 옛날이야기처럼 이야기하기 시작했습니다.

그것은 이 나라의 이야기였습니다.

오랜 시간을 살다, 이 세상에 미련을 안은 채 수명이 다한 고양이는 아주 드물게 꼬리가 두 개인 마물로서 다시 태어난다고 합니다.

그것이 그녀였습니다.

지금으로부터 40년 정도 전, 그녀는 이 나라에서 집 고양이로 태어났습니다. 아직 이곳이 외부와 교류하고 있을 무렵입니다. 그 후로 나이를 먹을 때까지, 그녀는 쭉 이 나라 안에서 사람들에게 사랑받으며 살았습니다.

하지만 그녀가 15년을 살았을 때, 그 생활은 끝났습니다.

이 나라에 역병이 창궐해버렸던 것입니다.

마을 사람들이 하나둘 쓰러져갔습니다. 그녀의 주인도 예외 없이, 너무나도 쉽게 목숨을 잃고 말았다고 합니다.

단 몇 년 만에, 그렇게나 번영하던 나라는 아무도 없는 나라가 되어버렸습니다.

사람이 없어지고, 스러지고, 세상에서 잊혀져가는 나라 안. 그녀는 다른 동료 고양이들과 함께 조용히 살아갔습니다.

나라 밖으로 나갈 마음은 없었습니다. 그녀들이 사라지고 나면 이 나라의 흔적이 숲속으로 사라져버릴 것만 같아서, 그럴 수 없었다고 합니다.

다시 새로운 사람이 찾아와 시끌벅적해지기를 진심으로 바라며, 그녀는 기다렸습니다. 쭉 기다렸습니다.

아주 드물게 이 나라를 방문하는 사람이 있었습니다만, 동료 고양이를 몇 마리 데려가거나, 며칠 머무는 정도일 뿐. 여기에 자리를 잡고 사는 사람은 없었습니다.

새로운 사람이 찾아오기를 바라며 그녀는 계속 기다렸습니다.

태어난 지 20년이 지났을 무렵, 그녀는 움직일 수 없게 되었습니다.

아무래도 때가 된 모양이다——라는 걸 어쩐지 알 수 있었다고 합니다.

적어도 다시 한 번, 누군가의 애정을 느끼고 싶었다.

오로지 그 생각만을 가슴에 품고, 그녀는 죽음에 몸을 맡겼습니다.

그리고 숨이 끊어졌습니다.

라고 생각했습니다만.

다음 날, 아무 일도 없었던 것처럼 눈을 뜨고 말았습니다. 죽지 않았습니다. 게다가 나이를 먹으면서 마음대로 움직여주지 않았던 몸이 가벼워졌습니다. 마치 어린 시절로 돌아간 것처럼.

대체 무슨 일이 일어난 걸까요?

일어나보니 자신의 꼬리가 두 개가 되어 있었습니다. 그리고 지금까지 야옹야옹 소리밖에 내지 못했던 입은 인간과 같은 말을 할 수 있게 되었습니다.

동료 모두가 하나만 가진 것을 자신은 두 개나 갖고 있다. 게다가 말할 수 있다. 대단해. 의아한 듯 고개를 갸웃거리면서도 그녀는 일단 동료들에게 자랑했습니다.

그날부터 그녀를 둘러싼 환경은 눈에 띄게 변했습니다.

이곳을 찾아온 사람이 떠날 수 없게 된 것입니다.

예를 들어 휴식을 위해 며칠 머무르다 갈 예정이었던 상인. 예를 들면 길을 잃고 찾아든 여행자. 예를 들면 거처를 찾는 이민족.

한 사람, 또 한 사람, 사람은 늘어갔습니다. 그리고 모두가 이 나라를 떠나려 하지 않았습니다. 게다가 지금까지 이곳을 찾았던 사람들보다 훨씬 더 고양이들과 그녀에게 애정을 쏟아주었습니다.

그렇구나, 아무래도 이건 꼬리가 두 개가 되었기 때문인가 보다.

그녀의 동료 고양이들도, 그녀 본인도 그 사실을 눈치챘습니다. 사실, 그녀에게 살짝 닿기만 해도 사람들 대부분이 지나칠 정도로 고양이에게 애정을 쏟게 되었던 것입니다.

이용하지 않을 수 없었습니다. 사양할 필요도 없었습니다. 다시 나라가 번성하게 된다면, 무엇도 아끼지 않겠다고 생각했습니다.

그녀가 고양이가 아니게 된 후로, 나라의 인구는 착실하게 늘어갔습니다. 이 나라에 우연히 찾아온 사람들의 대부분이 그대로 머무르게 되었습니다.

아주 드물게 그녀의 힘이 듣지 않는 사람도 있는 것 같았습니다. 관찰해보니, 아무래도 체질적으로 고양이를 거부하게 되는 사람에게는 효과가 없는 모양입니다.

오랜 시간에 걸쳐서 그녀에게 매혹된 사람들은 나라를 세워갔습니다.

사람들은 새로운 문을 만들고, 나라를 발전시키고, 어느 틈엔가 꼬리가 둘인 그녀를 고양이신 님이라고 떠받들게 되었습니다.

많은 사람의 사랑을 느끼며 그녀는 이 나라에서 살아갔습니다.

그리고 다시 태어난 지 20년의 세월이 흘렀습니다.

"——이제는 인구가 너무 많아졌느니라. 이 이상 늘어나면 언젠가는 나라로서 기능하지 못하게 될 테지. 나라가 멸망해버릴 게다. 그렇기에 이 몸이 나가야만 하는 것이니라."

그녀는 말했습니다.

그것이 나라를 나가야만 하는 제일 큰 이유라고 했습니다.

"사정은 이해했느냐?"

고양이신 님은 고개를 기울이며 물었습니다.

"…………."

그녀의 눈앞에는 눈동자에 눈물이 가득 고인 제가 있었습니다.

"아아, 이 몸을 위해 울어주는 것이냐? 착한 아이로구나."

저는 고개를 저었습니다.

"죄송합니다. 울고 싶지 않은데, 눈물이 나오는 겁니다."

"흥. 농담이니라. 알고 있다. 그것이 고양이를 거부하는 체질을 가진 자의 특징이니까—— 이 나라에 오고 나서 몸 상태가 나빠지지 않았느냐? 예를 들면 몸이 가렵고, 눈이 아프고, 콧물이 나오고, 목이 아프고, 기분이 나빠지고, 그리고."

"에취!"

"……재채기가 나오고, 하는 모양이구나."

"그런 것 같습니다."

콧물을 훌쩍이며 저는 긍정했습니다. 지금까지 고양이를 가까이에서 접해본 적이 없는 탓에, 가 아니라, 애초에 고양이 근처에도 가본 적이 없는 탓에 제가 이러한 체질이라는 것조차 몰랐습니다.

앞으로는 고양이를 피하며 살아갈 필요가 있을 것 같습니다.

"그래서, 어떠하냐? 이 몸에게 협력할 마음이 생겼느냐?"

그녀는 다시 재촉했습니다. 파란 눈동자가 쏘아보듯 저를 응시합니다. 사정을 이야기해주었으니 협력해――라고 눈으로 호소하는 것 같은 기분이 들 정도입니다.

"…………."

저는 그녀에게서 도망치듯이 고개를 들어 수갑을 바라보았습니다.

"당신, 고양이죠? 이걸 어떻게 풀어줄 생각인가요?"

그 말에 그녀는 눈을 크게 뜨더니 잠시 뜸을 들였습니다.

"흐흥. 그거라면 생각이 있느니라―― 기다리거라."

그리고 들뜬 목소리로 말했습니다.

말을 마치자마자 그녀는 발길을 돌려 종종 걸음으로 감옥 철창 사이로 빠져나가 버렸습니다.

기다리는 동안 달리 할 일도 없었기 때문에 다리를 쭉 펴고 발뒤꿈치로 바닥을 차며 시간을 보냈습니다. 계속 같은 자세로 있었기 때문에 마침 좋은 스트레칭이 되었습니다.

"조용히 기다리지 못하겠느냐."

얼마 후 그녀는 돌아왔습니다. 입에 열쇠 다발을 물고 있었습니다.

생각이 있다는 둥 하며 의미심장하게 말하기에 엄청난 비책이 있을 거라고 생각했는데, 그냥 열쇠를 훔쳐 오는 것이었나 봅니다. 조금 김이 샜습니다.

그녀는 나갔을 때와 마찬가지로 철창 사이를 빠져나와 그대로 제가 있는 쪽으로 걸어왔습니다. 그리고 저를 향해 뛰어 오르더니 상체 쪽으로 기어오르기 시작했습니다.

앞서와 마찬가지로 이번에도 발톱을 세우고 있는 덕분에 적당히 아팠습니다.

"작전 실행은 내일 낮이다. 시끌벅적하게 날뛰며 나라 밖까지 이 몸을 데려다 주었으면 하느니라."

어깨까지 도착한 그녀는 열쇠 다발을 잘그락거리며 제 삼각 모자로 뛰어 올랐습니다. 위에서 짓누르는 듯한 느낌이 들었습니다.

"지금 바로 떠나지 않아도 괜찮은 건가요? 그편이 안전하게 나라 밖으로 갈 수 있을 것 같은데요."

"아니 된다. 이 몸이 이 나라에서 떠났다는 사실을 널리 알릴 필요가 있느니라. 그렇지 않으면 이 몸이 떠난 것도 모르고 이 몸을 계속 신앙하는 자가 있을지도 모른다. 확실하게 이 몸이 떠났다는 사실을 인식시키고, 그 후에도 이 나라에 남으려 하는 자들은 남겨두면 된다. 그러니 요란스럽게 날뛰어다오."

"……그래서는 제가 죄인이 될 텐데요."

"이미 죄인이지 않느냐. 이상한 말을 하는구나."

"아시나요? 죄에는 무게가 있답니다."

"도망치면 관계없느니라."

"죄를 지은 사람 같은 생각이로군요……."

머리 위에서 열쇠들이 부딪치는 기분 나쁜 소리가 들리는 가운데, 그녀는 시시하다는 투로 "흥" 하고 코웃음을 쳤습니다.

"뭐, 많은 사람을 현혹시킨 이 몸은 죄인일지도 모르겠구나. 사람은 아니지만."

"…………."

자조하듯 웃는 그녀에게 이끌려 저도 웃고 말았습니다.

"죄를 지어도 도망치면 관계없다고 말한 어리석은 분이 있었죠."

"…………그 녀석은 꽤 이상한 녀석이겠구나."

"네, 무척 이상한 분이죠."

찰칵 하고 제 머리 위에서 자물쇠가 열리는 소리가 들렸습니다.

○

이러저러하여.

감옥에서 밤을 보내고 낮까지 기다린 우리는 성대하게 감옥을 부수고 밖으로 나왔던 것입니다.

크게 소란을 피우며, 피해가 나오지 않도록 신경을 쓰며, 그러나 사람들의 기억에 남도록, 일부러 병사와 민간인이 덮칠 수 있을 만큼 낮고 느리게 날았습니다.

한참을 이러고 있던 탓인지, 거부 반응이 최고조에 달한 제 눈에서는 눈물이 흘렀고, 눈물은 바람에 날려갔던 것입니다.

"젠장……! 전혀 잡히지를 않아!" "어이, 문을 닫아! 절대 밖으로 내보내지 마!" "무슨 일이 있어도 고양이신 님을 구출해야 한다!"

대혼란이 일어난 길을 나아가자 사람들의 외침 소리가 여기저기서 날아들었습니다. 사람들은 몇 번이고 저를 향해 몸을 날렸지만, 역시 저에게 닿지는 못했습니다.

가슴은 타는 듯이 뜨거웠고, 눈은 부었고, 가려움은 어느 틈엔가 통증으로 바뀌었습니다. 하지만 아무리 몸 상태가 안 좋다고 해도, 저는 마녀입니다.

잡힐 리가 없습니다.

"좋다, 좋아. 더 하거라."

하지만 조금 더 안전하게 운전하거라. 제 품안의 그녀는 칭찬의 말 끝에 쓸데없는 말을 한마디 덧붙였습니다.

"안전 운전 하면 잡히는데요?"

"무슨 말이냐. 이제 곧 문에 도착하지 않느냐. 그 정도는 버텨내거라."

"아니, 어려울 것 같은데요. 그게——."

제가 대꾸를 하려던 때였습니다.

"일레이나 씨! 내가 잘못 봤어! 아니, 이미 어제부터 경멸했지만!"

루시에 씨가 나타났습니다. 위에서 내려왔습니다.

빗자루에 걸터앉아 지팡이를 손에 쥐고 제 앞을 막아섰습니다. 닫힌 문을 지키려는 듯이.

"…………."

역시 나타났군요. 반드시 방해하러 올 거라고 생각했습니다. 이 나라의 일대 사건입니다. 오지 않을 리 없겠지요.

그녀는 지팡이를 이쪽을 향해 들었습니다.

"고양이신 님에게 무례를 범한 데다 탈옥까지 하다니. 정말로 무슨 생각인 거지? 절대로 용서하지 않을 거야! 극형이야! 길티!"

그리고 지팡이를 흔들었습니다.

루시에 씨 바로 아래의 지면이 그 말과 움직임에 반응하듯이 그녀를 중심으로 하얗게 빛났습니다. 서클 형태가 된 발아래의 빛이 부그르르 하고 끓어 넘치는 듯한 무시무시한 소리를 내며 솟아오르더니, 직후에 일곱 개의 물기둥이 엄청난 기세로 이쪽을 향해 날아왔습니다.

"——윽!"

빗자루를 기울여 피한 순간 그것이 단순한 물이 아니라는 사실을 알았습니다. 그것은 일곱 개의 독립된 생물처럼, 비틀고 굽으며 저를 추적하기 시작했습니다.

마치 뱀처럼.

피하면 피할수록, 여기저기로 돌아든 그것들은 저를 향해 덮쳐들었습니다.

위를 향해 날아가면 사방팔방에서 집중포화. 지면을 아슬아슬하게 지그재그로 나아가면 몸을 서리고 있다가 저를 쫓아옵니다.

저는 작은 벌레처럼 재빠르게 이리저리로 움직이며 루시에 씨를 바라봤습니다. 빗자루 위에서 지팡이를 들고 이쪽을 무섭게 노려보고 있습니다.

지팡이를 없애면 일단 공격은 멈출 것 같습니다. 지팡이만 없으면 마법사 같은 건 그냥 평범한 일반인입니다. 겁낼 필요 없습니다. 아니 뭐, 그건 저도 마찬가지지만.

"저기, 루시에 씨. 저는 고양이신 님을 안고 있는데요. 공격해도 괜찮은가요?"

"시끄러워! 죽어!"

"…………."

슬쩍 고양이신 님을 내려다보았습니다.

"말이 안 통하는구나."

그런 말을 느긋하게 하고 계십니다.

무시하고 루시에 씨의 공격을 계속 피하자, 그녀는 다시 저에게 말을 걸었습니다.

"어쩔 테냐? 방어만 할 생각이냐?"

"쓸 수 있는 손이 없어서요."

저는 루시에 씨를 내려다볼 수 있을 때까지——하지만 떨어져도 죽지 않을 정도의 높이까지——빗자루의 고도를 올렸습니다.

"하지만 걱정하지 마세요. 저한테 생각이 있거든요."

"호오. 의미심장하게 말하는 것을 보면 대단한 비책인 모양이구나."

"네, 무척이요."

닥쳐드는 물의 뱀들을 빙글빙글 돌거나 해서 피하며, 바로 준비에 돌입했습니다.

아니, 준비라고 해도 그저 단순히 고양이신 님을 손으로 잡은 것뿐이지만요.

"발톱, 세우지 말아주세요."

아프니까요——라고, 저는 말했습니다.

"……뭐?"

그녀는 눈을 크게 떴습니다. 그러면서 팔다리도 쫙 뻗었습니다.

제가 하려는 짓을 고양이신 님이 눈치챘을 무렵에는 이미 계획을 실행에 옮긴 상태였습니다.

"——끼아아아아아아아아아아아아앙아아아아아!"

비명을 지르면서 그녀는 제 손에서 떨어져 천천히 낙하하기 시작했습니다.

제가 한 짓은 그야말로 단순.

비책이라고 할까, 그냥 단순히 내던진 것뿐입니다.

말만 의미심장해서 김이 새셨나요? 아뇨, 이 나라 사람들에게는 효과가 어마어마했습니다.

"어? 아, 아앗! 고양이신 님이!"

아래에서 허둥대던 루시에 씨는 그 순간 저를 향한 공격의 손을 늦추었습니다.

그것이 바로 제가 기다리던 것이었습니다—— 저는 곧바로 빗자루를 단숨에 급강하시키며 빈 한쪽 손으로 지팡이를 꺼냈습니다. 그리고 루시에 씨를 향해 휘둘러 순식간에 마법 공격을 날리고—— 그런 다음 지팡이를 집어넣었습니다.

제가 한 공격은 바람 마법. 회오리처럼 빙글빙글 소용돌이치면서 지면을 휩쓸고 루시에 씨를 향해 일직선으로 날아갔습니다.

"고양이신——엣?"

떨어지는 고양이신 님을 잡기 위해 그녀는 손을 뻗었지만, 그러나 그 손은 아무것도 잡지 못했습니다. 그리고 결국 그녀는 제 반격을 온몸으로 받아내는 꼴이 되었습니다.

거칠게 몰아치는 공기의 소용돌이에 휩쓸려 빙글빙글 돌면서, 루시에 씨는 날려갔습니다. 그리고 쾅광 하고 쇠로 된 단단한 문에 부딪혀 멈추었습니다.

"——아아아아아아아아아아아아아아아아아아!"

저는 여전히 비명을 지르면서 공중에서 다리를 바둥거리고 있는 고양이신 님 아래로 날아갔습니다.

그리고 빗자루의 끝부분으로 지면을 쓸면서 지그재그로 날아가 떨어진 그녀를 한 손으로 받아냈습니다.

제 품 안으로 돌아온 그녀의 심장은 아주 빠르게 고동치고 있었습니다.

"……주, 죽는 줄 알았느니라!"

"하지만 무사하잖아요?"

"그건 결과론이 아니냐?!"

"무슨 일이든 대체로 그렇답니다."

슬쩍 문 쪽으로 고개를 돌려보니, 루시에 씨가 흰자위를 드러낸 채 기절해 있는 것이 보였습니다. 그 모습을 확인한 저는 빗자루에서 내렸습니다.

깜짝 놀란 모습으로, 혹은 여전히 적의를 드러낸 채 서 있는 국민들은 지금도 저희 주변을 둘러싸고 있습니다.

저는 온 힘을 다해서 악역다운 표정을 만들며 그들을 향해 소리쳤습니다.

"자아, 여러분. 이 나라에서 제일 강한 마녀님은 저에게 너무 쉽게 지고 말았습니다. 저에게 덤빌 분이 아직 계신가요?"

술렁거림이 퍼져갔습니다. 하지만 한 걸음 앞으로 나서는 사람은 한 명도 없었습니다. 현명합니다, 현명해요.

"그럼 저는 이 나라에서 냉큼 도망칠까 합니다. 자, 어서 문을 열어주세요. 그렇지 않으면 이 귀여운 고양이를—— 아시겠죠?"

찌릿 문지기를 노려보자 그는 커다란 갑옷 너머로도 알 수 있을 정도로 움찔 어깨를 떨더니 허둥지둥 문을 열기 시작했습니다.

천천히, 밖의 경치기 보이기 시작했습니다.

"어이, 어찌 된 것이냐. 이 몸도 밖으로 나갈 것이다. 인질로 쓰여서는 의미가 없다."

팔 안에서 고양이신 님이 항의를 해 왔습니다.

"걱정하지 마세요. 이번에도 비책이 있습니다."

"네 비책은 이제 믿지 않는다."

문이 완전히 열렸을 때, 저는 걸음을 옮기기 시작했습니다. 주변 모든 것을 경계하면서, 한 걸음씩, 신중하게.

결국 루시에 씨를 뛰어넘고서 나라 밖으로 나올 때까지, 그들은 저에게 아무런 짓도 하지 않았습니다.

뒤돌아보니 분한 표정을 짓고 선 그들의 모습이 보였습니다. 비겁하다, 웃기지 마, 등등의 비난을 하는 자도 있는가 하면, 울부짖는 사람의 모습도 보였습니다.

"…………."

그들을 잠시 바라본 다음.

"그럼 **저희**는 이만 실례."

저는 그대로 빗자루에 올랐습니다.

비책이라고 할까, 단순히 거짓말을 했을 뿐이었습니다.

목적지는 특별히 정하지 않았습니다. 그저 기분 내키는 대로, 전속력으로, 검은 고양이를 옆구리에 안은 채, 저는 날기 시작했습니다.

아무도 쫓아올 수 없을 만큼 빠르게 어딘가를 향해 날아갔습니다.

신을 빼앗기고 남겨진 사람들의 아비규환은 시간이 지날수록 점점 작아져갔습니다.

○

어찌어찌 무사히 도망쳤습니다.

몇 시간을 날아왔는지는 기억나지 않습니다.

나무 사이를 빠져나가고, 끝부터 끝까지가 녹색으로 가득한 평원을 달린 우리가 도착한 곳은 음울한 숲이었습니다.

사람의 모습은 보이지 않았고, 주변에는 아무런 나라도 없습니다.

"여기까지 오면 이제 괜찮겠죠."

무척이나 멀리까지 오고 말았습니다.

고개를 들어보니 완전히 붉게 물들어버린 하늘이 어렴풋이 보였습니다.

"큰 도움이 되었다."

제 손에서 뛰어내린 그녀는 땅 위에 내려섰습니다.

찌릿찌릿 아파 오는 팔을 문지르면서 눈을 훔친 저는 물었습니다.

"이제부터 어쩔 셈인가요?"

"아무것도 안 한다. 사람들과 접촉하지 않도록 조용히 지낼 생각이니라."

"…………."

"너는 어쩔 셈이냐?"

"고양이와 접촉하지 않도록 조용히 여행을 계속할 예정입니다."

"그거 좋구나. 꼭 그리 하거라."

그녀는 웃음 지었고, 저는 빙글 몸을 돌린 다음 빗자루에 올랐습니다.

"그럼 또 만나요—— 아, 그러고 보니 아직 이름을 못 들었는데요."

"그런 건 없다."

"집고양이였는데도요?"

"이 몸은 한 번 죽었느니라."

그래서 지금은 이름이 없다—— 그녀는 말했습니다.

"……그러면, 고양이였을 때의 이름을 가르쳐주시겠어요?"

"…………."

그녀는 잠시 망설이는 듯한 모습을 보이더니 조용히 입을 열어 단 한 마디, 그 이름을 말했습니다.

그것은 무척이나 평범하고 흔한, 하지만 멋진 이름이었습니다.

저는 그녀를 향해 웃어 보였습니다.

"좋은 이름이네요."

"이제 두 번 다시 불릴 일은 없지만 말이다."

그녀도 웃으며 돌아서서 두 개의 꼬리를 이쪽으로 향하게 했습니다.

그리고 휙 고개만을 틀어 돌아보며,

"그럼, 이만 가야겠다—— 마지막으로 만난 것이 너여서 다행이었다."

그 말을 남기고 그녀는 숲 안쪽으로 향해 갔습니다.

저도 빗자루를 타고 날아올랐습니다.

눈을 문지르고 아픈 목을 쓰다듬으며, 빛을 향해 나아갔습니다.

숲을 빠져나가자 완전히 기울어진 햇빛에 물든 평원이 바람에 흩날리며 저를 맞아주었습니다.

○

그 후로 한 달하고도 며칠 후의 이야기입니다.

어떤 한 나라에서 부름이 있었기 때문에―― 돌아오겠다는 약속을 했기 때문에 저는 그 지역으로 다시 돌아왔습니다.

대단한 용건은 아니었지만. 저는 고양이투성이인 나라에 관해 알려주었던 마을에도 한번 들러보았습니다.

그래서, 다시 찾아온 것까지는 좋았습니다만.

"어서 와라냥!"

"…………."

"여행자님! 환영합니다냥! 이 마을은 고양이와 시골이 조화를 이룬 곳이다냥! 편히 있어라냥!"

"…………."

뭔가 또 이상한 말투가 되어 있었습니다.

그와 함께 마을의 모습도 조금 달라졌습니다. 전에는 고양이 같은 건 한 마리도 없었는데, 여기저기에서 고양이의 모습이 보입니다.

……아니.

그런 것 이전에 말이죠.

"……뭘 하고 계신 건가요? 루시에 씨."

"…………묻지 말아줘. 부탁할게."

마을에서 저를 맞이해준 것은 다른 누구도 아닌 청천의 마녀, 바로 그 사람이었습니다. 예의 나라에서 만났을 때와 같은 로브를 걸치고 있습니다만, 이번에는 삼각 모자 대신에 고양이 귀가 달린 카추샤를 하고 있습니다. 아마 이번에도 마을의 뜻이나 뭐 그런 걸로 억지로 하고 있는 것일 테죠. 그나저나 엄청날 정도로 안 어울립니다. 애처롭습니다. 비극적인 현실에 눈물을 금할 수 없습니다.

루시에 씨는 살짝 머리를 긁적였습니다.

"일레이나 씨, 한 달 전에는 고마웠어. 덕분에 제정신을 차렸어. 그 나라에 있던 때의 나는 뭔가 좀 이상해졌던 모양이야."

"그런가요."

지금도 충분히 그런데요——라고는 말하지 않기로 하겠습니다.

"제가 떠난 뒤로 그 나라는 어떻게 되었나요?"

"다들 차례차례 떠나갔어. 고양이신 님이 사라진 후로는 신기하게도 고양이에 대한 애정도 사라졌거든—— 혹시 그 꼬리가 둘 달린 고양이에게 영혼을 조종당했던 게 아닐까? 하는 말을 하는 사람도 나올 정도였지."

"이제 그 나라는 사라진 건가요?"

제 물음에 그녀는 천천히 고개를 저었습니다.

"아니. 고양이를 좋아하는 사람이나, 그곳 말고는 살 곳이 정말 없는 사람들도 꽤 있었거든. 지금도 나라로서 기능하고 있어. 고양이와 함께 살 수 있는 나라, 그런 선전을 해서 관광객도 점점 늘어가는 모양이야."

"그래서, 그 나라를 흉내 내서 지금 여기도 이 꼴이 된 건가요?"

"…………귀여워서 몇 마리 데리고 돌아왔는데, 마을 사람들이 고양이의 귀여움을 무척 마음에 들어 해서……."

"이성을 잃어버리지 않았으면 좋겠네요."

"정말이야……."

그리고 잠시 침묵하던 루시에 씨는 갑자기 짝 손뼉을 쳤습니다.

"일레이나 씨, 여기서 잠깐만 기다려줘."

"네? 아, 네."

그녀는 서둘러 뛰어가더니 어느 한 집으로 들어갔습니다.

양손으로 나무 상자를 조심스레 안아 들고 나올 때까지는 1분도 걸리지 않았습니다.

"일레이나 씨! 여기 좀 봐봐! 여기!"

무척이나 흥분한 모습으로 그녀는 그것을 제게 보여주었습니다.

안을 들여다보니 고양이가 몇 마리. 새하얀 털을 가진 어미 고양이. 흰색과 검은색 털이 어중간하게 섞인 아기 고양이가 세 마리, 그리고 새카만 털을 가진 아기 고양이가, 한 마리.

…………

"이 아이들 태어난 지 아직 한 달도 안 됐어. 귀엽지?"

그 안의 고양이들 대부분은 성가시다는 듯이 이쪽을 한 번 바라보더니 다시 잠을 청했습니다만, 아주 기운 넘치는 녀석이 한 마리 있었습니다.

안으면 기분 좋아질 것만 같은 검은색 털과 푸른 눈동자를 가진 아기 고양이만이 일어나서 나무 상자 밖으로 나오려고 다리를 뻗고 있었습니다.

"이 아이, 꽤나 활발하네요."

적당히 칭찬을 했더니, 루시에 씨는 무척 기쁜 듯 미소 지었습니다.

"그렇지? 괜찮으면 한번 만져볼래?"

"아뇨, 됐습니다."

거부반응을 보이는 몸인지라.

"이름은 정했나요?"

"아기 고양이들은 아직 안 정했어——— 그래서 말인데, 일레이나 씨가 정해주지 않을래?"

"…………."

저는 태어난 지 얼마 안 된 검은 고양이를 바라보면서 대답했습니다.

"한 마리만이라면, 그럴게요."

"어느 아이?"

"이 아이요."

기운 넘치는 검은색 아기 고양이는 "야옹" 하고 울었습니다.

저는,

"그러니까, 이름 말인데요———."

그리고 말했습니다.

눈앞의 검은 고양이에게 딱 맞는 이름을 말했습니다.

그것은 무척이나 평범하고 흔하면서도 멋진 이름이었습니다.

어디까지고 펼쳐진 광대한 푸른 하늘에서는 구름이 느긋하게 헤엄치고, 지상의 평원에 그림자를 드리우고 있습니다.

마침 적당하게 햇빛이 가려진 시원한 자리에 선 한 그루의 나무는 선선한 바람을 맞으며 머리를 흔들고 있었습니다.

바람에 흩날린 나뭇잎들은 바스락바스락 소리를 내면서 한적한 평원에 홀로 서 있는 그 나무를 떠나 공중을 떠돌았습니다. 춤추듯 교차하면서 날아가는 나뭇잎들은 이내 한 명의 마녀에게 부딪히고서 먼 하늘로 빨려 들어갔습니다.

"……으음."

나뭇잎이 스치고 간 뺨을 가볍게 매만지고서 그 마녀는 눈앞에 서 있는 나무를 올려다보았습니다.

길게 기른 잿빛 머리카락이 바람에 살랑거리고 있는 그녀는 마녀이며, 빗자루를 타고 여행하는 여행자였습니다. 검은 로브와 삼각 모자를 몸에 걸쳤고, 가슴께에는 마녀의 증거인 별 브로치가 있었습니다.

그녀는 고독한 나무를 올려다보며 "……으음?" 하고 고개를 갸웃거렸습니다.

자그마한 풀꽃만을 주변에 두고 유유히 홀로 서 있는 이 나무를 어디선가 본 적이 있는 것 같기 때문입니다.

그리고 나무 바로 아래에 도착해 빗자루에서 내린 그녀는 이 나무를 언제 어디서 보았는지 떠올렸습니다.

"제가 비를 피했던 나무였잖아요?"

그곳에서 보이는 풍경은 눈에 익었습니다. 여행 도중에 비가 쏟아져서 잠시 이 자리를 빌렸던 적이 있습니다.

아무래도 돌아와 버린 모양입니다.

이전, 여기에서 본 경치를 떠올린 그 마녀는 입가를 살짝 풀었습니다.

그리고 빗자루 위에 다시 앉은 그녀는 둥실 하늘로 떠올랐습니다. 시야에 비치는 것은 옅은 녹색과 넓은 파랑.

아름다웠습니다.

무엇하나 특별할 것 없는, 어디에나 있을 법한 풍경이었습니다.

하지만 넋을 잃게 되어버릴 정도로 아름다웠습니다.

"…………."

그러나 그녀는 이전처럼 그곳에서 머물지 않았습니다. 이번에는 비도 내리지 않으니까요. 머물 이유가 없습니다.

그저 경치를 바라보는 것보다는 아름다운 경치 속을 여행하는 편이 마녀에게는, 여행자에게는, 행복한 일입니다.

나무 바로 아래를 빙글빙글 돌면서 어디로 향해 갈지를 생각했습니다. 하지만 도중에 귀찮아진 그녀는 적당한 곳에서 나무에서 떨어져 다시 밝은 햇빛 속으로 돌아왔습니다.

눈 아래에서 흔들리는 풀꽃은 마녀를 환영하는 듯이 빛을 반사하며 부드럽게 빛나고 있었습니다.

바람은 그녀를 어루만지듯이 상냥하게 불어왔습니다.

흔한 풍경은 평소처럼 마녀를 맞이해주었습니다.

어디까지고 펼쳐진 세계 속에서, 아직 본 적 없는 곳으로 이끌듯이.

"……다음은 어떤 나라일까요?"

누구에게랄 것 없이 그녀는 중얼거렸습니다.

답은 모릅니다.

모르는 것이기에 알고 싶어집니다.

느긋하게 흐르는 바람 속에서 살짝 설레는 마음을 안고 마녀는 여행을 계속했습니다.

그것은 누구인가.

바로 저입니다.

처음 뵙겠습니다. 혹은 오랜만입니다. 시라이시 죠우기입니다.

최근 사회인이 되었습니다. 어릴 때 사회인들은 모두 완벽하고 멋진 사람들로 보였습니다만, 막상 사회의 톱니바퀴가 되고 보니 생각만큼 멋진 사람들로 넘쳐나는 것도, 자신이 그렇게 되는 일도 없었습니다. 환경이 바뀐 것만으로 자신이 극적이게 변하는 일 같은 건 없었고, 어른이 되어서도 그럴 마음을 먹지 않는 한 저는 그대로라는 사실을 절실하게 깨달았습니다.

그런고로(?) 『마녀의 여행』 2권을 구입해주셔서 감사드립니다.

1권 때와 마찬가지로 사람과 만나고, 이야기가 있고, 헤어진다는 내용만으로는 따분할지도 몰라! 하고 걱정했기 때문에 이번 2권에서는 취향을 바꿔보게 되었습니다. 그리고 언제고 숲속만 날아다녔기 때문에 가끔은 계절감도 내볼까 하는 생각도 해보았습니다. 그 결과, 이번 권에서는 일레이나 씨가 설국과 사막을 오가는 고행 같은 상황에 처하는 꼴이 되었습니다.

그리고 2권의 원고를 쓰던 무렵이 마침 사회인이 된 지 1년째인, 준비 기간 같은 시기였기 때문인지 새로운 생활에 대한 불안이 쌓이고 쌓였던 탓인지, 혹은 세상을 향한 불만이 정점에 달했기 때문인지, 편집자님께 보여드린 원고가 하나같이 어두운 이야기가 되어버리곤 했습니다.

원고가 너무나도 그런 느낌이었던 탓에,

"죠우기 씨, 어두운 쪽(다크 사이드)으로 떨어진 거 아냐? 괜찮아?"

편집자님께서 그런 걱정을 하기도 했습니다. 괜찮습니다. 저는 아주 씩씩합니다. 참고로 너무 어두운 이야기는 약간 부드러운 느낌으로 수정하여 이번에 하나의 장으로 싣기도 했고, 그대로 나락으로 떨어져버리기도 했습니다(탈락되었다는 뜻입니다).

그럼 사죄의 시간입니다.

편집자 M님. 다크 사이드로 떨어지려 하던 저를 구해주셔서 감사드립니다. 포스가 함께하길.

아즈루 님. 1권에 이어 귀여운 일러스트와 캐릭터를 그려주셔서 고맙습니다⋯⋯. 특히 쇼콜라 왕녀의 귀여움은 위험할 정도였습니다/. 반할 뻔했습니다. 하지만 백합. 제기랄.

그리고 이번 작품의 출판에 관여해주신 여러분, 그리고 이렇게 내용이 허술한 후기를 마지막까지 읽어주신 독자 여러분. 정말로 고맙습니다.

⋯⋯공간이 남았으므로 다음 권(이 출판될 경우)의 내용을 알려드리겠습니다.

현대에서 시라이시 죠우기라는 녀석이 전생했습니다. 하지만 형편 좋게 치트 능력을 받는 일도 없고, 미소녀들에게 둘러싸이는 일도 없습니다. 문명이 발전한 세계에서 살기만 했을 뿐이라 전문적인 지식도 없는 데다, 애초에 말이 통하지도 않습니다. 그런 탓에 평범하게 며칠 만에 아사합니다. 그런 느낌의 이야기를 그려갑니다. 역시 환경이 바뀌는 것만으로는 사람의 본질적인 부분은 바뀌지 않는구나. 그런 느낌의 결말로 할 예정입니다. 물론 농담입니다. 그럼 다음 권이 있다면, 다시 뵙겠습니다!

MAJO NO TABITABI 2

Copyright ⓒ 2016 by Jougi Shiraishi

Illustrations Copyright ⓒ 2016 by Azure

All rights reserved
Original Japanese edition published in 2016 by SB Creative Corp.
Korean translation rights arranged with SB Creative Corp., Tokyo
through Eric Yang Agency Co., Seoul.
Korean translation rights ⓒ 2017 by Somy Media, Inc.

[마녀의 여행 2]

2024년 8월 15일 1판 9쇄 발행

저   자 시라이시 죠우기
일 러 스 트 아즈루
옮 긴 이 이신
발   행   인 유재옥
담 당 편 집 정영길

부   사   장 이왕호
이   사 조병권
출판본부장 박광운
편 집 1 팀 박광운
편 집 2 팀 정영길 조찬희 박치우 정지원
편 집 3 팀 오준영 이소의 권진영
디자인랩팀 김보라
디지털사업팀 박상섭 김지연 윤희진
라이츠사업팀 김정미 맹미영 이윤서
영업마케팅팀 최원석 박수진 이다은
물   류   팀 허석용 백철기
경영지원팀 최정연
인쇄제작처 ㈜코리아피엔피
발   행   처 ㈜소미미디어
등   록 제2015-000008호
주   소 서울시 마포구 토정로222, 502호 (신수동, 한국출판콘텐츠센터)
판매 및 마케팅 (070) 8822-2301

ISBN 979-11-5710-753-7
ISBN 979-11-5710-752-0 (세트)